Christine Fehér

BIS ICH

Christine Fehér

Bis ich ihn finde

Die Geschichte einer Vatersuche

cbt

Bei diesem Buch wurden die durch das verwendete Material und die Produktion entstandenen CO_2-Emissionen ausgeglichen, indem der cbj-Verlag ein Projekt zur Aufforstung in Brasilien unterstützt. Weitere Informationen zu dem Projekt unter:
www.ClimatePartner.com/14044-1912-1001

FSC
www.fsc.org
MIX
Papier aus verantwortungsvollen Quellen
FSC® C014496

Verlagsgruppe Random House
FSC® N001967

Wir produzieren
Klimaneutral
ClimatePartner.com/14044-1912-1001
Druckprodukt

1. Auflage
Originalausgabe April 2020

Neumarkter Straße 28, 81673 München
Lektorat: Hjördis Fremgen
Umschlaggestaltung: Kathrin Schüler
unter Verwendung eines Motivs von Shutterstock Images UC
hf · Herstellung: AS
Satz: Buch-Werkstatt GmbH, Bad Aibling
Druck und Bindung: GGP Media GmbH, Pößneck
ISBN 978-3-570-31300-8
Printed in Germany
www.cbj-verlag.de

Elena, 5 Jahre

»Da ist ein Brief zurückgekommen«, sagt Manu und hält einen Umschlag in der Hand.

»Unbekannt verzogen?«, fragt Conny.

Manu schüttelt den Kopf. »Es steht nur *Papa* drauf. Mit deinem Absenderaufkleber. Den muss sie dir aus der Schublade gemopst haben.«

»Schau mal rein«, sagt Conny.

Manu öffnet den Brief und holt ein schief zusammengefaltetes Blatt heraus.

»Elena hat unsere Familie gemalt«, sagt sie. »Sieh nur. Du und ich, in der Mitte sie. Und in der Hand hält sie eine Drachenschnur mit einem Mann dran.«

»Es beschäftigt sie«, sagt Conny. »Obwohl sie es längst weiß. Wir sind nun mal beide kein Vater.«

1

Mama sieht toll aus in ihrem Hochzeitskleid. Der weiße Satin schimmert in der Nachmittagssonne in unserem Berliner Hinterhof. Die Strahlen verfangen sich auch in ihrem Haar und lassen den Sekt in ihrem Glas golden aufleuchten, als sie sich zu mir umdreht und mir zuprostet. Ich weiß nicht, wer von uns beiden glücklicher lächelt – sie als Braut oder ich, weil ich seit heute endlich 16 bin. Unser Dauergrinsen wird höchstens noch von dem meiner Co-Mutter Manu übertroffen, mit der Mama seit zwei Stunden verheiratet ist.

Genau an meinem Geburtstag haben die beiden sich das Jawort gegeben. Für lesbische Paare ist Heiraten noch nicht lange erlaubt. Ich finde es süß von den beiden, dass sie an meinem Geburtstag geheiratet haben. Auf dem Standesamt im Rathaus Schöneberg haben sie ihre Ringe getauscht. Und als Manu als Zeichen unserer Verbundenheit als Familie auch mir einen Ring angesteckt hat, sind uns allen dreien die Tränen gekommen.

Manu, eigentlich Manuela, verkörpert mit ihrem fransigen Kurzhaarschnitt und dem ausrasierten Nacken sowie der eher maskulin wirkenden Kleidung das, was man eine *Butch* nennt, eine Lesbe, die wenig Wert darauf legt, typisch weibliche äußere Merkmale zu zeigen, sondern sich burschikoser gibt. Jetzt drückt sie einen Kuss auf Mamas Nacken, genau auf den kleinen Leberfleck, den man nur sieht, wenn sie den Kopf neigt und ihr blond gesträhnter, glatter Bob zur Seite fällt. Mama lacht und küsst sie zurück. Sie ist eine *Femme,* wie man die feminin wirkenden Lesben nennt, die man bezüglich Frisur und Klamotten nicht von einer heterosexuellen Frau unterscheiden kann.

Unsere heile Regenbogenwelt mitten in Berlin – ich hätte es schlechter treffen können. Die wenigsten Hetero-Eltern, die ich kenne, wirken noch so verknallt ineinander wie meine Mütter.

Gut, dass Fabienne da ist, meine beste Freundin, die sich so mit uns freut, aber immer cool bleibt und den Überblick behält. Sie flitzt umher und füllt bei den Gästen Sekt nach, ganz nach Wunsch pur oder mit Orangensaft. Auch ich könnte ein zweites Glas vertragen und bewege mich auf sie zu. Im Kopf spüre ich schon einen leichten Schwips, aber heute darf ich das, man wird nur einmal sechzehn. Alle im Hof sind ausgelassener Stimmung, reden und lachen durcheinander. Sicher hört man die vielen Stimmen bis in die oberen Etagen hinauf.

»Ich beneide dich so, Elena«, sagt Fabienne, die mir mit einem Tablett voller Gläser entgegeneilt. »Wenn meine Eltern Gäste haben, ist es immer so steif. Weiße Tischdecke, das gute Geschirr, gekünstelter Small Talk und eine völlig erschöpfte Mutter, wenn endlich alles vorbei ist. Du hast es so gut, dass es bei euch immer so relaxed ist!«

Deshalb ist Fabienne auch so oft bei uns, wie es geht. Wir kennen uns schon seit der 1. Klasse. Und obwohl ihre Familie vor ein paar Jahren nach Frohnau gezogen ist, einem Nobelbezirk am nördlichen Stadtrand Berlins, besuchen wir dasselbe Gymnasium in Friedenau, weil hier Spanisch als zweite Fremdsprache angeboten wird. Wir finden beide Spanisch viel cooler als Englisch. Ich nehme mir ein Glas, sie stellt das Tablett kurz auf einen der aufgebauten Biertische, dann stoßen wir an.

»Auf dich«, sagt sie und lächelt mir zu. Glücklich lassen wir unsere Blicke über das Brautpaar und die Gäste schweifen. »Was hast du eigentlich zum Geburtstag bekommen?«

»Einen Gutschein für die Renovierung meines Zimmers, mit tatkräftiger Hilfe beim Streichen und Umräumen. Eine größere Freude hätten Mama und Manu mir gar nicht machen können – mein Zimmer ist mir schon lange zu kindlich und zu chaotisch.«

»Wenn du willst, bin ich dabei«, sagt Fabienne. Dann jedoch rammt sie mir ihren Ellbogen in die Seite, so heftig, dass etwas Sekt auf mein Sommerkleid schwappt.

»Was sind denn das für Typen?«, raunt sie mir zu und deutet auf zwei Jungs, die soeben in den Hinterhof spaziert kommen. Sie sind etwas älter als wir. »Kennst du die?«

Ich schüttle den Kopf. Verwunderlich ist es nicht, dass hier auch Fremde auftauchen, denn dass hier gefeiert wird, hört man sicher durch das Tor bis auf die Straße. Außerdem ist bei unseren Hoffesten jeder willkommen, egal was gefeiert wird. Anders geht es auch nicht, wenn wir keinen Stress mit den Nachbarn haben wollen. Auch sie bringen Freunde mit. Meine beiden Mütter wollten gerade an ihrer Hochzeit eine Feier haben, die für jeden offen ist.

Ich liebe unsere Hoffeste, dieses Lockere, Entspannte daran. So ist es immer, wenn wir feiern, egal zu welchem Anlass.

Keiner muss sich aufbrezeln. Man kann kommen, wie man will, egal ob in Schlabberhosen und Korklatschen, schrill und punkig oder frisch aus dem Büro im steifen Kostüm, und ganz gleich welche Hautfarbe man hat oder woher man stammt.

Schwul, lesbisch, bi – bei uns ist alles erlaubt und normal. Fabienne hat recht wenn sie sagt, steif könne jeder und das sei einfach nur anstrengend.

Es helfen auch alle mit. Heute Vormittag, noch vor dem Gang zum Standesamt, haben Manu und ich unsere Balkonmöbel die vier Treppen von unserer Wohnung aus nach unten in den Hof geschleppt. Unten im Hof war Mama unterdessen dabei, Lampions in die Büsche und an den Zaun zu hängen, der den Mülltonnenbereich vom Garten trennt. Sie ist freie Hebamme und war erst heute Nacht von einer langwierigen Hausgeburt zurückgekehrt – zwei Wochen vor dem errechneten Geburtstermin der Mutter. Schon eilten Tina und Rashid, die unter uns wohnen herbei, schickten Mama weg und bauten Bierbänke und Tische auf. Mama sollte sich noch etwas ausruhen können. Ihr kleiner Sohn Dhani schrubbte währenddessen mit seinem Bobbycar über die Steinplatten.

Sobald wir nach der Trauung wieder zu Hause waren, kamen unablässig Leute, fast alle stellten etwas zu essen oder Getränke aufs Büfett, genau wie Mama und Manu es sich »statt Geschenken« gewünscht hatten.

Fabienne und ich beobachten die beiden Jungs aus dem Augenwinkel. Bestimmt denkt auch sie, dass es verdammt gut aussehende Typen sind. Doch deshalb sollen sie sich bloß nichts einbilden. Wir werden nicht gleich anfangen zu sabbern. Der eine fällt mir besonders auf: Seine Größe, bestimmt fast 1,90 Meter. Seine dunklen, etwas zu langen Haare, denen die schräg stehenden Sonnenstrahlen einen leichten Rotschimmer verleihen. Er fährt dauernd mit der Hand durch seine Locken und zerzaust sie dabei immer mehr. Seine leicht gebräunte Haut schon jetzt im Mai, die schön geschwungenen Lippen. Vor allem aber sein wilder, zorniger Blick aus dunkelgrauen Augen. Ein weites, schwarzes Shirt und verwaschene, am Knie eingerissene Jeans. Ein Junge wie ein hungriger Löwe, denke ich.

Fabienne scheint mehr den anderen zu fixieren. Mein Typ ist er nicht. Er trägt die Haare rasiert, nur am Oberkopf hat er seine dunkelblonden Locken stehen lassen und trägt weiße Jeans, dazu ein T-Shirt mit einem italienischen Protzlabel drauf. Viel zu gelackt für meinen Geschmack. In Sachen Jungs haben wir zum Glück schon immer unterschiedlich getickt.

Die beiden wirken wie Fremdkörper unter den anderen Leuten. Die meisten sind schon älter, viel alternatives Volk mit kleinen Kindern, Frauen in bunten Klamotten aus fernen Ländern, andere Lesben, Schwule, ein paar Flüchtlinge sowie Türken, die seit Generationen hier zu Hause sind, und das Hauswart-Ehepaar. Eine bunte Mischung, eine Mini-Abbildung der Gegend hier mitten in Berlin-Schöneberg, fast schon Kreuzberg. Die Jungs blicken sich um wie zwei Aliens, die mit einem Meteoriten in diese Szene gekracht sind. Aber so, wie sie sich gleich darauf zwei Bierflaschen schnappen und sich dann über das Büfett und den Grill hermachen, sehen sie nicht so aus, als ob sie gleich wieder gehen wollten.

Inzwischen beginnt es zu dämmern, fast alle haben schon ein wenig getrunken. Auch Fabienne und ich sitzen auf einer Bierbank und halten jede ein Glas Sommerbowle in der Hand. Malte, der Freund der Studentin aus der kleinen Wohnung neben uns, spielt Gitarre und singt »Galway Girl« von Ed Sheeran. Wer den Song kennt, singt mit, einschließlich mir. Einige Mütter und Väter tanzen mit ihren Kindern dazu im Kreis.

Der Junge, den ich insgeheim den Löwen nenne, setzt sich neben mich. Seine Haut duftet nach einem sportlichen Duschgel, doch mir entgeht nicht die Bierfahne aus seinem Mund. Also rücke ich ein Stück von ihm ab. Genauso macht es Fabienne bei dem anderen Typen, der sich neben sie gepflanzt hat.

»Was ist denn das für ein Öko-Fest?«, fragt der Löwe. »Habt ihr keine richtige Musik?«

»Du spinnst wohl«, kontert Fabienne. »Malte ist so ein toller Sänger.«

»Live-Musik *ist* richtige Musik«, sage ich. »Wenn ihr schlecht drauf seid, geht einfach wieder.«

»Ich hab nichts gesagt«, verteidigt sich der Junge neben Fabienne.

»Schon gut.« Der Löwe fährt sich mit den Fingern wieder durchs Haar. »Ein bisschen bleiben wir noch. Wenigstens sind nicht nur Hippies hier, sondern auch zwei hübsche Mädchen.«

»Ich fühle mich geehrt«, spotte ich und streiche meine Augenbrauen glatt, eine blöde Angewohnheit von mir. »Aber wir haben auch noch andere Eigenschaften.«

»War nur Spaß«, gibt er zurück. »Seid ihr schon lange hier?«

»Seit genau 16 Jahren«, antworte ich und sehe richtig, wie es in seinem Hirn rattert. Fabienne und ich sehen uns an und kichern. Meine Güte, steht der Typ auf dem Schlauch – und ist total schräg. Wie gehetzt er sich umsieht, als würde er gejagt oder gleich um sich schlagen. Dann wieder taucht er in meine Augen ein, als suche er etwas darin, voller Sehnsucht oder Verzweiflung. Das Gespräch zwischen uns vieren kommt nur schleppend in Gang. Mir ist das alles zu mysteriös, zu angespannt. Das hier ist nun mal Mamas und Manus Hochzeit *und* mein Sechzehnter, und ich habe nicht vor, mir von zwei Miesmachern die Laune verderben zu lassen.

»Wollt ihr euch Nachtisch holen?«, fragte ich den Löwen, um die Stimmung zu entkrampfen. »In den Schüsseln findet ihr bestimmt noch Mousse au Chocolat.«

»Ich hätte nichts gegen ein leckeres Dessert«, witzelt der andere und linst in Fabiennes Ausschnitt. Sie verdreht die Augen. Der Löwe steht auf und holt sich eine Dessertschüssel, sieht sich auf dem Büfett um und stellt die Schüssel wieder weg.

»Nur noch Obstsalat da«, mault er. Seine Stimme klingt tief und warm, sie passt gar nicht zu seiner nervösen, zornigen Ausstrahlung. »Bei euch ist alles so bio. Hab schon dieses ganze Grünkernzeugs kaum runterbekommen. Die albernen Väter da drüben sind sich für nichts zu schade, wie?« Er weist mit dem Kopf auf Rashid und unseren Nachbarn Nelson, die gerade ihren Kindern zeigen, wie man auf Stelzen läuft. Ich kapiere nicht, worüber er sich aufregt.

Fabienne zieht ein übertrieben mitleidiges Gesicht. »Armer Schatz«, sagt sie. »Hat dein Papi nicht mit dir gespielt, als du klein warst?«

Der Junge wirft ihr einen so düsteren Blick zu, dass sie ihre Miene sofort wieder auf normal stellt. Also Volltreffer. Er legt seinen Arm auf die Lehne hinter meinem Rücken und tickt mit den Fingern aufs Holz, seine Füße wippen hektisch auf und ab. Malte stimmt gerade »Wonderwall« von Oasis an, und jetzt trommelt mein Sitznachbar den Rhythmus dazu auf die Lehne in meinem Rücken, ganz exakt und konzentriert, aber ruhelos. Ich werde nicht schlau aus ihm. In diesem Moment kommt Manu vorbei und bietet den Jungs ein Bier an.

»Ihr amüsiert euch?«, fragt sie und zwinkert uns zu.

Fabienne wiegt zweifelnd ihren Kopf hin und her, ich zucke mit den Schultern und werfe ihr einen Blick zu, der sagt: *Du glaubst hoffentlich nicht ernsthaft, dass wir diese Typen toll finden.*

»Alles cool«, versichern die Jungs und nickten eifrig. Mein »Belagerer« hat aufgehört zu trommeln, nimmt seine Bierflasche in die Hand und setzt sie an die Lippen. Er schluckt gierig. Ich sehe die Bewegung der Sehnen an seinem Hals und die dunklen Haare, die noch dichter wirken, als er den Kopf nach hinten neigt, und wünsche mir, er wäre nicht so verdammt attraktiv. Zum Glück schaffe ich es, mir nichts anmerken zu lassen.

»Wo ist eigentlich der Bräutigam?«, will der Löwe wissen.

»Hat er seinen Hochzeitsanzug schon ausgezogen und sich unters Kaninchenfuttervolk gemischt?«

»*Der Bräutigam* ist die Frau, die euch das Bier gebracht hat, Manu, die Frau von meiner Mutter, meine Co-Mutter also. Nur für den Fall, dass du dich doch noch einkriegst und beiden vielleicht gratulieren möchtest.«

»Die Frau von deiner Mutter«, wiederholt der Löwe und sieht mich mit einer Mischung aus Spott und Verwunderung an. »Und was hast du ihm zur Hochzeit geschenkt, deinem weiblichen Vater? Einen Bohrhammer? Ein paar Männerunterhosen? Oder 'ne Packung Kondome?«

Er und sein Kumpel klatschen ab und wiehern vor Lachen.

»Und du? 'Ne Nummer zu groß gekauft?«, kontere ich.

Beide Jungs verfallen in Schnappatmung. Der Löwe steht auf, zuerst denke ich, er will abhauen, doch er bückt sich nur und sucht nach seinem Rucksack, aus dem er schließlich einen Bluetooth-Lautsprecher fischt. Schöne Hände hat er. Ich bemerke ein paar kupferfarbene Härchen auf dem Handgelenk sowie seine langen, sehnigen Finger mit kurzen, sorgfältig gefeilten Nägeln und könnte mich ohrfeigen, weil ich mir vorstelle, wie es sich wohl anfühlt, wenn sich diese Hand mit meiner verschränkt. Komisch, dass er mir noch nie aufgefallen ist, dabei wohnt er bestimmt hier im Kiez. Mit seinen wohlgeformten Fingern tippt er jetzt auf seinem Handy herum, bis plötzlich brüllend lauter Hip-Hop die friedliche Stimmung im Hof durchschlägt.

»Endlich mal Stimmung hier«, lacht er und steht auf, holt sich jetzt doch noch mal etwas zu essen und haut rein, als hätte er seit Tagen nichts bekommen. Der andere Junge tut es ihm gleich. Der Hausmeister eilt schimpfend auf uns zu und verlangt, dass *»dieses unerträgliche Gestampfe aus Trump-Land«* abgeschaltet wird, doch meine Mutter geht dazwischen.

»Lass doch«, beschwichtigt sie den Nachbarn. »Wer sagt denn, dass nur unser Musikgeschmack zählt? Gleiches Recht für alle.«

Als die Jungs satt sind, bemerke ich, dass ein wenig von der Wildheit und Wut aus den Augen des Löwen verschwunden ist. Vielleicht ist er aber auch nur wieder nüchtern, weil er jetzt was im Magen hat. Beide versuchen es nun auf die nette Tour, fragen nach unseren Namen, holen für Fabienne und mich Bowle mit extra vielen Eiswürfeln und versuchen erneut, mit uns ins Gespräch zu kommen. Irgendwann beginnt der Löwe, meinen Nacken zu kraulen und beugt sich vor, um mich zu küssen, doch ich schiebe ihn weg.

»Lass gut sein«, sage ich. »Ich glaube, mein Freund wäre ziemlich eifersüchtig, wenn er das hier sehen könnte, und das willst du nicht. Außerdem stinkst du nach Bier.«

»Dein Freund«, wiederholt er und zuckt zurück. »Und wo ist er jetzt, wenn ich fragen darf? Keinen Bock auf euren Emanzen-Haushalt, wie?«

»Du hast nichts kapiert«, erwidere ich. »Und übrigens …« Ich stehe auf und gehe hinüber zu einem runden Gartentisch, auf dem alle Gäste, die es nicht lassen konnten, doch ein paar Geschenke für Manu und Mama oder mich abgelegt haben. Auch mein Hochzeitsgeschenk für meine Mütter liegt darauf. *Wir wollen doch damit angeben*, hatte Mama heute Mittag gesagt.

»Das hier habe ich meinen weiblichen Eltern geschenkt.« Ich hebe eine zwei mal zwei Meter große Wolldecke aus lauter verschiedenen gehäkelten Patchwork-Quadraten an. Ein knappes Jahr habe ich dafür gebraucht. Sie wird die neue Tagesdecke für das Ehebett meiner Mütter. »Noch Fragen?«

Der Löwe verdreht die Augen. »Was für ein Weiber-Alarm«, stöhnt er und dreht sich zu seinem Kumpel um. »Komm, wir verziehen uns.«

2

In dieser Nacht schlafe ich schlecht. Die Bowle bewirkt, dass sich alles um mich herum zu drehen scheint, sobald ich die Augen schließe. Mein Kopf dröhnt und mein Magen rebelliert. Jetzt nur nicht übergeben!

Mir geht dieser Junge nicht aus dem Kopf. Der Zorn in seinen Augen, die Unruhe, die er ausstrahlte, seine dämlichen, frauenverachtenden Sprüche. Er schien gegen alles und jeden zu sein. Wie ein Pulverfass wirkte er. Ein falsches Wort und niemand hätte ihn mehr stoppen können. Trotzdem ist er lange geblieben, dicht an meiner Seite. Noch immer bin ich verwirrt, wenn ich daran zurückdenke, dass er mich küssen wollte. Sein tiefer, düsterer, fast bedrohlicher Blick, seine dichten Haare, die wild und doch gepflegt aussahen. Sein langer, fester Oberschenkel neben meinem, das knochige Knie, das aus seinen zerrissenen Jeans ragte, seine tiefe Stimme, der Arm hinter meiner Schulter und seine Hände, vor allem seine Hände. Ich werde nicht schlau aus ihm, so sehr ich auch grüble.

Erst jetzt fällt mir ein, dass ich nicht mal weiß, wie er heißt. Es hat mich nicht interessiert. Vielleicht weiß Fabienne den Namen des anderen. Ich glaube allerdings nicht, dass ich einen von beiden wiedersehen möchte.

Schon sein Spruch über Manu! Wie kann jemand, der so verflixt gut aussieht, so daneben sein? Er glaubt wohl nicht ernsthaft, so bei mir landen zu können. Welches Mädchen ist heute noch so bekloppt, sich auf einen Typen einzulassen, der Machosprüche ablässt und offenbar noch nie etwas von Toleranz gegenüber Homosexuellen gehört hat?

Niemals, schwöre ich mir, nie im Leben werde ich auf so einen hereinfallen. Manu und meine Mutter sind ein super Paar. Für mich ist das ganz normal mit den beiden. Ich kenne es ja nicht anders. Und sie ergänzen sich so gut. Mama ist diejenige, die an meinem Bett gesessen hat, wenn ich als Kind Fieber hatte, die mir Zöpfe in meine nassen Haare geflochten hat, wenn ich Locken wollte, und die mir gezeigt hat, wie man Apfelkuchen mit Gitter bäckt. Manu brachte mich zum Strahlen, wenn sie mich mit dem Motorrad zur Schule fuhr, mir Zaubertricks beibrachte und indem sie mir zeigte, womit man krumm eingeschlagene Nägel wieder aus der Wand zieht, ohne dass der Putz bröckelt. Nur meinen Hang zum Handarbeiten konnte keine von beiden jemals nachvollziehen. Mama fehlt dazu die Geduld und Manu werkelt lieber mit Holz und Metall.

»Da sieht man schneller ein Ergebnis«, sagt sie immer. »Meine Hände sind wohl zu derb für Stoffe, Fäden und Maschen.«

»Du hast die sensibelsten Hände der Welt«, antwortet Mama dann, »bis auf Elena natürlich.«

Ich bin das absolute Wunschkind meiner Mütter. Beide wollten mich und beide lieben mich. Und es hat keinen einzigen Tag gegeben, an dem ich Grund gehabt hätte, dies zu bezweifeln. Früher, wenn mich andere Kinder zu Hause besucht haben und fragten, wo mein Papa sei, habe ich einfach geantwortet: »Ich habe zwei Mamas«, und dann haben wir weitergespielt.

Natürlich habe ich auch einen Vater, aber gesehen habe ich ihn noch nie. Ich bin durch eine Samenspende gezeugt worden, vor knapp 17 Jahren – und trotz meiner Kopfschmerzen lache ich jetzt stumm in mich hinein. Denn wenn ich *das* dem Löwen erzählt hätte, wäre vermutlich sein gesamtes Weltbild in sich zusammengesunken. Ich weiß davon, solange ich zurückdenken kann, Mama und Manu haben nie ein Geheimnis daraus gemacht. Sie kennen den Spender nicht und haben nur gesagt, dass er Student gewesen sein soll.

»Die Samenspenden waren wohl seine Art, neben dem Studium zu jobben«, hat Mama irgendwann einmal lachend erzählt. Ich habe immer versucht, nicht allzu viel darüber nachzudenken.

Aber in dieser Nacht nach der Hochzeitsfeier, während ich stundenlang wach liege, ertappe ich mich, wie ich doch anfange zu grübeln. Wie es gewesen wäre, mit einem Vater aufzuwachsen, mit *meinem* Vater. Wie sich mein Charakter entwickelt hätte, wenn ein Mann mich gemeinsam mit Mama erzogen und beeinflusst hätte?

Wie unser Alltag gewesen wäre, und ob ich andere Interessen und Hobbys hätte als Kunsthandwerk und ferne Länder. Ob es nicht auch eine Bereicherung wäre, auch zu Hause von männlichen Verhaltensweisen und Meinungen umgeben zu sein, so wie es bei Fabienne und meinen anderen Freundinnen der Fall ist. Und wie es gewesen wäre, wenn er heute zu meiner Geburtstagsfeier gekommen wäre. Was er mir geschenkt hätte ... vielleicht eine tolle gemeinsame Vater-Tochter-Unternehmung. Ich bin die Einzige weit und breit, die in einer Regenbogenfamilie lebt, obwohl wir natürlich auch Männer in unserem Bekanntenkreis haben. Meinen Onkel Philipp, Mamas jüngeren Bruder, finde ich sogar ziemlich nett, aber er wohnt in Frankfurt, und ich sehe ihn höchstens einmal im Jahr. Ein Vaterersatz ist er also nicht.

Und ich frage mich, wie mein Vater wohl aussieht. Ob ich ihm ähnlich bin, denn von Mama habe ich zwar die Nasen- und Mundpartie geerbt, aber meine Augen sind hellbraun und ihre blau, auch die Form ist anders. Sie hat ganz eng zusammenstehende Augen. Die habe ich nicht. Dafür habe nur ich angewachsene Ohrläppchen, Mama und Manu haben freie. Ich komme nicht dran vorbei: Irgendwo auf dieser Welt läuft mein Vater herum, vielleicht lebt er sogar ganz in meiner Nähe, und wer weiß – womöglich bin ich ihm schon irgendwo über den Weg gelaufen, ohne es zu wissen.

Die Kopfschmerzen werden schlimmer, mein Hals fühlt sich rau und klebrig an. Sonst habe ich immer eine Flasche Wasser am Bett, heute Nacht habe ich vergessen, mir eine hinzustellen. Also stehe ich auf und gehe in die Küche. Im Dunkeln muss ich erst mehrere Mineralwasserflaschen im Kasten neben dem Kühlschrank anheben, bis ich eine volle gefunden habe. Ich trinke sie in einem Zug halb leer. Danach fühle ich mich etwas besser und gehe zur Toilette. Komische Vorstellung, hier im Bad könnte auch Rasierzeugs stehen, Männerdeo und After Shave. Das Gesicht eines Mannes im Spiegel. Vielleicht haben Mama und Manu ein Foto von ihm und es mir bisher nicht gezeigt, weil sie mit unserer Familie zufrieden sind, so wie sie ist, und nicht daran rühren wollten.

Nachdem ich mir die Hände gewaschen habe, horche ich in den Flur, erschrecke kurz, als ich eine Bewegung wahrnehme, aber das bin ich selber, eine blasse Gestalt mit zerzausten langen mittelblonden Haaren in unserem großen runden Badezimmerspiegel, den ich letztes Jahr im mediterranen Stil aus lauter blauen und verspiegelten Mosaiksteinen auf einer Gipsplatte zusammengesetzt habe.

Erst als ich sicher bin, dass alles still ist, schleiche ich ins Wohnzimmer, lehne die Tür an, schalte das Deckenlicht ein und öffne die untere Doppeltür des alten Bauernschranks, in dem unsere Fotos liegen. Sie knarrt leise. Die Alben lasse ich, wo sie sind, die habe ich mir schon oft angesehen. Auf vielen ist Fabienne mit drauf. Wir amüsieren uns oft darüber, wie wir als Kinder ausgesehen haben, mit bunten Kleidern und Zahnlücken. Bilder von mir als Baby mal auf Mamas, mal auf Manus

Arm. Die beiden sehen noch so jung darauf aus, schon damals glücklich strahlend. Wir haben noch Schachteln mit unsortierten Bildern, Schnappschüssen, misslungenen Fotos, die trotzdem zu schade zum Wegwerfen sind. Bilder aus Manus Leben, bevor sie Mama kennengelernt hat, Kinderfotos von beiden und nicht zuletzt Mamas »Männerkiste« mit all ihren Verflossenen. Früher war sie mit Jungs zusammen und dachte, mit ihr stimme etwas nicht, weil sie den Sex mit ihnen nicht so sagenhaft fantastisch fand, wie ihre Freundinnen es immer von sich behaupteten. Nachdem sie bei ihren Eltern ausgezogen ist, hatte sie ein paar kurze Liebschaften mit Frauen. Und dann kam Manu.

Die Männerkiste. Vielleicht finde ich darin einen Hinweis. Ein Foto des Spenderstudenten, versteckt zwischen den Exfreunden. Ich versuche, kein Geräusch zu machen, als ich mich auf den Boden setze und wie in Zeitlupe alle Schachteln aus dem Schrank nehme und um mich herum verteile, bis ich ganz hinten endlich die Männerkiste zu fassen bekomme. Ich spüre mein Herz schneller schlagen, während ich den Deckel öffne. Vielleicht bin ich nur Sekunden davon entfernt, zum ersten Mal das Gesicht meines leiblichen Vaters zu sehen, sofern ich ihn erkenne. Sehr voll ist die Schachtel nicht – Mama war schließlich kein Luder. Vier oder fünf Typen waren es, die sie näher kannte vom Teenie-Alter an, bis sie endlich dazu stehen konnte, wer sie wirklich ist und was sie fühlt. Jungs aus ihrer Oberstufe, Freunde von Freunden, Medizinstudenten aus den Krankenhäusern, in denen sie ihre Praktika absolvierte, Urlaubslieben, keiner von ihnen war ihr jemals so wichtig wie Manu.

Einen kleinen Stapel Bilder nehme ich in die Hand und fächere sie auf wie Spielkarten. Auf vielen davon ist Mama mit drauf, es sind nur wenige Fotos von einzelnen Jungs darunter, die nicht auch auf anderen Bildern neben Mama wieder auftauchen. Trotzdem versuche ich, Ähnlichkeiten zwischen ihren Gesichtern und meinem zu entdecken.

Aus Mamas und Manus Schlafzimmer höre ich leises Husten und das Rascheln ihrer Bettdecken. Hastig lege ich die Fotos zurück und schiebe die Kiste wieder an ihren Platz zurück, versuche alles genau so einzuräumen, wie es vorher war. Dann schleiche ich zurück in mein Zimmer, schließe lautlos die Tür und krieche wieder unter meine Bettdecke, um weiterzugrübeln.

Ich habe lange nicht darüber nachgedacht, dass es diese Lücke, den blinden Fleck in meinem Leben gibt. Einen Menschen, von dem ich genauso abstamme, mit dem ich genetisch ebenso eng verwandt bin wie mit meiner Mutter. Ich glaube, ich kann mich erst als vollständig, als ganze Person empfinden, wenn ich weiß, wer er ist. Ich spüre: Jetzt hat es angefangen. Ich bin auf der Suche nach meinem Vater. Und ich werde nicht aufgeben, bis ich ihn gefunden habe.

Elena, 7 Jahre

Liber Papa,
wie get es dir? Mir get es gut. Ich bin 7 Jare alt.
In der Schule sitze ich neben Fabien. Fabien hat braune Hare.
Fabiens Papa hat auch braune Hare. Meine Hare sind blont.
Was für Hare hast du? File Grüse fon Elena.

3

Wir sind alle drei verkatert, als wir gegen Mittag am Frühstückstisch sitzen. Mama ist noch am besten drauf. Sie ist als Erste aufgestanden, hat Brötchen geholt und die Kaffeemaschine angeschmissen. Manu reibt sich Pfefferminzöl auf die Schläfen, trinkt Tee aus frischem Ingwer in kleinen Schlucken und spießt etwas Rührei auf ihre Gabel.

»Nimm ein paar Chiligurken«, sagt Mama zu ihr und öffnet das Glas mit einem Knacken. »Ansonsten hilft nur Schlaf oder frische Luft. Hast du übrigens heute Nacht deinen Zahnputzbecher im Wohnzimmerschrank gesucht statt im Bad?«

»Na hör mal«, knurrt Manu, »so besoffen war ich nun auch nicht. Wenn nicht kurz vor Mitternacht noch Liza mit ihrer selbst gemachten Sangria gekommen wäre, hätte ich gar keine Kopfschmerzen. Aber die war einfach zu gut, um nach einem Glas schon aufzuhören. Was ist denn mit dem Wohnzimmerschrank?«

»Die untere Tür stand offen, als ich aufgestanden bin«, antwortet Mama. »Vor dem Schlafengehen war sie noch zu. Also du warst es nicht?«

»Was sollte ich mitten in der Nacht im Wohnzimmer

suchen? Vielleicht spukt es hier. Oder Elena schlafwandelt.«

Jetzt habe ich also den Ball. Verflixt, ich muss in meiner Eile vergessen haben, die Schranktür zu schließen, nachdem ich die vielen Fotoschachteln wieder eingeräumt habe. Mama sieht mich an und grinst ein wenig bemüht.

»Oder hat sich dein Verehrer von gestern Abend im Schrank versteckt?«

»Welcher Verehrer?«, gebe ich zurück. »Ich war das, aus Versehen. Ich wollte ein Foto von meinem Vater finden.«

Oops, das war die Flucht nach vorn. Aber warum auch nicht, die Zeit ist reif dafür.

»Von deinem *was*?« Mama starrt mich an. »Wieso denn so plötzlich, noch dazu mitten in der Nacht? Du weißt doch über alles Bescheid. Der Mann hat doch noch nie eine Rolle bei uns gespielt.«

»Und das ist auch gut so«, sagt Manu, die neben ihr sitzt, langt über den Tisch nach einer Serviette und hustet hinein. Bei meinen Worten hat sie sich fast an ihrem Kaffee verschluckt. »Uns braucht hier kein Kerl reinzureden.«

Ich starre zurück und kann es nicht glauben. Beide sitzen mir im Schulterschluss gegenüber und sind sich schon einig, bevor sie wissen, was ich überhaupt will.

»Habe ich gesagt, ich will zu ihm ziehen?«, brause ich auf. »Wo ist denn auf einmal eure Toleranz? Jede kleine Rotznase, die gestern Abend mitgefeiert hat, konnte ihren Papi vorweisen, und ich soll von meinem nicht mal ein Foto sehen? Ich will einfach nur wissen, ob ich ihm ähnlich bin und ob er ein guter Mensch ist! Ist das zu viel verlangt?«

»Du siehst Conny ähnlich.« Manu versucht zu grinsen. »Alles, was an ihr schön ist, ist es auch an dir.«

Ich verdrehe die Augen. »Sorry, Manu, aber jetzt geht es ausnahmsweise mal um mich und nicht um euch als Pärchen. Ihr habt euch das damals alles so ausgedacht und durchgezogen mit der Samenspende. Aber ich bin kein kleines Kind mehr. Ich will wissen, wer ich wirklich bin. Und dazu reicht es nicht, mit euch einen auf Happy Family zu machen. Irgendwo da draußen lebt mein Vater. Ist es so schwer zu verstehen, dass ich ihn wenigstens einmal sehen will?«

»Ist ja gut.« Manu stöhnt und knetet ihre Stirn. »Aber das wird ein riesiger Aufwand. Überleg dir gut, ob du dir das wirklich antun willst.«

»Irgendwann musste dieser Tag kommen«, seufzt Mama. »Du bist 16 geworden, da musst du uns nicht mal mehr um Erlaubnis fragen, um die Identität des Samenspenders von damals herauszufinden.«

»Wieso Erlaubnis? Habe ich euch erlaubt, so ein Geheimnis um meinen Vater zu machen? Woher wolltet ihr die ganze Zeit wissen, dass ich ihn nicht gern kennengelernt hätte?«

»Wie wollten dich nicht durcheinanderbringen«, sagt Manu. »Vielleicht war das ein Fehler, das gebe ich zu. Leider können wir die Zeit nicht zurückdrehen.«

»Habt ihr wirklich kein einziges Bild von ihm?«

Sie schüttelt den Kopf. »Wir haben damals nicht mal eines gesehen, geschweige denn mit nach Hause bekommen. Äußere Merkmale und Charakterzüge haben wir zwar mit der Samenbank abgesprochen, aber Fotos … Fehlanzeige. Tut mir leid.«

»Und wie er heißt, wisst ihr auch nicht?«

»Der Mann war damals noch ziemlich jung und wollte bestimmt nicht verpflichtet werden, Unterhalt zu zahlen«, sagt Manu.

»Darum geht es doch gar nicht.« Ich lasse mich in meinem Stuhl gegen die Rückenlehne fallen. »Aber dann gehen meine Chancen, ihn ausfindig zu machen, wohl gegen null.«

»Aber wieso brennst du auf einmal so darauf, deinen Spender zu finden?«, will Manu wissen. »Bisher warst du immer zufrieden mit unserer Familie, so wie sie ist.«

»Deinen Spender. Wie sich das anhört«, erwidere ich gereizt. »Immerhin habe ich von ihm die Hälfte meiner Gene geerbt.«

Unten an der Haustür klingelt es. Ich weiß schon, wer das ist. Meine Wurfzeitungen werden geliefert, die ich jeden Samstag hier im Kiez austrage. Die Hälfte von dem Geld, das ich damit verdiene, nehme ich als Taschengeldaufbesserung, die andere Hälfte spare ich. Im Internet habe ich zwar auch noch einen kleinen Shop, den ich mit Mama zusammen eingerichtet habe und in dem ich selbst genähte Handyhüllen und gehäkelte Accessoires verkaufe, aber wegen der Patchworkdecke bin ich schon lange nicht mehr dazu gekommen, neue Sachen einzustellen. Nach dem Abi möchte ich für ein Jahr ins Ausland gehen. Südafrika oder Indonesien sehen, andere Kulturen kennenlernen, Sprachen aufschnappen, Landschaften auf mich wirken lassen, von denen ich heute noch nicht mal ahne, dass es sie gibt. Darauf spare ich.

Der Wurfzeitungsjob nervt mich meistens, vor allem, weil ich vorher immer noch die Werbebeilagen einlegen muss, jede einzeln.

Aber heute habe ich Bock drauf. Durch die Straßen ziehen, von Haus zu Haus, den Kopf frei kriegen. Vielleicht sehe ich sogar meinen Vater, haha. Kann doch sein, dass er hier in der Gegend wohnt.

Ich springe auf und drücke auf den Summer. Nach oben schleppen muss ich die Zeitungen selbst, der Bote stellt sie nur im Treppenhaus ab. Aber erst mal setze ich mich wieder in die Küche. So schnell lasse ich nicht locker.

»Wer hat dir das überhaupt eingeredet?«, hakt Manu noch einmal zwischen zwei Schluck Kaffee nach. »Der seltsame Junge vielleicht, der gestern Abend nicht von deiner Seite gewichen ist?«

»Blödsinn. Der hat damit überhaupt nichts zu tun.« Ich spüre, dass ich rot werde, aber die beiden können ruhig denken, es sei nur vom Ärger, weil sie sich so verbohrt geben. Ja, er war der Auslöser durch seinen Spruch vom *weiblichen Vater*. Aber auf die Idee, mich für meinen genetischen Vater zu interessieren, wäre ich auch noch von selber gekommen.

»Dann weiß ich nicht, wozu das alles auf einmal gut sein soll«, sagt Manu. »16 Jahre lang sind wir drei bestens ohne Mann klargekommen. Wer weiß, was alles passiert, wenn du ihn erst kennenlernst. Es kann auch eine Enttäuschung für dich werden! Die würde ich dir gern ersparen.«

»Frag mich doch *einmal*, was ich will!«, brause ich auf.

»Vielleicht hast du von ihm dein impulsives Wesen.« Manu fixiert mich mit ihrem Blick. »Von Conny jedenfalls nicht.«

»Ich glaube, in Elenas Alter war ich nicht viel anders«, sagt Mama und lächelt uns beide mit starren Lippen an. An ihrem Hals haben sich rote Flecken gebildet. Dann, wieder an mich gewandt: »Wir wollen es dir nicht ausreden, Kleines. Aber so ein Schritt will gut überlegt sein. Du nimmst zu jemandem Kontakt auf, der mit uns gar nichts zu tun hat, der keine Vaterrolle übernehme wollte, sondern nur Menschen mit unerfülltem Kinderwunsch helfen. Sich etwas Geld dazuverdienen. Und klar, du trägst seine Gene in dir.«

»Ja eben! Und das nennst du nichts?« Ich springe wieder auf.

»Genau zur Hälfte stamme ich von ihm ab, genau wie von dir, Mama. Sorry Manu, aber so ist es nun mal. Und deshalb will ich wissen, wie er tickt. Wo er wohnt, wie er lebt, was er von Beruf ist und wofür er sich sonst noch interessiert. Vielleicht reicht mir das schon! Vielleicht will ich ihm nur einmal begegnen, damit er für mich kein Phantom bleibt. Einmal Hallo sagen, kurz quatschen und tschüss. Ich weiß echt nicht, weshalb ihr so ein Drama daraus macht.«

»Dein Recht kann dir natürlich keiner nehmen. Das wollen wir auch gar nicht«, betont Mama. »Wir dachten bloß, du wärst genauso happy mit unserer Regenbogenfamilie wie wir. Fehlt dir denn etwas bei uns?«

»Quatsch. Aber ich konnte mir das nicht aussuchen«, kontere ich. »Klar, ihr seid meine Familie und ich hab euch beide lieb. Aber mein Vater ist für mich nicht irgendwer, nur weil ich ihn noch nie gesehen habe.«

Ich lehne mich gegen den Türrahmen. Manu steht auf und wühlt in der Schublade unseres Küchenschranks, findet ein Röhrchen Brausetabletten gegen Schmerzen und löst zwei davon in Wasser auf. Ihre kurzen dunklen Haare stehen leicht fettig von ihrem Kopf ab, ihr kariertes Hemd hat sie schief geknöpft. Mama isst endlich ihr Brötchen weiter. Ich hole meins auch und schlinge es im Stehen hinunter. Erst jetzt merke ich, wie gut es mir tut, etwas in den Magen zu bekommen.

Als ich fertig bin, öffne ich die Tür zum Treppenhaus, renne nach unten und wuchte den ersten Stapel Wurfzeitungen hoch in die Wohnung. Sechs Beilagen sind einzusortieren, Möbelhäuser, Supermärkte, Discounter, ein Spielwarenriese. Eine Stunde wird es mindestens dauern, bis ich damit fertig bin, aber es gibt mehr Kohle, als wenn ich nur die leeren Zeitungen durch unseren Kiez schleppen würde. In meinem Zimmer werfe ich den ersten Stapel auf mein Bett und schneide die Banderole auf.

Aus dem Flur höre ich Mama telefonieren, kurz darauf steckt sie ihren Kopf durch meine Tür.

»Ich muss ins Geburtshaus«, sagt sie. »Heute scheinen sich alle Babys verabredet zu haben, gleichzeitig auf die Welt zu kommen. Ich weiß nicht, wann ich zurück bin.« Sie kommt näher und drückt mich. »Ich versteh dich ja, Kleines. Wir reden später noch mal in Ruhe über alles, versprochen.« Dann geht sie, und ich setze mich auf mein Bett und fange mit dem Sortieren an.

Nach ein paar Minuten klopft Manu an und wartet, bis ich sie hereinbitte. Inzwischen schaut sie etwas muntererer aus der Wäsche als vorhin am Tisch.

»Ich beneide dich nicht um deinen Job«, sagt sie. »Wenn du willst, helfe ich dir. Genau wie dir ist mir heute nach etwas, wofür man kein Hirn braucht. Darf ich?«

Die meiste Zeit arbeiten wir schweigend, Hand in Hand und entwickeln stumm eine gemeinsame Routine. Daran würde jeder Außenstehende erkennen, dass wir zusammengehören. Ich schichte die Beilagen aufeinander und schiebe sie in die Mitte der Zeitungen, die Manu für mich aufhält und danach auf den rasch anwachsenden Stapel legt, von Mal zu Mal geht es schneller. Ab und zu versucht Manu, ein Gespräch mit mir anzufangen, locker und leicht, ich spüre genau, dass ihre Stimme unverkrampft klingen soll. Wir sind erst beim zweiten Stapel von fünf. Manu hat die restlichen vier nach oben geholt. Als Tischlerin ist sie Zupacken gewohnt. Ich bin noch nicht so weit, mich ganz versöhnlich zu zeigen.

»Hat es euch gestern gefallen?«, will sie wissen. »Fabienne, dir und den beiden Jungs?«

»Mit Fabienne ist es immer cool«, antworte ich. *Als ob du wissen willst, was mit Jungs ist.*

»Kennt ihr die zwei aus der Schule?«

»Die sind einfach aufgetaucht. Keine Ahnung, woher.« *Hör auf zu bohren. BITTE.*

»Der Dunkelhaarige stand ja mächtig auf dich. Scheint aber ein übler Macho zu sein.« *Und wenn schon.*

Nach einer halben Stunde haben wir erst knapp die Hälfte der Werbebeilagen geschafft, insgeheim fluche ich, weil ich gerade heute keinen Bock auf Manu habe, aber ohne sie würde ich doppelt so lange brauchen. Ich will endlich raus, damit ich in Ruhe meinen Gedanken nachhängen kann, ohne dass mich dauernd jemand vollquatscht.

»Nachher fahre ich noch zum Baumarkt«, versucht sie es weiter. »Wir wollen das Bad neu streichen und ein wenig umgestalten.« Sie blickt sich in meinem Zimmer um.

»Danach könnten wir gleich hier bei dir weitermachen, wenn du willst. Wie versprochen.« *Von mir aus könnt ihr auch eine Hochzeitsreise machen. Ich komme hier schon klar oder gehe zu Fabienne.*

»Mal sehen«, antworte ich knapp und blicke mich kurz um, ganz unrecht hat sie nicht. Die Poster von

Schauspielern und Sängern habe ich längst abgenommen, weshalb mein Zimmer etwas chaotisch rüberkommt mit dem Nähmaschinentisch in der Mitte und dem Regal vor der vanillegelben Wand, das vor lauter Stoffen und Körben mit Wolle fast überquillt. An ihm lehnt eine Holzleiter, die ich mit einer Lichterkette aus blütenförmigen LEDs umwickelt habe. Vor dem Fenster wartet mein Schreibtisch darauf, dass ich Hausaufgaben mache, zuoberst liegt mein Laptop. Das Schönste im Zimmer ist die Deckenlampe. Den schlichten weißen Schirm habe ich mit unzähligen übrig gebliebenen bunten Knöpfen beklebt. Frisch renoviert würde alles viel einladender aussehen.

»Weißt du«, sagt Manu, als wir mit den Werbebeilagen fast fertig sind, »deine Zeugung ist schon so lange her. Auch wenn es Conny und mir erscheint, als wäre das alles erst gestern passiert. Der junge Mann, von dem du abstammst, ist inzwischen auch älter geworden, genau wie wir. Seine damalige Hilfsbereitschaft für Kinderlose kann sich längst geändert haben. Vielleicht bereut er seinen damaligen Schritt. Vielleicht hat er sich zu einem Menschen entwickelt, der dir längst nicht so sympathisch erscheint, wie du es dir vorstellst.«

»Ich stelle mir gar nichts vor«, erwidere ich. »Und es geht auch nicht darum, ob er toll ist. Aber ich will wissen, wessen Blut außer Mamas noch in meinen Adern fließt. Meine fehlenden Puzzleteile zusammensetzen. Ich will herausfinden, ob dieser Mensch mein Herz berührt. Wenn ich dabei auf die Schnauze falle, ist das meine Sache. Dann habe ich es wenigstens versucht. Lieber werde ich dabei enttäuscht als ewig im Ungewissen zu bleiben.«

»Okay. Dann such ihn.« Manu legt die letzte Zeitung auf den Stapel, nickt mir noch einmal zu und verlässt mein Zimmer. Ich schlüpfe in meine Sneakers und meine Jeansjacke, wuchte mir so viele Zeitungen unter den Arm, wie ich tragen kann, und rufe einen knappen Gruß in die Wohnung, ehe ich nach unten eile.

In der Nacht muss es geregnet haben, ein kühler Wind fegt Wassertropfen von den Platanen in der Bülowstraße, ein paar landen in meinen Haaren. Die ersten Häuser schaffe ich schnell, da ich die Wurfzeitungen unten in die Hausbriefkästen schmeißen kann. Es tut mir gut, mit der Sackkarre unterwegs zu sein und körperlich zu arbeiten. Durch die geschlossenen Wohnungstüren höre ich Geschirr klappern und Kinderlachen, Fernsehtöne, holpriges Klavierüben, Stille, Einkaufstütenrascheln und einen lauten Streit zwischen Mann und Frau. Bei uns zu Hause geht es ruhiger zu, Mama und Manu zoffen sich fast nie. Verrückter Gedanke, dass hinter einer dieser Türen vielleicht mein Vater wohnt, allein oder mit Familie. Vielleicht ist er auch schwul wie so viele in dieser Gegend. Aus dem ganzen Land ziehen sie her, weil sie in Berlin in Ruhe gelassen werden. In spießigen, erzkonservativen Kleinstädten finden Homosexuelle oft immer noch keine Jobs und müssen sich blöde Sprüche anhören. Auch Manu ist keine Berlinerin, sondern kommt aus einem 600-Einwohner-Dorf in Bayern, wo es noch nicht mal leicht für sie war, eine feste Freundin zu finden.

In einem Fahrstuhl treffe ich eine alte Dame, die ich hier schon häufiger getroffen habe. Sie freut sich, mich zu sehen.

»Ich gehe zum Winterfeldtmarkt«, sagt sie, und die Lachfalten umkränzen ihre Augen wie Sonnenstrahlen. »Pfingstrosen kaufen, so viele ich tragen kann. Darauf freue ich mich jedes Jahr. Früher hat mein Mann sie mir mitgebracht, immer am Geburtstag unseres Sohnes, um mir auch nach Jahren noch zu zeigen, wie dankbar er dafür ist. Nun ist mein Mann schon seit 13 Jahren tot. Aber soll ich deshalb auf meine Lieblingsblumen verzichten?«

Blumen aus Dankbarkeit für ein Kind. Auch Mama hat von Manu jedes Jahr welche zu meinem Geburtstag bekommen, soweit ich zurückdenken kann. Ich wollte nicht ungerecht gegen Manu sein.

Zum Winterfeldtmarkt könnte ich nachher auch noch gehen. Ich liebe die alkfreien Ingwer-Shots dort. Die Sonne steht bereits hoch und trocknet die Straßen im Nu. Ich ziehe mein Handy aus der Umhängetasche und will Fabienne anrufen, um zu fragen, ob sie mitkommen will und danach noch in den Park am Gleisdreieck. Einfach auf dem Rasen liegen, die Wolken über uns vorbeiziehen lassen und mit ihr über meinen Plan reden. *Ihr Prepaid-Guthaben beträgt noch 18 Cent,* sagt mein Display. Also zerre ich meine Sackkarre zur Tankstelle an der Ecke. Hier gibt es Aufladekarten aller Anbieter. Danach ist mein Lohn fürs Zeitungen-Austragen für heute schon fast wieder futsch. 574 Euro habe ich für meine Weltreise zusammen. Das reicht kaum für eine Woche Mallorca. Nix Südafrika, nix Indonesien oder Kuba, wo es ebenfalls toll sein muss.

Und dort, an der Tanke, sehe ich ihn. Den Jungen von gestern Abend. Genauso wild, genauso wütend, genauso gut aussehend.

Ich verstecke mich hinter einem Stromkasten, er steht mit seinem Fahrrad bei den Reifendruckmessern und streitet mit einem Mann. Beide gestikulieren wild, der Mann noch zorniger als der Junge. Es sieht aus, als wolle er ihn schlagen, sein Gesicht ist rot vor Wut. Er brüllt und brüllt neben seinem eleganten schwarzen SUV. Es scheint nichts zu nützen, der Löwe antwortet nur knapp, schüttelt seinen Kopf, lässt sein Fahrrad immer wieder gefährlich zur Seite kippen und fast gegen die Karosserie fallen, fängt es mit der Hand ab und wiederholt sein provokantes Spiel.

Der traut sich was, fährt es mir durch den Kopf. Der lässt sich nichts gefallen von dem arroganten Bonzen. Und plötzlich ist irgendwas anders, es fühlt sich an, als ob jemand eine Saite in mir angeschlagen hat, die nun langanhaltend klingt, in einem schmerzlich-schönen Moll-Ton. Cool bleiben, Elena, beschwöre ich mich selbst und versuche, aus der Entfernung zu erkennen, ob der Junge mit seinem Rad den Protzschlitten des Mannes beschädigt hat, was an einer Tankstelle leicht passieren kann, eng genug ist es dort.

Erkennen kann ich nichts, vielleicht hat sich einer von beiden vorgedrängt, und nun ist keiner bereit, nachzugeben. Im nächsten Augenblick steigt der Mann in seine Luxuskarre und braust davon. Der Junge flucht hinter ihm her, dann steigt er auf sein Rad, rollt auf den Fahrdamm und biegt ab. Ich trete hinter meinem Versteck hervor und gehe in den Verkaufsraum, hole meine Guthabenkarte, lade mein Handy auf und rufe Fabienne an. Mailbox. Wie konnte ich vergessen, dass sie samstags meistens auf dem Reiterhof ist, deshalb hat sie nach der Feier gestern auch nicht bei uns übernachtet. Also gehe ich nach Hause, bringe die Sackkarre in den Keller und starte mit dem Bus nach Norden.

4

In Lübars am nördlichen Stadtrand riecht die Luft wie auf dem Land, dabei ist auch das hier noch Berlin. Dieses Dorf besteht im Kern aus einem Anger mit einer kleinen Barockkirche, die von ein paar verschlafenen Bauernhäusern mit üppigen Naturgärten, einem ehemaligen Schulgebäude neben dem Feuerwehrhaus, weiten Feldern und mehreren Reitanlagen umsäumt wird.

Fabienne entdeckt mich sofort und winkt mir zu, als ich an ihrem Reitplatz ankomme und mich auf die Bande setze, um ihr zuzusehen. Mit ihren langen, fast schwarzen Haaren sieht sie aus wie ein Indianermädchen. Soeben lässt sie ihr Reitbeteiligungspferd, eine schlanke Stute mit dem passenden Namen »Morgenröte« traben, dann durchparieren und schließlich einige Runden im Schritt gehen, ehe sie sie am Zaun zum Stehen bringt. Fabienne hat schon mehrere Turniere gewonnen, was mich nicht wundert, so elegant und selbstsicher wie sie im Sattel sitzt. Fabienne wirkt wie verwachsen mit dem Pferd, das auf jede noch so kleine Hilfe ihrer Schenkel und jede winzige Veränderung im Zügel reagiert. Anerkennend klopft sie der Stute den Hals, dann steigt sie ab, kommt auf mich zu und umarmt mich. Ihre Augen strahlen und die Wangen sind leicht gerötet. Sie führt das Pferd zum Stallgebäude, bindet es davor an und sattelt es ab, reibt es trocken und führt es in seine Box, versorgt es mit einem Arm voll Heu, ein paar Möhren und frischem Wasser.

»So cool, dass du hergekommen bist«, sagt sie und nimmt ihre Tasche vom Boden neben der Pferdebox auf.

»Ist deine kleine Schwester heute nicht hier?«, frage ich, denn ich kann Aline, die elf Jahre alt ist und wie eine kleinere Ausgabe von Fabienne aussieht, nirgends entdecken. Die Liebe zu Pferden haben beide gemeinsam. Fabienne schüttelt den Kopf.

»Sie war zu einer Pyjamaparty eingeladen und ist wohl jetzt erst auf dem Heimweg«, erklärt sie. »Gehen wir ein Eis essen?«

Wir steuern die Eisdiele am Zabel-Krüger-Damm an, nur wenige Schritte vom Reiterhof entfernt, und reihen uns in die Schlange aus Familien mit Kindern ein. In der hinteren Ecke des Gartens ist noch ein Tisch mit zwei Stühlen frei.

»Heute fiel mir das Aufstehen schwer«, lacht Fabienne. »Ist ganz schön spät geworden gestern.«

»Mit dir als Übernachtungsgast wäre ich vielleicht in der vergangenen Nacht nicht auf meine verrückte Idee gekommen.«

»Oha.« Fabienne schichtet Schoko- und Orangeneiscreme auf ihren Löffel. »Habe ich was verpasst?«

Ich erzähle ihr von meiner vergeblichen Suche nach einem Foto von meinem Vater und davon, dass ausgerechnet der blöde Spruch des Löwen dazu geführt hat, dass ich über diese Lücke in meinem Leben nachdenke.

»Das würde wohl jedem so gehen«, vermutet sie. »Auch Adoptivkinder suchen früher oder später nach ihren leiblichen Eltern, egal ob sie in ihrer Familie glücklich aufgewachsen sind oder nicht. Manu ist eingeschnappt, sagst du? Das ist doch nicht gegen sie gerichtet. Und außerdem dein gutes Recht.«

»Hoffentlich sieht sie es irgendwann genauso. Sonst kriege ich auch noch mit Mama Stress.«

Fabiennes Augen weiten sich. »Meinst du wirklich? Aber Familie ist doch wichtig, und dass dein Vater irgendwie dazugehört, kann man ja nicht leugnen. Ich jedenfalls könnte mir mein Leben ohne meinen Papa absolut nicht vorstellen, und das wäre auch nicht anders, wenn er mir erst vor Kurzem zum ersten Mal begegnet wäre.«

»Ihr versteht euch gut«, sage ich. »Bei meinem Vater und mir ist das nicht sicher.«

»Das wirst du nur herausfinden, wenn du ihn kennenlernst. Und weißt du was: Ich helfe dir beim Suchen. Wir machen das erst mal ganz geheim. Wenn du deinen Vater gefunden hast, kannst du die Welt deiner beiden Mütter immer noch auf den Kopf stellen.«

»Oder seine.« Bei dieser Vorstellung muss ich kichern. »Der rechnet bestimmt nicht damit, dass vielleicht eines Tages seine Tochter vor ihm steht.«

Wir löffeln weiter unser Eis und planen, wie wir vorgehen werden. Zusammen mit Fabienne verliert das

Thema ein wenig von seiner Dramatik und Schwere. Ihr Vorschlag macht es zu etwas Spannendem, einem Freundinnen-Geheimnis, wie der Beginn eines fröhlichen Abenteuers.

»Wetten, es gibt viel mehr Samenspenderkinder, als du denkst?«, überlegt sie laut und holt ihr Smartphone aus der Tasche. »Komm, wir schauen nach.«

Ich rücke meinen Stuhl zu ihrem heran. Fabienne öffnet eine Suchmaschinen-App und gibt »Spenderkind« ein. Auch ich zücke meines und suche mit anderen Hashtags.

»Sieh mal hier«, stößt sie plötzlich hervor. »Ein ganzes Forum für Kinder von Samenspendern, die ihre Väter suchen!«

Wir beugen uns beide über ihr Display und Fabienne scrollt durch die Seite.

»Scheint kompliziert zu sein«, stelle ich fest. »Hier kann man sich mit anderen Spenderkindern austauschen. Sieh mal, eine Facebook-Gruppe gibt es wohl auch. Aber um den Vater zu finden, muss man sich bei einer der großen DNA-Datenbanken registrieren. Da melden sich auch Leute an, die entfernte Verwandte suchen oder etwas über die Herkunft ihrer Vorfahren erfahren wollen. So kann man herausfinden lassen, ob man mit einem Samenspender, der ebenfalls registriert ist, zusammengehört. Aber was ist, wenn mein Vater gar nicht eingetragen ist? Soll ich jede Datenbank anschreiben? Das kostet ja einen Haufen Geld.«

»Aber dann ist die Chance am größten, dass du deinen Spender findest«, meint Fabienne. »Wahrscheinlich dauert es eine Weile. Erst mal musst du wohl Conny und Manu ordentlich auf den Zahn fühlen, wenn sie dir bisher so wenig erzählt haben. Wo das alles stattgefunden hat, das genaue Datum und welcher Arzt sie betreut hat.«

»So viel zum Thema Geheimnis«, sage ich. »Aber du hast recht. Das müssen sie mir verraten, danach lasse ich sie erst mal in Ruhe.«

»Sieh mal hier.« Fabienne schiebt ihr Smartphone dichter zu mir hin. »Ein Mädchen schreibt, dass sie ein halbes Jahr gebraucht hat, um ihren Vater zu finden. In den Sommerferien wird sie ihn zum ersten Mal treffen. Das muss so aufregend sein!«

Ein lautes Kreischen von der gegenüberliegenden Straßenseite reißt mich aus meinen Gedanken. An der Bushaltestelle albern ein Junge und ein Mädchen herum. Er kitzelt sie und sie versucht sich loszureißen, wobei sie beinahe auf die Fahrbahn stolpert. Ein Kombi mit Pferdehänger fährt hupend an ihr vorbei.

»Ist er das …?«, frage ich mehr mich selbst als Fabienne.

Sie sieht von ihrem Display auf und folgt meinem Blick. »Wer? Dein Vater?«, fragt sie.

Ungeduldig schüttele ich den Kopf. »Vergiss es, ich habe mich geirrt. Ich dachte kurz, der Typ da drüben wäre der von gestern Abend, du weißt schon.«

Fabienne lächelt vielsagend. »Er geht dir nicht aus dem Kopf. Suche Nummer zwei? Bei dir ist ja ganz schön was los.«

Ich erzähle ihr von meiner Beobachtung an der Tankstelle.

»Und jetzt verfolgt dich sein Gesicht.« Fabienne sieht mich nachdenklich an. »Also, er ist schon heiß. Sein Aussehen auf jeden Fall. Auch wenn er mal zum Friseur gehen könnte.«

»Ich mag lange Haare bei Jungs. Aber was meinst du …?« Ich drehe eine Haarsträhne um meinen Zeigefinger. »Soll ich mir meine schneiden lassen? Mal eine neue Frisur ausprobieren?«

Fabienne lacht. »Elena, meine Süße, du weißt schon, dass es dich ganz schön erwischt hat? Wir sind hier in einem der entlegensten Winkel Berlins, und du scannst die Straße ab nach einem Kerl, den du erst zweimal gesehen hast und dessen Namen du nicht mal kennst, und willst deinen Look für ihn ändern?«

»Ist ja gut. Ich sage ja gar nicht, dass es für ihn sein soll.«

Ich setze meinen Eisbecher an die Lippen und trinke den Rest aus. Als Kind habe ich immer so lange in meinem Eis gerührt, bis alle Sorten zu einer einzigen cremig-süßen Soße zusammengeschmolzen waren. Meine jetzt schmeckt nach Pistazie, Melone und Eierlikör zugleich.

»Aber ist es dir noch nie so gegangen? Dass du jemanden getroffen hast und das Gefühl hattest, da steckt mehr dahinter? Dass es irgendwie … Schicksal ist?«

»Doch. Bei dir«, sagt sie, und jetzt spüre ich, dass ich aufhören muss, von diesem Jungen zu reden. Bisher hat

Fabienne mich immer verstanden, aber vor dem Löwen scheint sie mich warnen zu wollen. Vielleicht ist es besser, ich behalte ihn erst mal für mich, nur in meinen Gedanken.

»Von dem geht nichts Gutes aus, glaub mir«, sagt sie. »So wie er sich gestern aufgeführt hat, würde er dich bestimmt auch behandeln, wenn ihr euch näherkommt. Du hast was Besseres als Freund verdient, ehrlich. Wenn du mich fragst: Vergiss ihn. Und deine Frisur steht dir super. Du hast so tolle lange Haare. Ist natürlich deine Entscheidung.«

Freund. Wie das klingt. Ich war noch nie richtig mit jemandem zusammen. Bisher hat es mich nicht gestört.

»Ich überleg's mir noch«, sage ich. Drüben hält jetzt der Bus und verschluckt das Pärchen. »Aber du hast recht, ich werde versuchen, mich seinetwegen nicht verrückt zu machen. Kommst du noch mit zu mir?«

Zu Hause ist es ungewohnt still, während Fabienne und ich an meinem Laptop weiter zum Thema Samenspende recherchieren.

Mama ist schon zurück. Sie und Manu waschen das letzte Geschirr von der Feier ab und rücken alle Möbel wieder an ihren Platz. Doch anders als sonst reden sie dabei kaum miteinander. Auch ihr Lachen fehlt.

So bleibt es auch, als Mama uns zum Reste-Essen in die Küche ruft. Die Teller haben kaum Platz auf dem Tisch, so viele Salate, Braten, italienische Antipasti aus Gemüse und Meeresfrüchten, Kuchen und Desserts sind von gestern noch übrig. Fabienne und ich stürzen uns darauf, denn seit dem Eis in Lübars haben wir nichts mehr gegessen.

Mama wirkt bemüht, schenkt Manu dauernd Rhabarberschorle nach, lächelt sie an, reicht ihr alles. Am liebsten würde ich dazwischengehen und ihr sagen, dass sie das lassen soll. Es ist nicht Manus Tag. Sie ist verkatert und sauer, und es bringt nichts, sie deswegen zu hofieren. Dabei ist heute der erste Tag nach ihrer Hochzeit, sie sollten happy sein, zusammen was Tolles unternehmen. Auch Fabienne merkt, was los ist. Anders als ich versucht sie, mit ein wenig Small Talk ein Gespräch in Gang zu bringen, doch als von beiden Erwachsenen nur Einwortsätze zurückkommen, gibt auch sie auf.

Ich glaube, alle sind froh, als wir aufgegessen haben und fast gleichzeitig aufspringen, um das Geschirr zusammenzuräumen und die letzten Überbleibsel dieser gequälten Mahlzeit in den Mülleimer zu schaben.

»Was habt ihr heute noch vor?«, fragt Mama betont locker und blickt abwechselnd zwischen Fabienne und mir hin und her, während sie heißes Wasser ins Spülbecken laufen lässt und so viel Spülmittel hineinspritzt, dass der Schaum bis zum Wasserhahn aufsteigt.

»Ich fahre gleich los«, sagt Fabienne. »Muss heute Abend Babysitten und mir vorher noch den Pferdestallgeruch abduschen.«

»Wenn du ein Mädchen sittest, brauchst du das nicht zu tun. Sie wird dich eher bestürmen, dass du sie nächstes Mal mitnimmst«, sagt Mama und lacht zaghaft.

Manu geht in den Flur. Ich höre sie mit dem Schlüssel klimpern und ihre Schuhe anziehen. Ein Reißverschluss ratscht, also hat sie die derben Boots gewählt.

»Bin dann beim Baumarkt«, sagt sie und gibt Mama einen flüchtigen Kuss auf die Lippen. »Farbe kaufen. Später fahre ich noch eine Runde Motorrad. Bis dann.«

»Kann ich dich wirklich allein lassen?«, flüstert Fabienne, als Manu weg ist und wir aus meinem Zimmer ihre Tasche holen. »So dicke Luft hab ich bei euch noch nie erlebt.«

»Manu kriegt sich schon wieder ein.« Ich umarme Fabienne kurz und bringe sie zur Tür. »Sie liebt Mama. Nachher schreib ich dir noch.«

Sie grinst und hebt ihren Daumen, ich drücke die Tür hinter ihr zu, leise, als könnte ich sonst jemanden wecken. Dann blase ich Luft aus meinen Backen, einen Moment lang bin ich unschlüssig, was ich tun soll. Auf meinem Nähmaschinentisch liegt eine Geschenktüte mit Häkelgarn aus Naturfasern, mein Geburtstagsgeschenk von Fabienne. Daraus werde ich für meinen Online-Shop umweltfreundliche Einkaufsnetze häkeln. Heute jedoch bin ich dazu zu unruhig. Vielleicht kann ich mit Mama allein reden, die immer noch in der Küche hantiert. Kurz entschlossen gehe ich zurück in die Küche und greife nach einem Geschirrhandtuch. Die Spülmaschine gluckert leise, ich nehme eine große Schüssel, die nicht mehr hineingepasst hat und wische sie mechanisch trocken, während Mama große Platten und Töpfe abwäscht. Mein Blick fällt durch den Flur hinüber ins Wohnzimmer, wo die Hochzeitsgeschenke noch aufgebaut liegen. Mama und Manu haben viele Bücher und Blumen bekommen. Ich habe ihnen außer der Decke noch einen Kinogutschein für zwei geschenkt, aber wenn es so weitergeht, wird der wohl noch lange in seiner stilisierten Filmdose schmoren. Nie hätte ich gedacht, dass mein Wunsch, meinen genetischen Vater kennenzulernen so reinhaut – und auch nicht gewollt. Übertriebene Rücksicht nehmen will ich aber auch nicht.

Als wir mit dem Abwasch fertig sind, nimmt Mama einen Krug mit selbst gemachter Limo aus dem Kühlschrank. Ich hole zwei Gläser und wir gehen auf den Balkon. Mama seufzt, als wir uns auf die Klappstühle setzen. Unseren Balkon mag ich fast noch lieber als den Innenhof. Ich schaue gern in die Krone der alten Kastanie, die jetzt im Mai üppige weiße Blüten trägt. Nicht mehr lange, und es werden stachelige hellgrüne kleine Kugeln daraus entstehen. In einem unserer Balkonkästen hat ein Grünfinkenpärchen sein Nest gebaut, vor zwei Tagen sind die Kleinen geschlüpft. Beide Eltern fliegen abwechselnd aus, um Futter für die weit aufgesperrten Schnäbel ihrer Küken zu finden. Mutter und Vater, denke ich erneut. Was ist so unnormal daran, dass ich meinen finden will?

Mama seufzt noch einmal. »Wir waren damals in Dänemark«, beginnt sie mit einer Stimme, die wie von weither zu mir herüberweht. »Das war zu jener Zeit einfacher. Denn kaum ein deutscher Arzt, der Kinderwunschbehandlungen durchgeführt hat, war bereit, das auch für lesbische Paare zu tun.«

»Wieso nicht?«, frage ich.

»Weil das Kind, in unserem Fall du, keinen rechtlichen Vater hätte. Deshalb hat Manu dich später adoptiert und du bist offiziell ihre Stieftochter. Inzwischen ist man zum Glück auch hierzulande toleranter. Wir haben damals eine Klinik in Kopenhagen gefunden, in der nur Frauen tätig waren. Und die wiederum arbeiteten mit mehreren Samenbanken zusammen.« Ihr Blick streift mich kurz, dann blinzelt sie zwischen den Ästen der Kastanie zum Dach des gegenüberliegenden Hauses, hinter dem sich die Sonne gerade für heute verabschieden will.

»Heißt das, mein Vater ist Däne?« Ich starre Mama an. »Ich könnte mich also nie mit ihm unterhalten oder müsste erst einen Dänischkurs belegen, bevor ich auch nur *Guten Tag* zu ihm sagen kann?«

»Jetzt beruhige dich mal.« Mama schenkt uns noch ein Glas von ihrer selbstgemachten Spezial-Limo ein, mit Eiswürfeln, Limetten und frischen Pfefferminzblättern. »Wir haben uns für einen Spender aus Deutschland entschieden, der damals in Dänemark studiert hat. Nach deutschem Recht steht es dir zu, jetzt mit 16 die Identität deines Vaters zu erfahren. In Dänemark kann jeder Spender jedoch selbst entscheiden, ob er für die Kinder identifizierbar ist oder anonym bleibt. Jeder Spender bekommt eine Nummer. Die Samenbank hat den Namen dazu, muss ihn jedoch nicht preisgeben.«

»Eine Nummer? Wie bescheuert ist das denn?«

Ich greife nach meinem Glas und trinke in lauter winzigen, hastigen Schlucken. Natürlich bekomme ich sofort einen heftigen Schluckauf.

»Er soll Kunststudent gewesen sein, mittelgroß und schlank, und er hatte wohl rötliches oder hellbraunes Haar und ebensolche Augen«, erzählt Mama weiter.

»Also habe ich seine Augenfarbe«, bemerke ich.

Mama nickt. »Er war ein paar Jahre jünger als Manu und ich. So Mitte, Ende Zwanzig.«

Ich versuche zu rechnen, wie alt er dann wohl heute ist und komme auf 40 oder 41 Jahre. Mama ist 46 und Manu 48.

»Und dann? Wie lief das ab mit der Spende? Bist du gleich schwanger geworden?«

Mama schüttelt den Kopf. »Eine künstliche Befruchtung klappt selten sofort. Beim ersten Mal bekam ich ganz normal meine Tage. Der zweite Versuch endete mit einer Fehlgeburt in der 7. Schwangerschaftswoche. Danach sind Manu und ich erst mal in den Urlaub gefahren, zum Wandern in die schottischen Highlands, um uns abzulenken, was nicht einfach war. Wir wollten so sehr ein Kind und haben immer wieder stundenlang darüber geredet, manchmal auch geweint. Im Herbst sind wir wieder nach Dänemark und haben uns gesagt: Aller guten Dinge sind drei. Wenn es jetzt wieder nichts wird, lassen wir es. Und dann kamst du. Von Anfang an war ich so sicher, dass du dich ganz fest bei mir eingenistet hattest.« Sie streicht mir über die Wange. »Als du endlich geboren warst, waren wir die glücklichsten Eltern der Welt.«

»Und jetzt ist Manu bestimmt total sauer auf mich, weil mir das nicht mehr reicht. Ich will nicht, dass ihr euch meinetwegen anzickt.«

»Für Manu ist das alles nicht leicht«, gibt Mama zu. »Es gab immer mal Momente, in denen sie eifersüchtig war. Du bist in mir gewachsen und mit mir blutsverwandt, mit ihr nicht. Sie war immer für mich da, die ganze Schwangerschaft hindurch, während der Geburt und seitdem jeden Tag bis heute. Seit gestern tragen wir alle denselben Familiennamen Rehwald. Aber dieses ganz bestimmte Band zwischen Mutter und Kind, das haben nur wir beide. Manchmal spürt sie das.«

»Und was soll ich jetzt machen? Auf meinen Vater verzichten, obwohl ich ihn finden will und auch das Recht dazu habe?«

»Das verlangt kein Mensch. Aber versuche bitte, ein bisschen Rücksicht auf Manu zu nehmen. Brüll sie nicht auch noch an. Sie fühlt sich zurückgesetzt und das tut ihr sehr weh.«

Mein Schluckauf fängt an mich zu nerven. Ich atme tief ein, halte die Luft an und drücke mir Mund und Nase zu.

»Ich liebe Manu«, betont Mama. »Und ich liebe dich. Natürlich sollst du deinen Vater finden, wenn du es dir so sehr wünschst. Aber wir drei hier, das ist doch die Basis. Das ist unsere Familie. Wir gehören zusammen, und das macht uns so stark. Auch dich, Elena.«

Ein bisschen ärgert es mich, wie sie redet. Für mich ist da jetzt eben noch jemand, und den lasse ich mir nicht wegreden. Nicht von Manu und nicht von ihr. Aber jetzt müssen wir alle wohl erst mal runterkommen.

»Schon klar, Mama«, sage ich also. »Ich werde ja nicht gleich auswandern, wo auch immer der geheimnisvolle Mann mit den Bernsteinaugen sich auch aufhält.«

Elena, 8 Jahre

Vatertag
sonnig warm
Papas bekommen Geschenke
Meins hebe ich auf
Mütterkind

5

Wenn das Wochenende aufregend war, ist es manchmal gut, dass es einen Montag gibt. Die Alltagsroutine hat mich wieder, ich sitze neben Fabienne im Musikraum. Vorne versucht unsere Lehrerin Frau Krüger, die auch unsere Klassenlehrerin ist, uns das Mitlesen einer Partitur beizubringen. Gleich heute früh habe ich Fabienne ausführlich erzählt, was ich gestern von Mama über meinen Vater erfahren habe. In jeder Pause haben wir weiter darüber geredet, aber jetzt haben wir keine Chance mehr. Aus der etwas veralteten Musikanlage dröhnt die »Symphonie fantastique« von Hector Berlioz. Jeder von uns hat eine Partitur vor sich liegen und verfolgt mit dem Zeigefinger den Weg der Noten. Ich komme einigermaßen mit – bis eine kleine Papierkugel unter meine Hand geschoben wird. Ich falte sie auseinander und lege den Zettel so in meine Noten, dass es hoffentlich den Anschein macht, als würde ich weiter mitlesen.

Der Lehrplan schrammt wieder mal haarscharf an unseren Interessen vorbei, lese ich stattdessen. Fabiennes Handschrift.

Weißt du schon, was du in den Sommerferien machen

willst? Ist zwar noch ein paar Wochen hin, aber spannender als Hector.

Ich verkneife mir mühsam ein Grinsen, fische einen Bleistift aus meinem Schlampermäppchen und tue so, als würde ich mir Notizen machen.

Keinen Plan. Habe gerade andere Sorgen, schreibe ich zurück. *Vorschläge?*

Frau Krüger lässt ihren Blick über die Klasse schweifen. Inzwischen weiß ich nicht mehr, wo in der Partitur und im Stück wir uns gerade befinden. Also lausche ich und versuche, die *idée fixe* herauszuhören, ein wiederkehrendes Thema innerhalb der Symphonie, mit der die Gedanken eines verliebten jungen Musikers beschrieben werden, der unbeirrt nach der nur einmal gesehenen Frau seiner Träume sucht. Diese Zeilen erkenne ich auch im Notenbild wieder und schaffe es, mein Gesicht auf wissend zu stellen, während ich den Zettel zusammenfalte und zurück zu Fabienne schiebe. Vielleicht hat dieses komplizierte Musikstück mehr mit mir zu tun als ich bisher dachte. Immerhin geht es um Verliebtsein, um das Suchen und Finden – wie bei mir. Ob der Löwe noch an mich denkt … und ob mein Vater überhaupt ahnt, dass es mich gibt – und wenn ja, ob er mich überhaupt sehen will, wenn ich ihn erst gefunden habe … Vielleicht habe auch ich mich nur in zwei fixe Ideen verrannt. Einfach nur an die Sommerferien zu denken, tut jetzt gut.

Aus dem Augenwinkel sehe ich, dass Fabienne unseren Zettel in ihre Schultasche fallen lässt und in ihr

Ringbuch schreibt. Das machen wir oft, dieses Buch mit Nachrichten hin und her schieben. So werden wir nicht so leicht erwischt. Im Moment ist Frau Krüger damit beschäftigt, unserem Klassenkameraden Felix seine Ohrhörer abzunehmen.

Im Moment will ich noch keine Pläne machen, schreibe ich zurück. *Vielleicht finde ich mehr über meinen Vater heraus und bin dann deshalb unterwegs.* Fixe Idee. Idée fixe.

Ich reiche das Buch zurück, aus der Anlage grollt jetzt der Donner zweier Pauken, passend zu Frau Krügers Zorn über Felix und seine Kopfhörer, aus denen er sich mit finsterem Gangsta-Rap statt der *Symphonie fantastique* die Stunde vertreibt. Die Symphonie steigert sich und nimmt zumindest unsere Musiklehrerin wieder gefangen, ebenso ein paar besonders Begabte, die im Schulorchester spielen, wie etwa unsere Cellistin Klara oder Lennart, der seit seiner Grundschulzeit Querflöte spielt. Fabienne und ich können ungestört hin und her schreiben.

Fabienne: *Schade, dass er nicht aus Dänemark stammt. Sonst würde ich glatt mitkommen – dort soll man wunderbar am Strand reiten können.*

Ich: *Dänemark ist teuer.*

Fabienne: *Island wohl leider auch … dabei liebe ich Isländer.*

Ich: *Die Jungs oder die Pferde? Mir wäre ein warmes Land lieber. Aber wahrscheinlich lebt er sowieso in Deutschland. Wenn er damals Kunst studiert hat, welchen Job macht er dann heute?*

Fabienne: *Lehrer. Kunstlehrer. Er hat ein Reihenhaus oder eine hippe Altbauwohnung und findet sich alternativ, wenn er in den Ferien Ausgrabungsstätten auf Kreta besichtigt oder auf La Gomera wandert.*

Ich: *Klischee hoch zehn! Es macht mehr Spaß, mir etwas richtig Cooles vorzustellen.*

Fabienne: *Apropos cool: Ist dein Löwe noch mal aufgetaucht?*

Ich: *Den sehe ich bestimmt nie wieder. Ist auch besser so.*

Fabienne: *Wie heißt er eigentlich?*

Ich: *Mir war nicht danach, ihn nach seinem Namen zu fragen. Carlo würde zu ihm passen. Oder Enrico.*

Fabienne: *Nee, Kevin :-D und der andere heißt bestimmt Jerome oder Justin.*

Ich: *Jetzt sei nicht gemein. Ich will nur wissen, wie mein Vater heißt. Kennst du Namen, die in den 70ern und 80ern modern waren?*

Fabienne: *Mein Vater sagt, französische Namen waren damals hip. Aber mir fallen nur Mädchennamen ein, Désirée, Sophie, Nadine, Nicole usw.*

Ich: *Deshalb hat er dich Fabienne genannt ;-) An französischen Jungsnamen kenne ich Marcel, Maurice, Pascal und Pierre. Und Fabrice natürlich.*

Fabienne: *Die sind toll, passen aber nicht zu einem deutschen Studenten, der in Dänemark als Samenspender jobbt.*

Die *Symphonie fantastique* hat ihren letzten Satz erreicht. Bald muss es zur Pause klingeln. Frau Krüger blickt wieder über unsere Reihen, ihre Augen bleiben an mir haften.

»Was schreibst du da, Elena Rehwald?«, fragt sie und kommt auf mich zu. »Notizen über die *Symphonie fantastique* sind das wohl kaum.«

Ehe ich unsere Kladde zuklappen und in meine Tasche schieben kann, hat unsere Lehrerin sie mir schon aus der Hand genommen.

Bitte nicht lesen, flehe ich stumm zum Himmel. Schon gar nicht die Stelle, wo von der Samenspende die Rede ist. Frau Krüger sieht mich über ihren Brillenrand hinweg an.

»Wir sprechen uns noch«, sagt sie in das Pausenklingeln hinein.

Dann dürfen wir gehen.

Natürlich hat Frau Krüger uns eine schlechte Note für die Mitarbeit eingetragen, doch wir können unser Minus wieder ausgleichen, wenn wir eine Interpretation der Handlung von der *Symphonie fantastique* schreiben. Super Idee, wo wir auch noch Mathe, Bio und Spanisch aufhaben. Mit Spanisch bin ich am schnellsten fertig. Die Grammatikaufgaben fallen mir leicht, und ich liebe die Sprache. Schon bei Bio schweife ich jedoch mit meinen Gedanken ab, sobald ich in unserem Lehrbuch blättere. Vererbungslehre, dominante und rezessive Gene. Setzen sich dunkle, rote oder blonde Haare durch? Wie ist das mit der Augenfarbe, wie mit anderen Merkmalen des Gesichts und des Körperbaus? Kann eine Tochter den

Körperbau ihres Vaters erben oder nur den der Mutter? »Alles, was an Conny schön ist, ist es auch an dir«, hat Manu neulich gesagt. Ich glaube, ich habe Mamas Körperbau. Jedenfalls sind wir fast gleich groß und sie wiegt nicht viel mehr als ich. Aber wie sieht mein Vater aus, was habe ich von ihm? Vermutlich die Füße, denn meine zweite Zehe ist kürzer als die große. Bei Mama ist sie länger. Ich trage Schuhgröße 39, sie 38. Aber das reicht mir alles nicht. Ich blättere in meinem Biobuch hin und her. Die Fakten darin genügen nicht, um Anhaltspunkte zu finden, nach denen ich mir nur ein Fantasiebild meines Vaters zusammenbasteln kann. Also klappe ich es zu und meinen Laptop auf. Dänemark. Die Hauptstadt Kopenhagen. Also nützen mir die Internetseiten über Spender und ihre genetischen Nachkommen aus Deutschland nichts. Ich muss mich weiter durchklicken. Als ich »samenspende+lesbische paare+dänemark« eingebe, lande ich sofort auf der richtigen Seite und lese mich fest. Lese von offenen und anonymen Samenspenden, von Frauen, die genau wie Mama mehrere Versuche brauchten, um schwanger zu werden, aber auch von einer vertrauensvollen Atmosphäre in der Klinik, zugewandtem Personal und gemütlich eingerichteten Zimmern. Ich sehe Mama und Manu vor mir, wie sie als junge Frauen auf dem Bett herumalbern, ein wenig nervös, aber schwer ineinander verliebt und voller Optimismus. An nächsten Tag dann die Insemination, also die Befruchtung mit dem Spendersamen. So bin ich also entstanden. Verrückt. Trotzdem bin ich ein Kind der Liebe.

Den Namen des Spenders weiß nur die Samenbank selbst. Zuerst muss ich also Kontakt zur Klinik aufnehmen, um zu erfahren, aus welcher Samenbank mein Spendersamen stammt. Geht es noch komplizierter?

Ich könnte dort anrufen. Angeblich sprechen sie in der Klinik Deutsch. Also nehme ich mein Handy auf und gebe die dänische Nummer ein, warte kurz, am anderen Ende der Leitung tutet es einmal, zweimal. Mein Herz wummert und mein Mund fühlt sich an, als hätte ich Esspapier genascht und bekomme es nicht mehr vom Gaumen los. So wird das nichts. Hastig drücke ich auf die rote Taste zum Beenden des Anrufs, bevor jemand am anderen Ende abhebt. Lieber schreibe ich eine E-Mail und warte die Antwort ab, dann stottere ich wenigstens nicht herum oder vergesse in meiner Panik, was ich fragen wollte.

Sehr geehrte Damen und Herren, schreibe ich. Blödsinn. Manu hat gesagt, in der Klinik arbeiten nur Frauen.

Sehr geehrte Damen,
mein Name ist Elena Rehwald. Ich bin gerade 16 Jahre alt geworden und wurde in Ihrer Klinik durch eine Samenspende gezeugt.
Meine Mutter heißt Conny Rehwald und meine Co-Mutter Manuela Siems-Rehwald (vor knapp 17 Jahren hieß sie noch Siems). Da ich jetzt mit 16 das Recht dazu habe, möchte ich gern meinen genetischen Vater ausfindig machen. Bitte teilen Sie mir mit, über welche Samenbank der Samen für mich gespendet wurde,

damit ich mich dorthin wenden kann, um mehr zu erfahren. Vielen Dank im Voraus.
Mit freundlichen Grüßen
Elena Rehwald

Puh, wie förmlich das klingt. Passt überhaupt nicht zu mir. Aber egal, ich drücke auf »Senden« und weg ist die Mail.

Danach fühle ich mich einen Augenblick lang wie in einer Glasglocke oder wie hinter einer Nebelwand, kann mich kaum rühren, alles ist so unwirklich. Ich habe es getan, bin den ersten offiziellen Schritt auf der Suche nach meinem Vater gegangen. In Kopenhagen wird sich jemand damit beschäftigen, unsere Akten heraussuchen und eine Antwort an mich formulieren – heute oder in ein paar Tagen, vielleicht Wochen.

Auf einmal wirbeln alle möglichen Fantasiebilder, Zukunftsvisionen, Tagträume durch meinen Kopf. Die erste Begegnung mit meinem Vater, wie er vor mir steht, mir fremd oder auf eine seltsame Art vertraut ist, mich distanziert begrüßt oder gleich in die Arme schließt. Oder mir mit grimmigem, kaltem Gesicht zu verstehen gibt, dass er kein Interesse an mir hat.

Ich muss noch Mathe machen. Mich ablenken. Das Buch und mein Heft aufschlagen. Die Aufgabenstellung liest sich wie die komplizierte Anleitung für ein noch komplizierteres technisches Gerät. Die Wörter und Buchstaben ergeben für mich keinen Sinn. Die Zahlen der Beispielaufgaben könnten genauso gut Telefonnummern sein, die der Samenbank, die meines Vaters. Ich zucke zusammen, als jemand vorsichtig von außen die Tür öffnet. Manu steckt ihren Kopf herein. Ich streiche meine Haare zurecht, lächle ihr zu und versuche, beschäftigt auszusehen.

»Ach so, du lernst noch«, sagt sie. »Wollte dich fragen, ob du mit zum Discounter kommst, den Großeinkauf erledigen. Aber wenn du noch Hausaufgaben machst …«

»Quatsch, die eilen nicht«, antworte ich und springe auf. »Ich komm mit.«

Manu gegenüber will ich mich versöhnlich zeigen. Mama hat ja recht, sie kann wirklich nichts dafür, dass mich seit Neuestem meine genetische Herkunft so beschäftigt. Wir nehmen alles mit, was wir an Einkaufstaschen finden können und steigen in unseren alten Renault. Im Discounter holen wir uns einen großen Wagen. Dann teilen wir uns auf, damit es schneller geht. Gleich am Eingang duftet es appetitanregend nach frischem Brot. Aber auf diesen alten Trick fallen wir nicht herein.

Manu stellt sich an der Käsetheke an, ich laufe die Regale ab, hole Saft, Milch, Jogurt, Müsli. Bei den Kühlregalen ist es so kalt, dass ich eine Gänsehaut und Eisfinger bekomme.

Danach suche ich vergeblich nach Spülmaschinentabs, spähe nach jemandem, den ich fragen kann, zum Beispiel den Mitarbeiter mit dem breiten Rücken dort drüben, der gerade Großpackungen Klopapier und Küchenrollen aufeinandertürmt. Er kommt mir bekannt vor. Jetzt dreht er sich um und der Schreck lässt mich zusammenfahren. Der Löwe. Gerade hatte ich es fast geschafft, ihn zu vergessen. Den frage ich bestimmt nicht, sondern schiebe meinen Wagen an ihm vorbei, spüre seine Blicke in meinem Rücken, schon hat er mich eingeholt.

»Elena, hey«, sagt er leise. Seine Stimme klingt ein wenig gehetzt, gedämpft. Vielleicht sind Privatgespräche während der Arbeit verboten. Er weiß meinen Namen noch.

»Elena, warte mal.«

Ich halte an und drehe mich um, ohne zu antworten. Er kommt näher, tritt so dicht an mich heran, dass ich fast seinen Atem spüre.

»Wegen neulich«, druckst er herum. »Die Party bei euch, diese Hochzeit. Die ganze Zeit schon wollte ich dir sagen, dass es mir leidtut, wie ich mich da benommen habe.«

»Späte Einsicht«, gebe ich zurück und setze mich wieder in Bewegung.

Er hält mich sachte am Arm fest. Wieder diese Hände, ich sehe nicht hin.

»Nein, wirklich«, sagt er. »Ich wusste es den ganzen Abend schon. Ich war einfach scheiße drauf, bisschen angetrunken …«

»Das war erst recht bescheuert. Keine mildernden Umstände.«

»Hey, komm, du hattest auch was intus, und ich hab mich entschuldigt. Was soll ich noch machen?«

»Mir erzählen, was das hier soll. Du hast dich an dem Abend nicht mal vorgestellt, also nimm dich jetzt nicht so wichtig.«

Er seufzt und verdreht die Augen. »Ich seh schon, bei dir hab ich es versaut, bevor ich dich richtig kennenlernen konnte. Aber falls du es doch noch wissen willst: Ich bin Rouven.« Er streckt mir seine Hand hin und versucht sogar eine kleine Verbeugung. Fast muss ich lachen, doch dann ist da wieder dieser Blick. Er lauert auf mich, irgendwas will er von mir. Rouven passt zu ihm.

»Um halb neun komm ich hier raus«, sagt er, als rede er von seiner Entlassung aus dem Knast. »Hast du dann Zeit?«

6

Ich gehe nur hin, weil ich herausfinden will, ob man sich mit diesem Rouven auch normal unterhalten kann, auf Augenhöhe. Damit ich ihn mir, wie Fabienne mir geraten hat, aus dem Kopf schlagen kann, statt immer wieder an ihn zu denken. Und weil ich, wenn ich an diesem lauen Frühlingsabend zu Hause bliebe, nur wieder stundenlang im Netz nach Berichten von anderen Spenderkindern stöbern würde, um mir durchzulesen, wie diese ihre Väter gefunden haben oder eben noch nicht. Grübeln und trotzdem nicht weiterkommen, nachts schlecht schlafen. Alles ist besser als das.

Auch die Luft zieht mich nach draußen. Es ist der erste Abend in diesem Jahr, an dem man auch spät abends keine Jacke brauchen wird und der leichte Wind schon nach Lindenblüten duftet. Ich setze mich in einiger Entfernung zum Discounter auf eine Straßenabsperrung, die von diesem Blütenzeugs genauso klebt wie die Windschutzscheiben der abgestellten Autos. Von hier aus kann ich den Eingang im Blick behalten, ohne dass es aussieht, als würde ich ungeduldig auf Rouven warten. Der Discounter ist bereits geschlossen, nur Angestellte kommen noch einzeln oder in kleinen Gruppen nach draußen. Die meisten wirken erschöpft. Eine grauhaarige Frau massiert sich den Rücken.

Ein wenig nervös werde ich jetzt doch. Rouven und ich sind uns noch fremd. Vorhin haben wir nicht mal besprochen, was wir machen wollen. Er wirkte verunsichert, fast schüchtern, nicht so plump und dämlich wie beim Hoffest, aber auch nicht gerade unterhaltsam und erst recht nicht verliebt.

Wenn es mir zu blöd wird und ich um jeden Satz von ihm betteln muss, haue ich ab. Dann weiß ich wenigstens, dass er nicht geheimnisvoll ist, sondern einfach nur langweilig, und kann mich wieder auf anderes konzentrieren.

Zwei Minuten vor der verabredeten Zeit kommt er raus. Ich mache mich nicht sofort bemerkbar, sondern beobachte ihn, wie er sich umsieht, sein Handy zückt um die Uhrzeit zu checken, sich mit der Hand durch die Haare fährt, während er aufblickt und mit den Augen den Gehsteig vor dem Laden scannt. Dann entdeckt er mich, ich hebe leicht meine Hand, bleibe aber, wo ich bin. Rouven kommt auf mich zu, die Augen geweitet. Einen Wimpernschlag lang scheint es, als wolle er sich zu mir vorbeugen, um mir einen Kuss zu geben.

»Endlich raus aus dem Kasten«, stöhnt er. »Gehen wir los. Nichts wie weg hier.«

Ich springe von der Absperrung und begreife, dass er erst mal Abstand von seinem Arbeitstag gewinnen möchte, sich bewegen, die Entfernung zum Laden wachsen lassen. Wir lassen Schöneberg hinter uns. Rouven geht ziellos weiter, ohne seinen Schritt zu verlangsamen. Wir tauchen am Jüdischen Museum vorbei ins angesagte Kreuzberg ein, stromern durch den Bergmannkiez weiter bis zur Urbanstraße. Auf Rouvens Oberlippe schimmern winzige Schweißperlen, erst jetzt drosselt er sein Tempo ein wenig. An einem Zeitungskiosk kauft er zwei Dosen Cola und reicht mir eine. Ich hätte Bio-Limo bevorzugt, gefragt hat er mich nicht.

»Kleine Wiedergutmachung«, sagt er und geht weiter Richtung Hasenheide. »Also, noch mal: Sorry wegen neulich. Auch wegen deiner Co-Mum oder wie man das nennt. Ich bin eigentlich nicht homophob oder so was.«

»Sonst hätte ich jetzt auf dem Absatz kehrtgemacht«, entgegne ich.

»Hast ja gar keine an«, bemerkt er mit einem Blick auf meine Sneakers. »Was ist mit deinem Vater? Trefft ihr euch noch oft?«

»Lange Geschichte«, weiche ich aus. Er muss nicht gleich alles über mich wissen. »Übrigens habe ich dich gesehen. Am Samstag, an der Tankstelle Martin-Luther Ecke Motzstraße. Du hast dich mit einem Mann gestritten.«

Rouven geht wieder schneller und sieht mich nicht mehr an. Er trinkt den Rest seiner Cola in einem Zug leer und schleudert die Dose in hohem Bogen fort. Sie landet scheppernd im Rinnstein. Minuspunkt, denke ich. Null Peilung von Umweltschutz. Und so schlecht kann der Stundenlohn im Discounter nicht sein, wenn er nicht mal auf die Idee kommt, sich sein Dosenpfand zurückzuholen. Schließlich hat er einen Rucksack dabei, in den einiges hineinpasst.

Im Hasenheidepark lässt Rouven sich auf den Rasen fallen. Ich setze mich neben ihn, obwohl mir mehr danach ist, ihn seiner Stinklaune zu überlassen.

»Falsches Thema«, bringt er schließlich hervor. »Das war mein Stiefvater, das Sackgesicht, dieser arrogante Fatzke. Nächstes Mal soll meine Mutter sich lieber auch mit ’ner Frau zusammentun, dann hätte ich wenigstens meine Ruhe. Wenn ich schon 18 wäre, würde ich durchbrennen. Aber das dauert noch fünf Monate.«

Rouvens leicht gebräunte Oberarmmuskeln spannen sich an, unter zusammengezogenen Augenbrauen starrt er ins Nirgendwo, reißt Grasbüschel aus und wirft sie von sich wie ein verletzter, zorniger kleiner Junge.

»Da haben sich wohl zwei Kampfhunde gefunden«, sage ich. »Was ist so schlimm an ihm?«

Mit einem verächtlichen Laut stößt Rouven Luft aus. »Das willst du nicht wissen.«

»Ich hoffe, du hast nicht davon angefangen, um jetzt zu kneifen.«

Er springt auf und zieht mich an der Hand hoch. »Dann komm mit.«

»Mit? Wohin?«

»Zu mir nach Hause. Aber behaupte hinterher nicht, ich hätte dich nicht gewarnt.«

Rouven wohnt in einem Loft im Bergmannkiez. Ein Fahrstuhl bringt uns in die fünfte Etage. Rouven rammt seinen Schlüssel ins Schloss der Wohnungstür. Gleich im Flur sehe ich, wie modern und durchgestylt dieses Quadratmetermonster von einer Dachgeschosswohnung ist. Minimalistisch eingerichtet, blank poliertes und mit Hochglanzlack überzogenes Naturholzparkett. Möbel aus Chrom und Leder schaffen ein edles, aber kaltes Ambiente, in dem ich nicht hausen möchte. Schon knarren Schritte über den Boden und kommen rasch näher, bis der SUV-Fahrer vom Samstag vor uns steht. Genauso korrekt gekleidet, genauso verkniffen. Als er mich sieht, glätten sich seine Gesichtszüge ein wenig, mit einer knappen Bewegung nickt er mir zu.

»So spät noch Besuch?«, fragt er dennoch, an Rouven gerichtet, und blickt demonstrativ auf seine Armbanduhr.

»Wir sind gleich wieder weg«, sagt Rouven. »Ich hol nur was.«

Der Mann zieht seine Augenbrauen hoch.

»Es ist schon nach neun Uhr. Musst du nicht noch lernen? Morgen früh hast du Berufsschule, wenn ich mich nicht irre.«

»Harro, bis vor einer Stunde habe ich im Discounter geschuftet«, erwidert Rouven. »Danach lerne ich nie. Es gibt auch noch so was wie Leben.«

»Bei dir gibt es *nur* Leben, wie mir scheint. Aber das ist ja nichts Neues. Ich verspreche dir nur eines, mein Freund: Wenn sich dein Notendurchschnitt bis zum Sommer nicht bessert, wird von deinem Konto regelmäßig ein angemessener Betrag für Kost und Logis auf mein Haushaltskonto überwiesen. Damit dir klar wird, dass das alles hier nicht vom Himmel fällt. Haben wir uns verstanden?«

»Das ist nicht nur dein Haushalt. Mama und ich waren zuerst da.«

»Bis ich euch aus der Gosse geholt habe. Da kannst du auch jederzeit wieder hin, ich halte dich nicht auf.«

»Unsere Wohnung im Hinterhaus war keine Gosse. Da war es wenigstens gemütlich.«

Bei Rouvens letzten Worten kommt eine Frau hinzu, die seine Mutter sein muss und stellt sich wortlos neben Harro. Eine Zimmertür, die vom Flur abgeht, wird von innen geöffnet und ein kleiner Junge im Schlafanzug, der Harro ähnlich sieht, hüpft auf Rouven zu. Rouven geht in die Hocke und schließt seine Arme um ihn.

»Schläfst du noch gar nicht, Tobi?«, fragt er.

So sanft habe ich ihn noch nie reden hören. Sein kleiner Halbbruder schüttelt den Kopf.

»Ich wollte dir was zeigen«, sagt er.

Erst jetzt sehe ich, dass er eine Hand hinter dem Rücken versteckt hält. Er zieht sie hervor und präsentiert Rouven ein nagelneues Smartphone.

»Hat mir Papa heute gekauft. Cool, oder, Rouvi?« Rouven richtet sich auf und fixiert Harro mit seinem Blick.

»Warum das?«, fragt er. »Haben in seiner Vorschulgruppe alle eins, und Tobi sollte nicht zurückstehen?«

»Nur die, auf die es ankommt. Die vielversprechenden Söhne und Töchter. Tobias kann bereits damit umgehen wie ein Profi. Heutzutage kann man die Kinder nicht früh genug an die moderne Kommunikationstechnik heranführen.«

»Mama?« Rouven sieht seine Mutter an. Es ist der Blick des Zukurzgekommenen, des größeren Kindes, das mit den Augen fragt, warum alle das Baby lieber haben und es so viel mehr bekommt. Mehr Liebe, mehr Spielzeug, mehr von allem.

»Ich fand es auch etwas übertrieben«, schaltet sich Rouvens Mutter ein. »Aber wenn er gleich lernt, vernünftig damit umzugehen, kann es nicht schaden.«

»Das Ding ist dreimal so teuer wie meins«, beschwert sich Rouven.

»Den Begriff *vielversprechend* muss ich dir hoffentlich nicht erklären«, erwidert sein Stiefvater. »Sieh dir einfach ab und an mal selber zu, was du so fabrizierst. Guten Abend.« Abermals nickt er mir zu, ehe er wieder in dem Zimmer verschwindet, aus dem er gekommen ist.

Ich reiche schnell Rouvens Mutter die Hand und stelle mich vor, dann steht auch Rouven dicht vor ihr.

»Muss ich wirklich Kostgeld abgeben, Mama?«, fragt er im Flüsterton. »Ich kauf mir doch schon lange alles alleine. Und wie soll ich sonst auf mein erstes eigenes Auto sparen? Oder jemals ausziehen können?«

»Ich rede noch mal mit ihm«, verspricht seine Mutter. »Aber jetzt muss Tobi schlafen. Komm nicht so spät nach Hause, mein Großer.«

»Jetzt weißt du Bescheid«, knurrt Rouven, als wir wieder auf der Straße stehen. »Dieser Scheißkerl.« Er kickt eine zerknüllte Zigarettenpackung vor sich her. »Harro schiebt Tobi alles hinten rein und rafft nicht mal, dass er damit seinen Charakter verdirbt. Mich dagegen behandelt er wie Dreck. Ich störe ihn, er wäre viel lieber mit *seiner* Dreierfamilie allein. Harro nutzt jede Gelegenheit, um mich das spüren zu lassen.«

»Und deine Mama hat Angst, dass er sauer wird, wenn sie sich auf deine Seite stellt«, schlussfolgere ich. »Allerdings müssen viele Jugendliche während der Ausbildung was von ihrem Lohn abgeben. Ich würde das auch machen. Mein Taschengeld verdiene ich mir auch selber. Mama und Manu verdienen ja beide nicht so üppig.«

»Harro von Großkotz scheffelt genug für zehn«, antwortet Rouven. »Dabei steht nicht mal sein Name auf dem großen Messingschild der Anwaltskanzlei im Grunewald.«

»Was ist mit deinem leiblichen Vater? Gibt's den noch in deinem Leben?«

»Hey, das ist unfair.« Rouven kitzelt mich im Nacken. »Das verrate ich dir nur, wenn du mir danach von deinem erzählst.«

»So gut ich kann«, verspreche ich.

Zögernd beginnt Rouven zu erzählen, und während er redet, spüre ich, dass wir mehr gemeinsam haben, als ich zuerst dachte. Er erzählt, dass auch sein leiblicher Vater eine neue Familie gegründet habe.

»Am Anfang bin ich noch jedes zweite Wochenende zu ihm gefahren. Seine neue Frau ist ganz nett, jedenfalls um Längen besser als Herr Großkotz. Sie haben

Zwillinge, zwei Mädchen, kaum älter als Tobi. Vor zwei Jahren wurde es mir dann zu blöd, ich hab einfach was anderes mit meinem Leben vor, als mich in ihrem Häuschen im Grünen zu langweilen. Jetzt sehe ich meinen Vater kaum noch, die wohnen in Flensburg.«

»Fehlt er dir nicht?«

»Manchmal telefonieren wir«, erzählt Rouven weiter. »Aber von Mal zu Mal hält er sich mehr aus meinem Leben raus. Wenn ich mich über Harro beschwere, sagt er: ›Komm Rouven, du bist fast volljährig, Augen zu und durch.‹ So richtig bei sich haben, will er mich ja auch nicht.«

Rouven klingt wie ein verlassenes Kind, das in den Arm genommen werden möchte.

»Und deine Stiefmutter?«

»Im Grunde kennen wir uns ja kaum, auch wenn wir uns sympathisch sind. Jedes Mal, wenn ich abreise merke ich, dass sie genauso erleichtert darüber ist wie Großkotz eines Tages sein wird, wenn ich abhaue.«

»Was soll das bringen, einfach abzuhauen?«

»Was wohl – Freiheit natürlich.« Rouven legt seinen Kopf in den Nacken und blinzelt durch die Bäume über uns in den inzwischen nachtdunklen Himmel. »Fast alles, was ich beim Auffüllen der Regale verdiene, spare ich nicht für ein Auto oder eine Wohnung, sondern für meinen eigenen Truck. Das weiß zu Hause keiner. Und dann mache ich mich selbstständig. Den Führerschein B habe ich schon. Mit 18 darf ich alleine fahren und den für Lkw anfangen. Nur für Klasse C muss man 21 sein. Ich werde Berufskraftfahrer und dann hält mich hier nichts mehr. Mein eigener Herr sein, auf eigene Faust Güter zu Kunden über den halben Erdball fahren, nachts in der eigenen Kabine pennen – top.«

»Selbstständig als Trucker? Das ist bestimmt ein Knochenjob.«

»Seh ich aus wie ein Schwächling? Wenn ich das nicht packe, mache ich eine Weltreise oder *work and travel* in Australien oder Neuseeland. Hauptsache weit, weit weg von Dr. Harro Großkotz.«

Lange und vor allem weit weg reisen … wieder eine Gemeinsamkeit zwischen Rouven und mir. Wir gehen das kurze Stück zum Park am Gleisdreieck und setzen uns dort auf eine Bank. Mein Handy vibriert. Ich schaue nach, zwei Anrufe in Abwesenheit von Mama, vier Nachrichten von Fabienne, ein Anruf von ihr, und auch jetzt versucht sie mich zu erreichen. Ich drücke sie weg. Auf eine merkwürdige Art fühle ich mich Rouven nah, als ob etwas Unsichtbares, Tieferliegendes dazu geführt hat, dass wir uns getroffen haben, weil wir etwas Ähnliches durchmachen. Vielleicht habe ich es sogar besser als er, weil ich meinen Vater nicht kenne. Er teilt Erinnerungen mit seinem Vater, Erinnerungen an eine glücklichere Zeit, als die Familie noch heil war – zumindest in seinen Kinderaugen war sie das. Ich dagegen weiß nicht mal, was mein Vater und ich miteinander versäumt haben.

»Von einer Weltreise träume ich auch«, gebe ich zu.

Und dann reden wir lange darüber, welche Erdteile

und Länder wir sehen wollen, wie man am besten reist, ob es alleine besser ist oder in einer Gruppe, pauschal organisiert oder auf eigene Faust. Keiner von uns beiden denkt über die Zeit nach. Dass es spät geworden sein muss, merke ich nur daran, dass um uns herum keine jungen Paare mehr auf dem Rasen lagern oder Touristen auf den Wegen spazieren gehen. Ein paar Meter von uns entfernt stehen drei Männer dicht beieinander und blicken sich immer wieder betont unauffällig um. Man muss nicht viel über die Gegend hier wissen, um zu vermuten, dass gerade Drogen ihre Besitzer wechseln. Ich stehe auf und klopfe mir Gras und Erde von meiner Capri-Jeans.

»Ich bring dich nach Hause«, versichert Rouven. »Du schuldest mir noch die Geschichte, wie du entstanden bist. Diese Manu und deine Mum werden dich kaum alleine gezeugt haben, so viel weiß ich sogar mit einer Fünf in Bio.«

Als wir an den Dealern vorbeigehen, legt er seinen Arm fest um meine Schultern. Ich bin wirklich kein Reh, das sich beim Platzhirsch anlehnen muss. Aber heute Abend tut es mir gut.

7

»Krasse Story«, entfährt es Rouven, als wir in meine Straße einbiegen. Unterwegs habe ich ihm erzählt, dass ich meinen Vater noch nie gesehen habe. Dass ich ihn nicht mal *Vater* nennen kann, weil ich nichts von ihm weiß, außer dass er neun Monate vor meiner Geburt sein Sperma in einem Becher aufgefangen und über die Samenbank in Deutschland dem Kinderwunschzentrum in Kopenhagen und damit Mama zur Verfügung gestellt hat. Als ich fertig bin, zittere ich ein wenig. Vielleicht hätte ich nicht so viel erzählen sollen, mich nicht beim ersten Date so öffnen. Aber es fühlt sich besser an, als ich dachte.

»In ein Glas gewichst? Und dafür hat er Kohle bekommen?« Rouven lacht. »Nicht schlecht, vielleicht sollte ich das auch mal versuchen. Ist sicher angenehmer, als im Discounter Kartons zu stemmen.«

»Idiot.« Ich boxe ihn in die Seite. »Davon leben kann man bestimmt nicht, man sollte schon von ganzem Herzen kinderlosen Paaren helfen wollen, statt nur an das eigene Vergnügen zu denken.«

»Was für ein edler Mensch dein Vater sein muss«, witzelt Rouven.

»Ich hab viel über ihn nachgedacht und mich innerlich mit ihm auseinandergesetzt, obwohl ich ihn nicht kenne. Schon als kleines Kind habe ich das getan. Wenn ich an ihn denke, fühle ich eine seltsame Art von Nähe. Und ich möchte gern eine Beziehung zu ihm aufbauen.«

»Hey, das ist doch geil.« Rouven bleibt stehen, hält mich auf Armeslänge von sich ab und sieht mich an. »Wir machen das zusammen, du und ich. Wir verschwinden einfach und suchen deinen Dad. In Dänemark war das, sagst du? Flensburg liegt auf dem Weg dorthin, vielleicht können wir bei meinem Vater pennen. Du willst zu deinem Papa, ich zu meinem – Elena und Rouven auf Vatersuche! Ich wusste, dass uns etwas verbindet!«

»Ich denke, du willst nicht zu ihm«, wende ich ein.

»Wenn du mitkommst, ist es nicht langweilig. Also?«

Ich muss lachen, er wirkt wie ein begeisterter kleiner Junge, der auf dem Rummel alle Karussells auf einmal fahren will.

»Weltreise light oder wie?«, frage ich. »Erstens bin ich kein Mädchen, das gleich nach dem ersten Abend mit einem Jungen durchbrennt. Zweitens fand in Dänemark nur die Befruchtung statt, weil damals noch kaum ein deutscher Arzt künstliche Befruchtungen für lesbische Paare machte.«

»Wer redet von durchbrennen?«, fragt er. »Es wäre eine Gelegenheit, dem ganzen Mist hier mal den Rücken zu kehren. Wir kommen doch wieder!«

»Das ist nicht so einfach, wie du denkst. Ich weiß

weder wie mein Vater heißt noch wo er wohnt. Wo soll ich da suchen? Außerdem würde Fabienne mitkommen wollen, das wäre ich ihr schuldig. Sie ist die ganze Zeit für mich da, seit ich den Entschluss gefasst habe, ihn zu finden.«

»Schon klar«, antwortet er. »Wäre ja auch zu schön gewesen, wenn ausnahmsweise mal jemand mich will.«

Wir stehen vor meiner Haustür. Rouven schiebt die Hände in die Taschen seiner zerrissenen Jeans und senkt den Kopf. Ich ahne, wie sehr er sich wünscht, noch mit zu mir kommen zu dürfen, aber ich habe das Gefühl, schon jetzt viel zu sehr von ihm in seinen Strudel hineingezogen zu werden, in einen Sog, der mir nicht guttut. Aber ich habe auch Angst davor, ihn gehen zu lassen, so wie er drauf ist. Also versuche ich, unser Gespräch auf belanglosere Themen zu lenken, Musik, Netflix-Serien, Schauspieler, Bücher. Dass Rouven kein Leser ist, hätte ich mir denken können.

»Du kannst mir ja was empfehlen«, schlägt er vor. »Oder gleich leihen.«

Ich lege den Kopf schief und lächle ihn an. Mein Handy vibriert erneut und hört wieder auf. Einmal muss dieser Abend enden.

»Auch hier wieder: Nicht gleich am ersten Abend«, sage ich.

»Sehen wir uns wenigstens …« Er bricht ab und blickt über meine Schulter hinter mich, wirkt auf einmal gehetzt. Auch ich drehe mich um und sehe eine männliche Gestalt gerade noch um die Ecke verschwinden.

»Ich muss los«, sagt Rouven und entfernt sich bereits ein paar Schritte. »Bis dann.«

Er verschwindet, und ich strebe auf unsere Eingangstür zu, ohne ihm nachzusehen. Bis dann. Bis wann? Rouven und ich haben vergessen, Nummern zu tauschen. Vielleicht ist es besser so.

»Mit dem?«, fragt Manu, nachdem ich Mama und ihr kurz erzählt habe, warum ich so spät komme und mit wem ich so lange unterwegs war. Sie sitzen vor einer halb leeren Flasche Rotwein, die Wangen leicht gerötet, die Augen wieder strahlend. Love is in the air. »Ich dachte, du willst nichts von ihm.«

»Dachte ich auch«, antworte ich. Mehr will ich dazu nicht sagen, jetzt noch nicht. Wenn dieses Treffen nicht so komisch geendet hätte und ich mich richtig gut fühlen würde, dann ja. So aber beschränke ich mich darauf, mich insgeheim darüber zu amüsieren, wie besonders Mama mit sich ringt.

Um nichts in der Welt will sie eine überbehütende, strenge Mutter sein, die ihre 16-jährige Tochter ganz gesetzeskonform um zehn Uhr abends nach Hause zitiert. Dennoch versucht sie, ihre Sorgen zu verbergen. Ich könnte an jemanden geraten, der mir nicht guttut, Drogen nehmen, verschleppt werden oder was auch immer jungen Mädchen in Berlin so zustoßen kann. Ihr verkrampftes Lächeln ersetzt jedes Letterboard.

»War es denn … so, wie es sein sollte? Hast du dich mit dem Jungen wohlgefühlt?«, will sie wissen.

»Es ist nichts passiert«, sage ich. »Und jetzt bin ich hier, rufe noch schnell Fabienne an und morgen früh bin ich fit wie ein Eichhörnchen.«

Mama schaut auf die Küchenuhr, *deine Freundin schläft doch bestimmt schon.* Aber das weiß ich besser, gebe meinen Müttern ihre Gute-Nacht-Küsse und trolle mich ins Bad und dann in mein Zimmer.

»Mit dem?«, fragt auch Fabienne, als ich mit ihrer Stimme am Ohr unter meiner Bettdecke liege. »Dann meint er es also doch ernst.«

»Ich weiß nicht mal, ob ich mir das wünschen soll«, antworte ich. »Aber irgendwas berührt mich an Rouven.«

»Wenn er das alles nicht nur erzählt hat, um dich einzulullen. Er wird schon geahnt haben, was für ein gutes Herz du hast.«

»Ich bin vorsichtig. Gerade weil er zum Schluss so komisch war«, verspreche ich ihr. Dann sagen auch wir Gute Nacht. Auf meinem Handy lösche ich noch rasch ein paar Newsletter und stelle den Wecker für morgen früh. Gerade als ich es für die Nacht auf Flugmodus stellen will, entdecke ich im Spam-Ordner eine Mail, die ich übersehen habe. Vom Kinderwunschzentrum in Dänemark. Sogar auf deutsch!

Betreff: Antwort auf Ihre Anfrage.
Sehr geehrte Elena Rehwald, lese ich; *vielen Dank für Ihre Anfrage bezüglich Ihres genetischen Vaters. Wir freuen uns, Ihnen mitteilen zu können, dass Ihre leibliche*

Mutter, Frau Conny Rehwald, die relevanten Unterlagen bezüglich des Samenspenders nach der Geburt bei einem Notar in Berlin hinterlegen ließ, dessen Namen und Adresse ihr gewiss noch geläufig ist. Uns liegen hierzu keine Informationen vor. Sicher wird Ihre Mutter gern bereit sein, sich mit Ihnen gemeinsam in der Kanzlei für weitere Erkundigungen zu melden. Da Sie jedoch bereits das 16. Lebensjahr vollendet haben, können Sie sich auch gern selbst dorthin wenden.
Wir hoffen, Ihnen mit unserer Auskunft weitergeholfen zu haben und wünschen Ihnen bei der Suche nach Ihrem genetischen Vater sowie für Ihren weiteren Lebensweg alles Gute.
Mit freundlichen Grüßen,
Traumkinder-Kinderwunschzentrum
(und ein unleserliches Gekritzel, das wohl ein Name sein soll).

Beim Notar, na so was. Im ersten Moment blubbert so was wie Wut in mir hoch, weil Conny und Manu mir davon nichts gesagt haben. Aber das lasse ich mir morgen erklären.

Immerhin hat mich diese Nachricht ein gutes Stück weitergebracht. Irgendwo in dieser verrückten Stadt liegt also der Name meines Vaters in einem verschlossenen Umschlag. Und ich muss nur hingehen, um ihn endlich zu erfahren. Auf einmal erscheint alles zum Greifen nah. Ich möchte ihm so vieles sagen, diesem fremden Mann, von dem ich zur Hälfte abstamme, am liebsten jetzt schon.

Ihm schreiben. Ich schreibe ihm einen Brief, wie ich es früher manchmal gemacht habe, als ich kleiner war. Abschicken kann ich ihn noch immer nicht ohne Adresse. Aber es drängt mich danach, meine Gedanken auszuformulieren und mir auszumalen, wie er meinen Brief bekommt. Ich stelle mir vor, wie er verwundert auf den unbekannten Absender starrt, den Umschlag öffnet, meinen Brief auseinanderfaltet und dann zu lesen beginnt, sich nach den ersten Zeilen erst einmal hinsetzen muss, weil er soeben erfahren hat, dass er eine Tochter hat. Eine Tochter, die real ist, nicht nur ein fernes Spenderkind, das keine Rolle in seinem Leben spielt, sondern ein Mensch, der ein Teil seines Lebens werden will – und sei es nur für einen einzigen Tag oder einen kurzen Augenblick.

Ich setze mich an den Schreibtisch und zerre eines meiner Ringbücher aus der Schublade, ein ziemlich altes, leicht zerfleddertes, das ich lange nicht benutzt habe, dazu meinen Füller, der meine Handschrift am schönsten aussehen lässt. Statt der Arbeitslampe zünde ich ein paar Teelichter und Kerzen an, um für diesen Brief an meinen Vater eine besondere Stimmung zu schaffen. Dann fange ich an.

Lieber …,
sicher bist du überrascht. Du rechnest nicht mit einem handgeschriebenen Brief zwischen der üblichen Post, die du sonst bekommst. Aus heiterem Himmel flattert ein Brief herein, mit fremder Handschrift, und du weißt nicht, von wem.

Wir kennen uns noch nicht. Ich bin Elena Rehwald aus Berlin-Schöneberg, 16 Jahre alt. Deinen Namen hat mir ein Notar verraten, bei dem Unterlagen hinterlegt sind, die uns beide betreffen und dazu noch meine Mutter, Conny Rehwald und Manu (Manuela), ihre Frau bzw. meine Co-Mutter. Vielleicht ahnst du schon, um was es geht. Vielleicht hast du sogar gehofft, dass du einen Brief wie diesen eines Tages in deinen Händen halten würdest – oder genau das Gegenteil davon: Vielleicht hast du es befürchtet, jedoch gehofft, es würde nie passieren. Aber die Wahrheit muss raus:

Du bist mein Vater. Und ich bin deine Tochter.

Ich will dich nicht erschrecken. Andererseits ist es dir natürlich nicht neu, dass du in deiner Studentenzeit Samen gespendet hast. Aus diesem Samen bin ich entstanden. Danke, dass du meiner Mutter damals geholfen hast, schwanger zu werden. Ich erzähle dir ein bisschen von uns, okay?

Meine Mutter ist also lesbisch. Sie lebte schon »damals«, zum Zeitpunkt meiner Zeugung, mit Manu zusammen. Inzwischen sind sie verheiratet. Die beiden lieben sich sehr und sind richtig happy. Natürlich gibt es auch mal Zoff wie in jeder Familie.

Ich besuche die 10. Klasse des Rheingau-Gymnasiums in Berlin-Friedenau und interessiere mich für Fremdsprachen, Reisen und Kunsthandwerk sowie Handarbeiten. Von wem ich das wohl habe …?

Was habe ich überhaupt alles von dir? Vielleicht meine manchmal impulsive Art, während Mama immer ruhig bleibt und alle Konflikte mit vernünftigen Argumenten zu lösen versucht? Und äußerlich? Ich habe z. B. ganz andere Ohren als Mama … sehe ich vielleicht dir ähnlich? Bitte entschuldige, dass ich dir noch kein Foto von mir schicke. Das hole ich nach, sobald ich weiß, dass du Kontakt zu mir haben möchtest. Du kannst mir ja zuerst eines von dir schicken. Darüber würde ich mich sehr freuen. In letzter Zeit überlege ich oft, wie du wohl aussiehst.

Die Frage, ob du einem Kontakt zu mir zustimmen würdest, beschäftigt mich sehr. Vielleicht störe ich dich auch, vielleicht hast du eine Frau und Kinder, ein Häuschen im Grünen, Friede, Glück, Kartoffelsalat, samstags wird der Rasen gemäht und anschließend der Grill angeschmissen. Auf keinen Fall möchte ich euch durcheinanderbringen …

Aber uns fehlt gemeinsame Zeit, viele Jahre lang. Ein bisschen was davon möchte ich zurückhaben, und ich finde, das steht mir zu. Manu ist toll, aber ein Vater, ein Papa ist sie nicht. Das ist mir klar geworden, als ich mich mit einem Jungen darüber so richtig gefetzt habe. Ich kenne dich nicht, aber du fehlst mir. Ich will deine Stimme hören, dein Lachen sehen, dein Leben erzählt bekommen.

Vielleicht geht es dir ja genauso? Kennst du das Gefühl, wenn man durch die Straßen geht oder in einem Café sitzt und die Leute beobachtet und dabei denkt: Einer von all diesen Menschen könnte es sein?

Ich bin ein wenig aufgeregt bei der Vorstellung, dir

gegenüberzusitzen und mit dir zu reden. Vielleicht haben wir uns ja nichts zu sagen, bleiben uns fremd. Aber es kann doch auch sein, dass wir sofort merken: Es stimmt tatsächlich, wir sind blutsverwandt, wir sind Familie, spüren eine Verbindung, haben denselben Humor oder was auch immer. Wäre das nicht toll?
Ich möchte dich so vieles fragen. Die Tatsache, dass wir uns nicht kennen, ist wie ein blinder Fleck in meinem Leben und meiner Geschichte. Falls du jedoch ganz dagegen bist, wäre ich froh, wenn du mir das schreibst, damit ich nicht länger warten und hoffen muss. Aber ich hoffe, du stimmst einem Kennenlernen zu – und wenn es nur kurz ist, einfach Hallo sagen und uns gegenseitig ansehen, dann verschwinde ich wieder aus deinem Leben, wenn es dir lieber so ist.
Viele Grüße,
deine Tochter Elena

Als ich fertig bin, lese ich mir den Brief noch einmal durch. Wahrscheinlich würde ich ihn nie so abschicken, sondern meinen Vater erst einmal vorsichtig fragen, ob er den Kontakt zu mir überhaupt möchte. Ich musste mir einfach von der Seele schreiben, was in mir vorgeht.

Beim Schreiben bin ich endlich müde geworden. Mein Handy zeigt mir, dass es schon weit nach Mitternacht ist. Ich klappe das Ringbuch wieder zu und schiebe es zurück an den Platz, wo ich es herausgeholt habe. Niemand soll es finden.

»Warum habt ihr mir das nicht längst gesagt?«, frage ich Mama und Manu am nächsten Morgen beim Frühstück. »So langsam könnt ihr wirklich aufhören mit eurer Heimlichtuerei. Erzählt mir nicht, dass ihr das mit dem Notar vergessen hattet.«

»Wir wollten erst sichergehen, dass du dran bleibst. Dass dein Wunsch, den Spender kennenzulernen, nicht nur eine Idee ist, die kurz aufflammt, bevor du dich wieder anderen Interessen und Plänen zuwendest, sondern dass es dir ernst damit ist.«

Mama sitzt im Sleep-Shirt am Tisch. Heute leitet sie keine Geburtsvorbereitungskurse, und zu einer Geburt gerufen wurde sie offenbar auch nicht. An solchen Tagen macht sie sogar noch das Pausenbrot für mich fertig.

»Außerdem ist das alles lange her. Die Klinik hat uns damals angeboten, diesen Weg zu gehen, weil wir unsicher waren, ob eine offene oder anonyme Spende das Beste für uns ist. Allerdings habe ich den Notar damals schon auf Anfang 60 geschätzt, also ist er längst im Ruhestand.«

»Ob ich dranbleibe«, wiederhole ich. »Als ob ich so flatterhaft wäre, wenn es um Wichtiges geht. Du weißt aber schon noch, wo die Kanzlei war?«

»In Hermsdorf, Schlossstraße, glaube ich. Da kommt man gut mit der S-Bahn hin. Es ist wirklich keine große Sache.« Sie bestreicht zwei Scheiben Bio-Brot mit Butter und Frischkäse, legt Gurkenscheiben und Kresse drauf und klappt sie zusammen.

»Wahrscheinlich müssen wir einen Termin vereinbaren«, sagt Manu. Sie hat schon ihre Arbeitslatzhose an und trinkt ihren Kaffee im Stehen. »Ich suche nachher den Namen des Nachfolgers raus und rufe an.«

Mama legt mein Pausenbot in eine Box, ich schnappe mir einen Apfel aus unserer Obstschale und stecke beides zusammen in meine Schultasche. Dann drücke ich meine Mütter ganz fest, Manu sogar noch etwas länger als Mama.

»Ihr müsst nicht denken, dass ich euch weniger lieb habe, nur weil ich meinen Vater finden will«, sage ich.

»Wissen wir doch«, antwortet Manu. »Und verstehen wir.«

Am U-Bahnhof Friedrich-Wilhelm-Platz, der jeden Morgen voll von Schülern ist, treffe ich Fabienne und erzähle ihr alles. Von den Unterlagen beim Notar, von meinem Brief. Auch sie versteht die Heimlichkeiten meiner Mütter nicht.

»Aber sei froh«, sagt sie. »Immerhin wusstest du von klein auf, dass du ein Spenderkind bist – viele andere erfahren es erst mit 18, oder durch Zufall und fallen aus allen Wolken. Und du bist wieder einen Schritt weiter!«

Danach tut es gut, über etwas anderes zu reden. Fabienne weiß jetzt, was sie in den Sommerferien vorhat: Sie wird drei Wochen lang als Betreuerin auf einem Reiterhof im nördlichen Umland von Berlin jobben. Ihre Augen leuchten, wenn sie davon spricht. Letztes Jahr war sie auch schon dort.

»Der schönste Moment ist immer, wenn wir zum ersten Mal alle zusammen mit den Kindern ausreiten«, schwärmt sie. »Und ich hoffe, dass Nick, der Sohn von den Besitzern des Reiterhofs, wieder dabei ist. Letzten Sommer hat er die Abende am Lagerfeuer geleitet, Gitarre gespielt und gesungen und mit den Kindern Stockbrote geröstet. Was meinst du, wie die auf ihn abfahren!«

»Nur die Kinder?«, hake ich nach und grinse, als sie rot wird.

»Nick ist schon 21«, seufzt sie. »Der steht nie im Leben auf eine 16-jährige. Wenn ich Liebeskummer habe, musst du mich trösten kommen, Elena! Die Regiobahn hält nicht weit vom Hof, den Rest fährst du mit dem Fahrrad. Oder hat Rouven dich schon verplant?«

»Unsinn. Ich komm gerne«, beeile ich mich zu sagen. »Wenn das mit dir und Nick was werden soll, brauchst du Beistand. Dafür würde ich sogar meinen Vater warten lassen.«

»Du bist so süß«, sagt sie. »Aber wenn du ihn wirklich zum ersten Mal triffst … würdest du mich dann mitnehmen? Vielleicht bist du dann diejenige von uns, die Beistand braucht.«

»Wenn überhaupt jemand mitkommt, dann du«, verspreche ich ihr.

Mama und Manu begleiten mich zum Notar. Insgeheim bin ich erleichtert darüber. Angerufen habe ich selbst, es gibt tatsächlich in der Kanzlei einen Nachfolger desjenigen, bei dem sie damals die Unterlagen hinterlegen lassen haben. Die Fahrt mit der S1 nach Norden erscheint mir endlos. Keine von uns dreien redet viel, jede ist in ihre eigenen Gedanken versunken. Der Notar, Herr Neubauer, scheint noch ziemlich jung zu sein. Als er mir nach einem kurzen Gespräch zu viert den versiegelten Umschlag überreicht, sieht er mich ermutigend an.

»Ich drücke Ihnen die Daumen, dass Sie Ihren genetischen Vater finden werden«, sagt er. »Aber es kann dauern, vor allem, wenn sein Name sehr häufig vorkommt. Viel Glück, Elena – ich würde mich freuen, wenn Sie sich bei mir melden, sobald es etwas Interessantes zu berichten gibt.«

Ich kann nur nicken. Am liebsten würde ich den Umschlag mit dem Namen meines Vaters in meine Tasche stecken, nach draußen rennen und mich irgendwo verstecken, um ihn ganz allein öffnen und lesen zu können. Aber es entgeht mir nicht, wie Mama und Manu das Kuvert anstarren, als könnten sie den Namen mit Röntgenaugen durch das Papier hindurch entziffern. Dann kommt ihnen Herr Neubauer zu Hilfe.

»Da dies eine offizielle Angelegenheit ist und wir mit den Daten des genetischen Vaters vertraulich umgehen wollen, bitte ich Sie, den Umschlag hier in meinem Beisein zu öffnen. Und auch Ihre beiden Mütter sind ja nicht unbeteiligt an allem, was nun auf sie zukommt, Elena. Einverstanden?«

»Sicher«, sage ich und spüre, wie mein Herz schneller zu schlagen beginnt und ein kleines Rinnsal von Schweiß meinen Rücken hinunterläuft. Zuerst sehe ich Manu, dann Mama an, und als alle beide nicken, reicht mir der Notar einen Brieföffner. Ich setze ihn an, kurz darauf zerre ich mit flatterigen Fingern ein zusammengefaltetes Blatt heraus und streiche es glatt, überfliege den Inhalt. Nur zwei Wörter suche ich, den Rest kann ich später lesen. Der Rest ist 17 Jahre her und kann sich seitdem mehrmals geändert haben, Adresse, Familienstand, Beruf. Ich will nur den Namen meines Vaters wissen, und jetzt springt er mir ins Auge, fremd, neu, unbekannt. Christian Köhler heißt er. Ich sehe kein Bild, kein Gesicht vor mir, nicht einmal in meiner Fantasie. Nur eine graue Silhouette, ein blinder Fleck taucht vor mir auf. Der Name beginnt vor meinen Augen zu tanzen und in meinem Kopf rhythmisch zu hämmern. Ich starre vor mich hin, Herr Neubauer sagt irgendwas zu mir, dann rüttelt mich Mama sanft an der Schulter. Ich fühle nichts und doch alles.

»Elena? Ist alles in Ordnung?«, fragt sie. Erst jetzt bemerke ich, dass Manu so dicht hinter mir steht, dass ich mich an sie anlehnen könnte. Das will ich aber nicht. So schnell wie möglich muss ich allein sein, nachdenken, erst mal verarbeiten, was ich gerade erfahren habe.

Christian Köhler. So kann jeder heißen. Einfach wird die Suche nicht. Das sagt auch Mama, nachdem wir uns von Herrn Neubauer verabschiedet haben und wieder auf der Straße stehen. Manu und sie sind seltsam aufgekratzt, als ob es sie mehr erleichtert als mich, dass es nun endlich einen Namen gibt, einen ersten Anhaltspunkt für die Suche.

»Etwas exotischer hätte er ja schon heißen können«,

beschwert sich Mama und kichert leise. »Fernando Alvarez oder Rico Brandini.«

»Ein Latin Lover? So ein braun gebrannter Schnösel mit fettigen schwarzen Locken?«, steigt Manu darauf ein. »Dann doch lieber ein Football-Player namens Wayne oder Jack. Was Kerniges.«

»Kein Franzose? Philippe oder Thibault, was Gebildetes, Elegantes? So hat neulich eine Mutter im Geburtshaus ihren kleinen Sohn genannt. Der war total niedlich.«

»Ihr spinnt.« Ich versuche, heiter und freundlich zu klingen, obwohl mich ihr Herumalbern wahnsinnig nervt. »Hört doch mal auf, bitte.«

»Nimm's uns nicht krumm«, sagt Manu und lacht. »Genauso haben wir damals in unserem Hotel in Kopenhagen gescherzt. Ob wir wollten oder nicht – natürlich haben wir über den Spender fantasiert, genau wie du es jetzt wahrscheinlich insgeheim tust. Christian Köhler klingt wie ein Lehrer. Bist du sicher, dass du ihn treffen willst, Elena?«

Mein gesamtes Blut kocht hoch und steigt bis unter meine Haarwurzeln.

»Natürlich will ich«, zische ich. »Von mir aus kann er Finanzbeamter oder Staubsaugervertreter sein oder wegen schweren Raubs im Knast sitzen! Mit euch kann man nicht vernünftig reden!«

Meine Mütter bleiben stehen. Manu schlägt sich auf den Mund, Mama kommt hastig auf mich zu und will mich in die Arme nehmen, aber ich habe genug gehört.

Ich presse meine Hand fest auf meine Tasche, in der der Brief mit dem Namen meines Vaters steckt und renne los, erreiche eine Bushaltestelle. Der 809er fährt gerade ein, ein kleiner Kiezbus, perfekt. Ich springe hinein, zischend schließt sich die Tür, und schon geht es weiter. Aus dem Fenster winke ich meinen Müttern zu, die mir verdutzt hinterherstarren.

8

Der Bus juckelt durch brandenburgische Dörfer, vorbei an Mohnblumenfeldern, neuen Siedlungen und schiefen alten Bauernhäusern, vor denen Bio-Kohlrabi und eigener Honig verkauft wird. In Hohen Neuendorf hält er am S-Bahnhof, und ich frage mich, weshalb ich nicht schon eher daran gedacht habe, dass ich nur eine Station von Fabienne entfernt unterwegs bin. Ich rufe ihre Nummer in meinem Handy auf. Vielleicht habe ich Glück und sie ist schon vom Reiten zurück.

»Und? Hast du den Namen?«, japst sie ins Telefon, statt sich mit einer Begrüßung aufzuhalten.

»In zehn Minuten kann ich bei dir sein, falls du Lust hast, mit mir in die Bildersuche zu gehen«, antworte ich. »Viel Hoffnung habe ich nicht. Es ist nur ein Allerweltsname.«

»Er wird schon nicht Peter Müller heißen«, sagt Fabienne und lacht. »Beeil dich!«

Fabiennes Familie wohnt in einem geräumigen, modernen Einfamilienhaus mit Solaranlage auf dem Dach und einem großen, gepflegten Garten. Als ich ankomme, sehe ich ihre beiden jüngeren Geschwister Patrice und Aline spielen. Aline, die im Februar elf geworden ist, übt mit einer Freundin, den Hula-Hoop-Reifen in der Taille zu schwingen, ohne ihn fallen zu lassen. Sie sehen lustig aus mit ihren langen dünnen Giraffenbeinen, die gerade nicht wissen, wo sie so schnell noch hin wachsen sollen. Als Aline mich sieht, eilt sie zum Gartentor, um es für mich zu öffnen. Auch Patrice stürmt herbei, strahlt und umarmt mich kurz. Wie jedes Mal muss ich über seine großen vorderen Schneidezähne lächeln, die im Mund des Neunjährigen immer etwas überdimensional wirken, weil noch so viele kleine Milchzähne links und rechts von ihnen stehen. Schon rennt er wieder weg, um weiter mit seinem Kumpel Fußball zu spielen. Patrice besitzt ein eigenes Stück Rasen mit Torwand, sorgsam abgeteilt von dem unkrautfreien, parkähnlichen Garten der Eltern. Die sind weiter hinten mit Gartenarbeit beschäftigt. Fabiennes Mutter winkt mir mit einer Gießkanne in der Hand zu, der Vater lacht mich an und tut so, als würde er den Rasensprenger auf mich richten, ehe er die üppig blühende Rhododendronhecke wässert.

An der Haustür wartet Fabienne auf mich. Wir gehen gleich in ihr Zimmer, wo sie bereits ihr Tablet an die dazugehörige Tastatur angeschlossen und die Suchmaschinenseite geöffnet hat.

»Christian Köhler«, wiederholt sie, nachdem ich ihr feierlich den Namen meines Vaters verraten habe. »Der ist wirklich nicht viel seltener als Peter Müller. Also müssen wir sie alle durchkämmen. Wo wohnt er denn?«

»Keine Ahnung. Wir wissen nur, dass er damals Kunststudent war.«

Ich reiche Fabienne den Brief. Sie überfliegt ihn, erfasst alles in wenigen Augenblicken.

»41 Jahre alt ist er jetzt. Mehr war nicht herauszukriegen?«, hakt sie nach.

Wir beugen uns über die Tastatur. Fabienne gibt *Christian Köhler+Kunst+Kopenhaben* ein. Wir scrollen durch nichtssagende Berichte über Ausstellungen, Museen und Galerien mit Leuten, in deren Namen entweder *Christian* oder *Köhler* vorkommt, aber kein Hinweis auf meinen Vater. Bei der Bildersuche grinsen uns die beiden ehemaligen Bundespräsidenten Horst Köhler und Christian Wulff entgegen.

»Och nee, nicht die, die sind auch viel zu alt«, stöhnt Fabienne. »Wir müssen anders suchen. Was lassen wir weg? Kunst oder Kopenhagen oder beides?«

»Beides. Wer weiß, ob er mit Dänemark und mit Kunst überhaupt noch was zu tun hat«, sage ich. »Das Studium kann er abgebrochen oder das Fach gewechselt haben, und in Kopenhagen wohnt er vielleicht schon gar nicht mehr. Gib mal nur den Namen ein.«

Fabienne tippt und klickt gleich auf »Bilder«. Sofort öffnen sich seitenweise Fotos von Männern, die Christian Köhler heißen oder mit einer Person dieses Namens etwas zu tun haben. Businessporträts, Urlaubsfotos, Zeitungsausschnitte, Vereinsbilder und mehr.

»Tadaaaa«, triumphiert sie und dreht das Tablet in einem günstigeren Winkel zu mir. »Dann such dir mal den besten Daddy aus, es sind ja genug da. Hier kannst du in aller Ruhe nach Ähnlichkeiten forschen.«

»Das kann dauern«, sage ich und beuge mich weiter vor. »Er muss ja nicht mal die gleichen angewachsenen Ohrläppchen haben wie ich. Die können ja auch aus einer anderen Generation stammen. Genauso die Augenfarbe. Wonach könnte ich sonst noch suchen?«

Ich scrolle nach unten und wieder hoch, klicke einzelne Bilder zum Vergrößern an und wieder weg. Manche Männer sind mir sympathischer, andere weniger. Jetzt merke ich doch, dass ich ziemlich enge Vorstellungen von dem Mann habe, den ich mir als Vater wünsche.

»Einfach nach Gefühl gehen«, schlägt Fabienne vor. »Wenn du bei einem meinst, etwas Vertrautes zu entdecken, dann finde mehr über ihn heraus oder schreib ihn an.«

Ich nicke und betrachte weiter einen nach dem anderen, ohne zu einem Ergebnis zu kommen. Einer hat angewachsene Ohrläppchen wie ich, aber sein Lächeln wirkt starr und kühl auf mich. Ein anderer hat meine Haarfarbe, aber eine schmale, spitze Nase, und auf dem Foto trägt er einen Anzug, der ihn sachlich und unnahbar erscheinen lässt. Nie im Leben war der mal Kunststudent. Ein Dritter rührt mich schon eher an, weil er warmherzig und vergnügt in die Kamera blickt, als ob er sich selber nicht ganz ernst nehmen würde. Aber er ist rotblond, und meine Haare sind hellbraun oder auch dunkelblond wie die von Mama, ohne ihre blondierten Strähnchen. Passt also auch nicht. Und die meisten Typen fallen schon vom Alter her durchs Raster.

»Scheiße, das ist doch kein Katalog hier«, murmele ich nach einer Weile. »Was mache ich denn, wenn mein Erzeuger ausgerechnet der Unsympathischste von allen ist? Oder vielleicht auf seinem Foto ganz okay rüberkommt, aber in Wirklichkeit ein arroganter Mistkerl ist?«

»Das kann nicht sein. Dann wärst nicht du dabei herausgekommen.«

»Danke, aber woher willst du das wissen? Sein Einfluss auf mich ist doch gleich null.« Mit wenigen Sätzen erzähle ich ihr von Rouvens Stiefvater und was für ein Kotzbrocken er ist. »Was mache ich, wenn mein Vater auch so ist? Vielleicht war diese ganze Sucherei doch keine gute Idee.«

»Hey, Süße, wieso kippt auf einmal deine Stimmung? Wir sind gerade erst am Anfang. Niemand hat gesagt, dass es einfach sein würde. Wie stellst du ihn dir denn vor?«

Ich muss nicht lange überlegen. »So, dass er zu Mama gepasst hätte. Dass sie sich vielleicht sogar in ihn hätte verlieben können, wenn Manu nicht gewesen wäre. Sie hatte ja früher auch männliche Freunde. Mein Vater ist locker drauf, ein bisschen alternativ, naturverbunden. Er geht gerne wandern. Als er jung war, hat er Kite-Surfen ausprobiert. Seine Möbel kauft er second hand oder zimmert sich was aus Paletten zurecht. Vor allem die Bilder für seine Wände malt er selbst, weil er doch Künstler ist. Oder er hängt sich gerahmte Kinoplakate an die

Wand und Fotos von seinen Reisen. Er fährt einen alten VW-Bus, den er so umgebaut hat, dass man darin auch übernachten kann.«

»Und auf welchen Frauentyp steht er?«

»Auf eine wie Mama natürlich«, antworte ich schulterzuckend. »Auf jeden Fall will er eine, die sich nicht nur nach dem Mann richtet, sondern ihr eigenes Ding macht. Er kann nämlich auch kochen.«

»Das hört sich an, als ob du den *Freund* beschreibst, den du gerne hättest«, sagt Fabienne. »Sieh mal, der hier.«

Sie deutet auf das Facebook-Profil eines Christian Köhler in Jeansjacke, unter der ein langes kariertes Hemd herausschaut. Dazu trägt er eine Sonnenbrille und ein Basecap, weshalb ich nicht viel von seinem Gesicht erkennen kann. Ich rufe die Seite auch in meinem Smartphone auf und speichere sie, ohne mich in allzu viel Hoffnung hineinzusteigern.

»Westfalen«, bemerke ich, »nicht gerade Dänemark, aber immerhin. Könnte passen.«

»Ich finde, du siehst ihm ähnlich.« Fabienne deutet auf seine offenbar große, schlanke Gestalt. »Oder der hier, der sieht interessant aus.«

Der Mann, auf den sie jetzt zeigt, erinnert mich an unseren Geschichtslehrer, sein dunkles Haar hat sich oben schon gelichtet. Der Schnauzbart ist bereits von einzelnen grauen Haaren durchzogen. Das Foto entstammt tatsächlich dem Gruppenbild eines Lehrerkollegiums in Berlin.

»Berlin …«, sage ich gedehnt. »Dann können wir sogar ganz leicht seine Adresse rausfinden.«

»Und das freut dich nicht?« Fabienne gibt bereits *Christian Köhler + Lehrer* und den Namen der Schule ein. Ich sehe mir das Foto genauer an, fühle jedoch nichts dabei.

»Der ist es nicht. Aber ich schreibe ihm trotzdem.«

»Du kannst den Brief in seine Schule schicken«, schlägt Fabienne vor. »Dann musst du nicht mal seine Adresse ausfindig machen. Jetzt hör doch mal auf, immerzu deine Augenbrauen glatt zu streichen. Du machst mich noch wahnsinnig damit.«

»Ist ja gut. Und dann liegt der Brief in seinem Fach im Lehrerzimmer wie jede x-beliebige Amtspost? Der arme Mensch kriegt ja einen Herzkasper.« Ich klicke wieder zurück zur Übersicht. »Schau mal, der hier«, sage ich.

Auf einmal bin ich hellwach und zeige Fabienne einen Christian Köhler, der in einer Firma für Kunst am Bau und Fassadenmalerei arbeitet. Fantasievolle, gekonnte Gemälde zieren alles Mögliche von der Plattenbaufassade über gediegene Altbauten bis hin zum Wohncontainer. Auf einem weiteren Foto sprüht mein möglicher Vater gerade die Umrisse eines Mädchens, das kann kein Zufall sein. Auf diesem Bild sieht man ihn nur im Halbprofil, fast von hinten. Er trägt darauf eine grüne Wollmütze und eine Jacke voller Farbflecken, eine Brille und einen Dreitagebart.

»Der ist es«, stoße ich dennoch hervor. »Was für abgefahrene Bilder! Der macht Schmuckstücke aus stinknormalen Hochhäusern!«

»Er ist anders als die anderen«, findet auch Fabienne. »Er würde gut auf eines eurer Hof-Feste passen. Schreibst du ihm gleich? Da unten steht die Mailadresse der Firma. Oder du rufst an. Der Typ passt genau, wetten, der reagiert total locker?«

»Jetzt noch nicht«, antworte ich. »Ich …«

Im selben Moment wird die Tür zu Fabiennes Zimmer aufgestoßen, und Fabrice kommt hereingestürmt wie ein Kugelblitz.

»Wir grillen gleich draußen«, verkündet er. »Ich soll euch von Papa fragen, ob Elena noch bleibt.«

Eigentlich will ich nicht. Zu sehr drängt es mich danach, weiter mit Fabienne allein zu reden und mich später zu Hause hinzusetzen und die drei möglichen Väter anzuschreiben, besonders den Fassadenkünstler. Für diesen Christian Köhler will ich meinen Brief ganz neu formulieren. Alles muss so klingen, dass er gar nicht anders kann, als mich kennenlernen zu wollen.

Andererseits habe ich lange nicht mehr mit Fabiennes Familie gegessen. Vielleicht, weil mir das fehlt und ich es mir nie eingestanden habe: eine Familie mit einem richtigen Vater. Und Geschwistern.

»Na klar bleibe ich noch«, sage ich und streiche Patrice über sein verschwitztes Haar. »Dieses Mal gewinne ich aber beim Maiskolbenwettessen!«

Natürlich schafft Patrice mehr Maiskolben als ich, aber schließlich will ich Fabiennes Familie nicht die Haare vom Kopf futtern. Der Abend verläuft längst nicht so steif, wie Fabienne es von den Geburtstagen erzählt hat, wenn Verwandte und Freunde eingeladen sind, im Gegenteil. Ihre Geschwister erzählen verrückte Erlebnisse aus der Schule, von schrulligen Lehrern und frechen Mitschülern, aufregenden Klassenfahrten mit gruseligen Nachtwanderungen. Die Eltern fragen, ob mir mein 16. Geburtstag gefallen habe, und gratulieren mir nachträglich. Fabienne und ich erzählen von der Feier in unserem Hof.

»16 ist ein tolles Alter«, schwärmt Fabiennes Mutter Liane. »Die Stimmungsschwankungen der Pubertät werden weniger – bei Mädchen zumindest, und man hat mehr Freiheiten. Bei mir stand damals der Mofa-Führerschein ganz oben auf der Prioritätenliste. Was hast du dir für dein neues Lebensjahr Besonderes vorgenommen, Elena? Irgendein persönliches Ziel?«

Fabienne und ich sehen uns an und prusten beide gleichzeitig los. Dann zieht sie ihre Augenbrauen hoch und sieht mich erwartungsvoll an. Ich weiß, was das bedeutet: Sagst du es jetzt?

Ich überlege kurz und spüre eine leichte Aufregung in mir hochblubbern, als würde gleich morgen etwas Neues passieren, auf das ich mich wahnsinnig freue. Dann spreche ich es aus. Ich muss tief Luft holen, ehe ich Oliver und Liane mit klarer, entschlossener Stimme erzähle, dass ich meinen Vater suche, einen Samenspender namens Christian Köhler.

»Oha«, sagt Oliver und nickt anerkennend. »Da hast du dir wirklich etwas vorgenommen. Sehr mutig. Respekt.«

Das Gesicht von Fabrice dagegen ist ein einziges Fragezeichen.

»Wieso musst du deinen Vater denn suchen?«, erkundigt er sich mit kraus gezogener Nase. »Und was sind das für Samen? Bist du in einem Blumenbeet gewachsen? Hat dein Papa mit deiner Mama keinen Sex gemacht?«

»Fabrice«, mahnt Aline und hält ihrem jüngeren Bruder den Mund zu. Er kichert in sich hinein, auch ich muss lachen.

»Elenas Mama liebt keinen Mann, sondern eine Frau. Ich erkläre dir das später, mein Schatz«, sagt Liane zu ihrem Sohn und zieht Alines Hand sanft von Fabrice' Mund. Dann wendet sie sich wieder an mich. »Bist du sicher, dass das eine gute Idee ist? Wenn du deinen Vater findest, kann das sehr viel Unruhe in deine Familie bringen.«

»Ich habe mir nicht ausgesucht, auf diese Art gezeugt zu werden. Ich möchte einfach mehr über mich selbst erfahren. An meiner Zeugung war jemand zur Hälfte beteiligt, den ich noch nie gesehen habe. Es ist wie ein Puzzleteil, das in meinem Leben noch fehlt.«

»Ist das nicht undankbar deinen Müttern gegenüber? Sei froh, dass du lebst und ein schönes Zuhause hast. Dein Vater ist doch ein Fremder für dich.«

»Meine Güte, Mama«, mischt sich Fabienne ein. »Elena wird schon nicht gleich bei ihm einziehen. Ich kann sie verstehen. Wenn sie nicht mal ihren eigenen Vater kennenlernen darf, hat sie immer ein Fragezeichen in ihrer Identität.«

»Hast du schon Kontakt zu ihm aufnehmen können?«, erkundigt sich Oliver.

»Vielleicht bin ich kurz davor«, antworte ich und erzähle, was ich bisher herausgefunden habe und dass Fabienne und ich einen Mann im Internet gefunden haben, von dem ich mir vorstellen könnte, dass wir die gleichen Gene haben.

»Elena hat seine künstlerische Ader geerbt«, fügt Fabienne hinzu. »Wenn er es ist.«

»Dann drücken wir dir auf jeden Fall die Daumen und wünschen dir alles Glück der Welt für deine Suche«, sagt Oliver und hebt sein Bierglas, um mir zuzuprosten. »Wenn du deinen Vater gefunden hast, beginnt sicher ein ganz neuer Lebensabschnitt.«

»Was würdest du eigentlich machen, Papa, wenn hier auf einmal ein Mädchen oder ein Junge vor der Tür stehen würde und behauptete, dein Kind zu sein?«, fragt Fabienne.

Aline sieht etwas erschrocken aus, auch Lianes Augen weiten sich. Olivers Miene jedoch bleibt fast unbewegt, er lächelt sogar leicht.

»Dazu gibt es für mich nur eine einzige Antwort«, sagt er. »Sobald per Vaterschaftstest erwiesen wäre, dass ich tatsächlich der Vater bin, würde ich mich der Verantwortung stellen und den jungen Menschen in meinem, in unserem Leben willkommen heißen. Auch wenn das sicher nicht einfach wäre – für alle Beteiligten.«

»Wow – was für eine Antwort!« Liane sieht ihren Mann erstaunt und bewundernd an. »Von deiner Haltung kann sich sicher so mancher Erzeuger eine Scheibe abschneiden. Da bin ich direkt stolz auf dich.«

»Ich will aber nicht noch mehr große Geschwister! Wenn, dann höchstens einen Bruder. Fabienne und Aline sind zickig genug«, protestiert Fabrice und verschränkt seine Arme vor der Brust.

»Keine Sorge«, lacht Oliver. »So was wird nicht passieren. Und um noch einmal auf dich zurückzukommen, Elena: Ich wünsche dir sehr, dass dein Vater dich genauso in seinem Leben begrüßt. Und dass du nicht allzu enttäuscht bist, falls es nicht so sein sollte. Und wann immer du männlichen Rat brauchen solltest, kannst du dich jederzeit gern an mich wenden.«

»Vielen Dank«, sage ich und denke, dass jedes Kind einen Vater wie Oliver haben sollte. Er ist so anders als zum Beispiel Rouvens Stiefvater Harro, der nur zu seinem leiblichen Sohn nett ist.

Fabienne sieht mich an, als ob sie meine Gedanken erraten hätte.

»Und wenn Mama schon ein Kind gehabt hätte, bevor ihr beide euch kennengelernt habt?«, fragt sie ihn. »Hättest du das auch in die Familie aufgenommen?«

Oliver überlegt. »So eine Situation ist kompliziert«, sagt er dann. »Meistens gibt es dann ja den leiblichen Vater noch, das Kind sieht ihn regelmäßig. Er erzieht es mit oder hat auf jeden Fall Einfluss. Der Stiefvater kommt neu dazu und hat erst mal nichts zu sagen. Er möchte im Grunde nur mit seiner Frau eine liebevolle Partnerschaft führen, vielleicht eigene Kinder mit ihr haben. Und dann ist da immer jemand, mit dem sie das alles schon mal hatte.«

»Das gilt für Stief*mütter* aber ganz genauso«, wirft Liane ein. »Von denen wird sogar noch viel mehr erwartet, dass sie sich um das Kind kümmern und es genauso lieben wie ein eigenes. Meine Kollegin Kirsten kann ein Lied davon singen.«

»Manu ist auch meine Stiefmutter«, sage ich. »Und gleichzeitig meine Adoptivmutter.«

»Umso verständlicher wäre es, wenn ihr die neue Situation zu schaffen macht.« Oliver stellt sich noch einmal an den Grill, um die letzten kleinen Fleischstücke zu wenden, ehe sie zu sehr verkohlen. »Falls du deinen Vater wirklich findest und zwischen euch ein schöner Kontakt entsteht, ist da plötzlich jemand in eurem Leben, der mit dir blutsverwandt ist, und sie ist es nicht. Die Karten deines Lebens werden dann neu gemischt. Das könnte deine Stiefmutter verunsichern und zu Konflikten führen.«

Danach reden wir über andere Themen, bis Aline plötzlich einfällt, dass sie noch Hausaufgaben machen muss. Also stehe auch ich auf. Noch einmal wünschen mir Fabiennes Eltern alles Gute für die Suche nach meinem Vater. Fabienne begleitet mich zum Bus.

»Ihr seid eine tolle Familie«, sage ich beim Abschied zu ihr. »Ich kann total verstehen, warum du so an deinem Papa hängst.«

Zu Hause fahre ich gleich meinen Laptop hoch und forsche weiter, bis ich die Privatadressen der Köhlers herausgefunden habe, denen ich schreiben will. Natürlich kann ich nicht den sehr persönlichen Brief abschicken, den ich vor Kurzem nachts verfasst habe, denn noch weiß ich nicht, wem er gilt. Also fasse ich mich kurz:

»Lieber Christian Köhler,
sicher wundern Sie sich, dass Sie einen handgeschriebenen Brief von einer unbekannten Person bekommen. Er enthält nur eine einzige Frage. Wenn Sie diese mit »Nein« beantworten, werden Sie nichts mehr von mir hören. Denn dann habe ich mich einfach geirrt und muss weitersuchen. Antworten Sie aber mit »Ja« und – was ich mir wünsche – mit noch etwas mehr als nur diesem einen Wort, dann würde ich gern erneut Kontakt zu Ihnen aufnehmen. Denn dann bin ich wohl Ihre Tochter, von der Sie bisher noch nichts gewusst haben.
Also: Haben Sie vor gut 17 Jahren für eine Samenbank in Kopenhagen Samen gespendet, um kinderlosen Paaren zu helfen?
Auf Ihre Antwort wartet gespannt mit freundlichem Gruß
Elena Rehwald aus Berlin.«

9

In der folgenden Zeit versuche ich mich abzulenken. Der Sommer nähert sich Berlin noch zögerlich. Morgens kriecht mir wieder häufiger ein frischer Wind unter die Jeansjacke, und ich trage immer noch Halstücher. Wenn ich nachmittags nicht mit Fabienne unterwegs bin oder Hausaufgaben mache, stelle ich Sachen für meinen Online-Shop her. Im Moment habe ich Spaß daran, Einkaufsnetze aus Naturfasern zu häkeln und kann mir gut vorstellen, dass die gut weggehen, weil immer mehr Menschen bemüht sind, Plastiktüten zu vermeiden und auf nachhaltige Produkte zu setzen. Also stromere ich durch Wollgeschäfte in unserem Kiez, immer auf der Suche nach den schönsten Garnen. Ich lasse Fäden aus Hanf, Seide, Leinen und Baumwolle durch meine Finger gleiten, halte verschiedene Farbkombinationen aneinander, studiere Anleitungen und rechne aus, wie lange ich für den einzelnen Beutel brauche, um dann einen Kaufpreis zu veranschlagen, was gar nicht so einfach ist: Gutes, reißfestes Garn ist teuer, und ein Einkaufsnetz zu häkeln dauert einige Stunden, umso mehr, wenn ich noch Applikationen aufnähen will, damit jedes Stück ein Unikat wird. Schließlich entscheide ich mich, anfangs eher preiswert zu bleiben. Im Weihnachtsgeschäft kann ich die Preise immer noch etwas erhöhen. Da das Häkeln mein Hobby ist und mir wirklich Spaß macht, empfinde ich es kaum als Arbeit. Im Moment hilft es mir dabei, mich innerlich zu sortieren. Es tut mir gut, eine Zeit lang abzuwarten, was als Nächstes passiert.

Nach zwei Wochen habe ich fünf Einkaufsnetze in verschiedenen Farben und Größen fertig, fotografiere sie und stelle sie online, danach nähe ich zwei Handyhüllen aus festem Filz und Kunstleder, die vom Design her zu Männern passen. Während ich daran arbeite, denke ich an Rouven und an meinen Vater.

Als wir eines Tages überraschend zwei Stunden eher Schulschluss haben, weil unsere Sportlehrerin krank ist, beschließe ich spontan, zum Friseur zu gehen. In der Rheinstraße hat ein neuer Laden aufgemacht. Ich finde ihn schnell und trete gleich ein, ehe ich es mir wieder anders überlege. Ein junger Mann mit blondem Zopf über einem Undercut begrüßt mich, stellt sich als Felix vor und führt mich zu einem Stuhl mit einem riesigen, verschnörkelten Spiegel davor.

»Was kann ich für dich tun?«, fragt er und lässt meine Haare bereits durch seine Finger gleiten und wieder fallen, prüft die Struktur, hält lange Strähnen wie einen Pony vor meine Stirn.

»Einen Kurzhaarschnitt, bitte«, bringe ich mit trockenem Mund hervor. »Er soll zu meinem Typ passen und modern aussehen, aber Undercuts sind nicht so meins … Ihnen steht er wirklich super, aber ich …«

Felix lächelt mir im Spiegel aufmunternd zu. Im nächsten Augenblick höre ich hinter mir ein ratschendes Geräusch, danach fühlt sich mein Nacken plötzlich kühl und frei an, ich lange mit der Hand nach hinten.

»Was hast du gemacht?«, stoße ich hervor.

Die Mähne ist nicht mal mehr ein schulterlanger Bob. Meine langen Strähnen liegen verstreut auf dem hellgrau gekachelten Boden.

»Das, was du wolltest – bevor du deine Entscheidung zurücknimmst«, lacht er. »Jeder Friseur ist glücklich, wenn er lange Haare kurz schneiden darf.«

Mein Mund steht offen, das muss ich erst mal verdauen. Aber gut. Die kürzeren Haare gefallen mir jetzt schon, sie machen mich älter.

»Was hältst du davon, wenn ich dir die Haare im Nacken anrasiere und vorne länger lasse? Dann fallen sie schön und du hast immer noch einen mädchenhaften Look. Oder wir machen sie hinten raspelkurz mit langem Schrägpony, vielleicht mit ein paar blondierten Strähnen … das wäre eine krasse Typveränderung. Ein richtiger Pixiecut.«

Wieder hebt Felix meine Haare an und hält sie so nach oben, dass ich eine Vorstellung davon bekomme, was er meint.

»Welchen würdest du mir schneiden, wenn ich dir freie Hand lasse?«, frage ich.

»Eindeutig den Pixie«, antwortet Felix. »Deine ebenmäßigen Gesichtszüge werden dadurch unterstrichen.«

Ich atme tief durch. »Okay«, sage ich. »Dann den. Aber bitte nicht so kurz, dass man hinten die Kopfhaut sieht … ich möchte noch als Mädchen erkannt werden.«

»Das wirst du«, verspricht er mir. »Ich gebe dir danach ein paar Make-up-Tipps, auch das kommt bei kurzen Haaren super rüber. Darf ich dich jetzt zum Waschbecken führen?«

Ich fühle mich ausgeliefert und voller Vorfreude zugleich. Felix verabreicht mir eine Kopfmassage, bei der ich vor Wonne einschlafen könnte. Anschließend beginnt er, meine Haare mit der Schere zu bearbeiten, teilt ab, kürzt, misst, dünnt aus, kämmt, korrigiert, bis er zufrieden ist.

Gemeinsam suchen wir eine Farbe für die Strähne am Pony aus. Ich entscheide mich für einen Indigoton, der zu meinen hellbraunen Haaren ziemlich gewagt aussieht.

»Normalerweise färben wir vor dem Schneiden, aber bei dir mache ich es erst jetzt, weil es sich nur um einen kleinen Akzent handelt«, klärt mich Felix auf. Nach der Einwirkzeit fragt er, ob ich mir die Haare selber föhnen möchte, bietet mir aber auch an, es zu einem Sonderpreis als Neukundin für mich zu übernehmen. Nur zu gern lasse ich mich darauf ein, um ihm seine Tricks dabei abschauen zu können. Zuletzt schminkt mich Felix dezent, aber so, dass meine Augen leuchten wie die einer Katze im Dunkeln. Die Lippen betont er nur wenig.

Dann nimmt er mir den Frisierumhang ab und drückt mir einen Spiegel in die Hand, damit ich mich von allen Seiten begutachten kann.

»Das bin ich? Wow. Dann kann ich ja durchstarten«, stelle ich fest.

»Neuer Job oder neue Liebe?«, fragt Felix augenzwinkernd.

»Ich verrate es dir beim nächsten Mal«, verspreche ich. »Nicht bevor alles geklappt hat.«

»Dann wünsche ich dir nur das Allerbeste«, sagt er und tippt die einzelnen Positionen in die Kasse ein. Der Betrag reißt ein ziemliches Loch in mein Budget für diesen Monat. Insgeheim hoffe ich, dass Mama und Manu mir nachträglich etwas dazugeben. Felix drücke ich ein kleines Trinkgeld in die Hand, dann trete ich auf die Straße. Dort merke ich sofort, dass ich anders gehe als vor dem Friseurbesuch: freier, aufrechter, selbstbewusster. Ich blicke in jedes Schaufenster, an dem ich vorbeikomme, und kann noch immer nicht glauben, dass ich diese junge Erwachsene sein soll, die mich da anschaut. Vor einer coolen Graffiti-Wand schieße ich ein Selfie und schicke es Fabienne. Ihre Antwort kommt prompt: *Wo bist du??? Das muss ich live sehen!!!*

Wir treffen uns im Eiscafé im CLOU am Kurt-Schumacher-Platz, der etwa in der Mitte zwischen ihrem und meinem Zuhause liegt. Fabienne dreht mich hin und her und begutachtet meinen neuen Cut von allen Seiten.

»Wahnsinn!«, stößt sie immer wieder hervor. »Viel

besser, als ich dachte. Ich glaube, das lasse ich bei mir auch machen.«

»Bitte nicht! Wo ist dann meine Pocahontas? Dein Pferd würde dich auch nicht wiedererkennen!«

»Ich will dich nicht kopieren«, sagt sie und bestellt an der Theke eine Kugel Mascarpone-Kirsch im Becher. Ich nehme Salzkaramell. »Aber ich bin gespannt, was Rouven dazu sagt. Jungs stehen ja fast immer auf lange Haare.«

»Egal, wie kaputt und strohig sie sind«, lache ich. »Rouven hat dazu gar nichts zu sagen.«

Wir haben beide nur wenig Zeit: Fabienne muss Fabrice von seinem Freund abholen. Ich habe noch nichts für die Schule getan, und morgen schreiben wir eine Arbeit in Spanisch. Also verabschieden wir uns schnell wieder. Ich kaufe im Schreibwarenladen noch ein Vokabelheft und fahre dann mit der U-Bahn zurück.

Als ich die Wohnungstür aufschließe, höre ich Mama und Manu im Wohnzimmer reden. Offenbar haben sie mich nicht kommen hören, gut so. Bevor ich ihnen meinen neuen Kopf präsentiere, will ich ihn rasch noch einmal stylen und schleiche in mein Zimmer. Dort jedoch trifft mich der Schlag. Auf meinem Drehstuhl am Schreibtisch sitzt Rouven und dreht sich zu mir um.

»Deine Mutter hat mich reingelassen«, sagt er, noch ehe ich etwas äußern kann. »Sie kannte mich ja von eurer Feier.«

Er steht auf und kommt auf mich zu, erst jetzt merke ich wieder, wie groß er ist. Er scheint mein ganzes Zimmer auszufüllen. Behutsam legt er eine Hand auf meine Schulter, die andere auf meinen Haarwirbel und dreht meinen Kopf hin und her. »Jetzt siehst du aus wie deine Co-Mutter«, stellt er fest. »Mutig. Steht dir aber ganz gut.«

»Danke«, antworte ich. »Aber du bist sicher nicht hergekommen, um dich mit mir über Frisuren zu unterhalten.«

»Ich wollte dich einfach wiedersehen«, antwortet er. »Schlimm?«

»Es ist nichts passiert? Keine neue Katastrophe?«

Er schüttelt den Kopf. »Nur eine neue Idee. Kommst du mit raus?«

»Sorry, Rouven, heute ist es wirklich schlecht. Sieh mal auf die Uhr, gleich ist es acht, und morgen früh muss ich in Spanisch fit sein.«

»Vokabeln? Ich kann dich abfragen, wenn du willst.«

»Ich hab mir das Zeug noch nicht mal durchgelesen.«

Rouven lässt sich nicht abwimmeln. Als Nächstes entdeckt er neben meiner Nähmaschine zwei fertige Handytaschen.

»Die sind cool«, sagt er und hebt eine in Grau mit Dunkelblau hoch, die man mit einem Gummi und Knopf verschließen kann. »Machst du mir auch so eine?«

»Ist schon Weihnachten?«, frage ich zurück, nehme sie ihm aus der Hand und lege sie in meinen Karton mit den fertigen Stücken. Dann gehe ich in die Küche, um uns etwas zu trinken zu holen. Mama kommt aus dem Wohnzimmer.

»Da bist du ja schon«, sagt sie. »Gerade wollte ich dir schreiben, dass du Besuch – aber was hast du gemacht?! Deine langen Haare, wo sind sie hin! Manu, komm schnell, das musst du sehen!«

Manu eilt herbei, beide drehen und wenden mich.

»Passt zu dir.« Manu findet ihre Sprache zuerst wieder.

»Selbstbewusst und cool, wie es sich für ein feministisch erzogenes Kind gehört. Gut gemacht.« Sie nickt mir anerkennend zu und klopft mir auf die Schulter, während Mama tief Luft holt.

»Ich vermisse deine langen Haare jetzt schon«, sagt sie.

»Aber Manu hat recht. Du gehst immer geradeaus, und die neue Frisur unterstreicht das. Eine junge Frau, die ihren eigenen Kopf hat, statt sich nach einem Kerl zu richten und ihn zu bedienen.«

»Darf ich trotzdem ganz hausfraulich für Rouven und mich eine Pizza in den Ofen schieben? Ich glaub, er hat Kohldampf, so wie er durch mein Zimmer tigert, und ich auch.«

Unter den neugierig-amüsierten Blicken meiner Mütter schiebe ich zwei Tiefkühlpizzen in den Ofen. Nur falls Rouven auf Bier hofft, hat er sich geschnitten, heute gibt es nur Leitungswasser. Trotzdem leuchten seine Augen auf, als ich voll beladen zurück in mein Zimmer komme.

Während ich über den Vokabeln brüte und dabei gemächlich vor mich hin kaue, mampft er drauflos wie ausgehungert. Schließlich drücke ich ihm mein Vokabelheft in die Hand und setze mich auf meinen Drehstuhl. Es geht in der Lektion um verschiedene Berufe, und ich beobachte, wie interessiert Rouven sich alles durchliest, ehe er mich abfragt.

»Hier steht sogar *Kraftfahrer – camionero*!«, ruft er plötzlich und freut sich wie ein Kind. »Habe ich dir schon erzählt, dass ich mich um einen Praktikumsplatz bei einem Fernfahrer beworben habe?«

»Das hätte Zeit gehabt, bis wir mit meinen Vokabeln fertig sind«, entgegne ich. »Frag mich weiter.«

»Streberin.« Rouven verdreht die Augen. »Feuerwehrmann?«

»Bombero«, antworte ich.

»Kellner?«

»Camarero.«

»Mechaniker?«

»Mecánico. Und die weibliche Form endet immer mit a statt mit o.«

»Also heißt die Fernfahrerin camionera. Im Praktikum geht es vier Wochen durch ganz Europa; Schweden, Italien, Tschechien … mit verschiedenen Fahrern, die alle für dieselbe Firma unterwegs sind. Für den Proviant gibt es im Brummi einen eigenen Kühlschrank. Abends kann man durch die Stadt bummeln, in der man gerade ist … Freiheit pur!«

Ich seufze und klappe mein Vokabelheft zu und

nehme mir vor, noch einmal hineinzuschauen, wenn Rouven weg ist. Von Christian Köhler habe ich ihm noch nichts erzählt.

»Als Trucker muss ich Muckis haben, denn da schleppen wir schwere Sachen. Das wird eine ganz andere Herausforderung als der Job im Discounter. Ware einladen, ausladen, zum Kunden bringen ... deshalb gehe ich jetzt dreimal die Woche zum Sport. Und weißt du was ...« Rouven redet weiter, redet wie aufgezogen, holt nicht einmal zwischen zwei Sätzen Luft.

»Bist du hergekommen, um mir das alles zu erzählen?«, unterbreche ich ihn, als ich ein leises Gefühl von Langeweile nicht länger unterdrücken kann. Rouven schüttelt den Kopf und sackt in sich zusammen.

»Ich hab keinen Bock, zu Hause zu sein. Gestern hat Harro Großkotz gesagt, ich sei faul, weil ich Tobis Kinderzimmer nicht aufgeräumt habe. Dass ich über eine Stunde mit ihm Lego gebaut habe, zählte nicht.«

»Scheiße«, sage ich. »Das hast du echt nicht verdient. Außerdem muss dein kleiner Bruder auch lernen, selbst aufzuräumen.«

»Der bekommt Personal, noch bevor er zwölf ist«, sagt Rouven, und wieder ist seine Traurigkeit inmitten der Wut spürbar. »Wir hätten uns fast geprügelt, aber dann hat meine Mutter geweint. Sie kann nicht mehr, es macht sie kaputt, immer zwischen Harro und mir vermitteln zu müssen. Abgenommen hat sie auch, aber so was ist ihm egal oder er merkt es nicht. Am liebsten würde ich sie und Tobi einfach mitnehmen, wenn ich abhaue. Mama würde überall einen besseren Typen finden. Und jedes Loch auf diesem Erdball ist ein wärmeres Zuhause als Harros protziges Designer-Loft.«

»Komm«, sage ich, »iss noch was.« Ich schiebe ihm den Pizzateller hin. Jetzt könnte ich ihm erzählen, dass ich den Namen meines genetischen Vaters erfahren habe, doch ehe ich ein Wort sagen kann, streckt er seine freie Hand aus und berührt erneut meine Haare.

»Das sieht so hammer aus«, murmelt er. »Du bist das Einzige, was mir fehlen wird, wenn ich auf Tour bin. Komm doch mit, als blinder Passagier.«

»Und wo willst du mich verstecken? Im Laderaum zwischen lauter Getränkekisten?« Ich muss lachen und schüttle den Kopf. Wir essen die letzten Stücke der Pizza auf. Rouven blickt sich in meinem Zimmer um.

»Sieh nicht so genau hin«, sage ich. »Ich weiß selber, dass hier dringend renoviert werden müsste.«

»Hab ich was gesagt?«, gibt Rouven zurück. »Aber wenn du das machen willst, helfe ich dir.«

»Ich dachte, du willst abhauen?« Ich zwinkere ihm zu, stehe auf und räume unsere Teller zusammen, fege mit der Handkante ein paar Krümel vom Schreibtisch. Rouven tritt hinter mich und legt seine Arme um meine Taille, vergräbt sein Gesicht in meiner Halsbeuge, seine Lippen streifen meine Haut. »Du riechst gut«, sagt er leise, ich spüre seine Stimme vibrieren, seine Haare kitzeln mich am Ohr. »Noch richtig nach Friseur.«

Ein paar Atemzüge lang halte ich still, das hier fühlt

sich gut an, sanfter und gefühlvoller, als ich es Rouven zugetraut hätte. Die abendliche Junisonne schickt ihre Strahlen schräg in mein Fenster und blendet mich, hier oben im vierten Stock ist es lange hell. Jetzt kitzelt mich das Licht in der Nase und ich muss niesen, schon ist der Moment vorbei. Trotzdem lässt Rouven mich nicht los. Jetzt dreht er mich zu sich herum, wieder sehen wir uns in die Augen, seine Finger streichen über meine Unterarme. Ich will nicht, dass wir uns hier näherkommen, nicht während Mama und Manu im Nebenzimmer sitzen. Also bewege ich meinen Kopf ganz leicht in Richtung Tür. Er begreift sofort und nickt.

»Ich gehe wohl besser. Kommst du noch mit runter?«, fragt er leise.

Ich nicke und hebe meinen Papierkorb hoch, der sowieso geleert werden muss.

Im Treppenhaus nimmt Rouven meine Hand, mit der anderen schnappt er sich den Papierkorb und leert ihn draußen in der Papiertonne auf dem Hof aus. Fast ist es mir zu viel.

»Sehe ich aus wie ein Mädchen, das so was nicht alleine kann?«, frage ich ihn, doch er zieht mich zurück in den Hauseingang. Inzwischen dämmert es leicht, hier unten ist es ohnehin so dunkel, dass man den ganzen Tag über das Licht einschalten muss. Rouven stellt sich so vor mich, dass ich mich gegen die Wand lehnen muss, lauscht kurz zur Straße hin, ob niemand kommt, und als er sicher ist, nimmt er meinen Kopf in seine Hände und küsst mich, seine Lippen fühlen sich warm und voll an. Er versucht nicht, mehr zu bekommen, während sein Zeigefinger unter mein T-Shirt gleitet und nur den Saum meiner Jeans entlangfährt, mehr nicht.

»Du tust mir gut«, sagt er.

Jetzt wird doch die Tür von außen aufgestoßen und Rashid kommt herein, sagt »Hallo« und holt seine Post aus dem Briefkasten. Rouven wartet, bis er ihn im dritten Stock die Wohnungstür aufschließen hört.

»Sehen wir uns morgen?«, fragt er dann. »Ich habe frei, und es sollen über 30 Grad werden. Wir könnten Baden gehen, zum Insulaner oder ins Lochow oder an irgendeinen See, ganz wie du willst.«

Ich überlege kurz. Mehr als 30 Grad, das bedeutet, wir haben wahrscheinlich Kurzstunden in der Schule und schon mittags Schluss. Vielleicht will Fabienne ebenfalls mit mir ins Schwimmbad. Ich kann ihr nicht immer wegen Rouven absagen.

»Ich schreib dir morgen«, verspreche ich ihm.

Rouven nickt, und einen Wimpernschlag lang sieht er verärgert aus, resigniert, der Zorn des Löwen flammt wieder auf.

»Hör zu, diese ganze Aktion wegen meines Vaters … seitdem habe ich kaum was für die Schule getan«, sage ich. »Sogar heute Abend … so kann es nicht weitergehen.«

»Stehen die Noten nicht längst fest?«, will er wissen. »Sind doch bald Sommerferien, da ist das Schuljahr gelaufen. In der Berufsschule hängen wir auch nur noch ab, gehen Eis essen und gucken Filme.«

»Ich komme in die Oberstufe, da will ich mir keine Lücken leisten. Das ist nicht gegen dich gerichtet.«

»Schon klar«, sagt er und setzt sich in Bewegung. »Ich warte dann. Mach's gut.«

Elena, 11 Jahre

Hallo Papa,
wie geht es dir? Mir geht es gut. Ich gehe jetzt schon in die fünfte Klasse. Wir sind gerade auf Klassenfahrt auf einer echten alten Burg in Bayern. Hier ist es sehr schön (bis auf das Wandern). Wohnst du vielleicht in Bayern?
Bevor wir aus Berlin losgefahren sind, haben alle Väter die Koffer in den Bus gehoben. Meinen hat Manu gestemmt. Manu ist meine zweite Mutter. Sie ist genauso stark wie ein Mann. Da haben die Jungs ganz schön doof geglotzt.
Dann mussten wir einsteigen. Fabienne hat sich neben mich gesetzt und ein bisschen geweint, als wir losgefahren sind. Sie hat gesagt, am meisten wird sie den Kratzebart von ihrem Papa vermissen. Manu hat natürlich keinen Kratzebart, aber ein bisschen habe ich auch geweint. Hast du einen Bart? Jetzt muss ich Schluss machen. Es gibt gleich Essen. Das schmeckt hier meistens gut. Danach haben wir Freizeit.
Viele Grüße
Deine Elena

10

»Und Rouven? Tut er dir genauso gut wie du ihm?«, fragt Fabienne am nächsten Tag in der Mittagspause, die für uns zum Glück länger dauert als sonst, weil die anschließende Musikstunde bei Frau Krüger ausfällt. Fabienne wäre heute mit ihrem Referat über Hector Berlioz dran gewesen und hat komplett vergessen, es vorzubereiten.

Wir haben mit Zeynep, Johanna und Malin, drei anderen Mädchen aus unserer Klasse, das Schulgelände verlassen und sind in den nahegelegenen Georg-Hermann-Garten spaziert. Die Luft riecht nach frisch gemähtem Gras und nach einem ungeduldig lauernden Frühsommer. Auf dem Weg hierher haben wir Malins Liebeskummer durchgekaut. Ihr Freund hat auf seiner Klassenfahrt etwas mit einem anderen Mädchen angefangen und behauptet, sie wären nur Freunde. Jetzt stupst mich Johanna an.

»Du wirkst abwesend«, sagt sie. »Bist du frisch verliebt?«

Zögernd erzähle ich den Mädels von Rouven, von seiner zornigen, verzweifelten Art, seinen Problemen zu Hause und davon, wie er gestern plötzlich bei mir aufgetaucht ist.

»Er hat mich geküsst«, schließe ich. »Rouven will

mich dauernd treffen und lässt nicht locker, bis ich mich mit ihm verabrede. Aber er ist kein Typ, der nur an das eine denkt. Der Kuss war kaum mehr als ein Schmetterlingshauch.«

»Aaaaaaaawwww«, tönen Zeynep, Malin und Johanna im Chor. »Wie süüüüüß.«

»Und das von so einem großen Kerl, der Trucker werden will und dem man zutraut, ein Klavier in den vierten Stock zu schleppen?«, bemerkt Fabienne. »Lass dich nicht ausnutzen. Manchmal hattest du nach einem Date mit ihm längst nicht so ein gutes Gefühl wie jetzt.«

»Ich bin schon groß«, sage ich. »Und ob es was Ernstes mit uns wird, weiß ich sowieso erst, wenn ich meinen Vater gefunden habe. Denn dann muss er mich auffangen, falls es blöd gelaufen ist.«

Zeynep bleibt der Mund offen stehen. »Du suchst deinen Vater? Wieso, wo ist er denn? Hat er euch verlassen?«

»Wenn es das nur wäre«, seufze ich und erzähle in wenigen Worten, was in mir vorgeht.

Zeynep und ich kennen uns nicht so gut, und es ist mir ein wenig peinlich, vor ihr so auszupacken, auch vor Johanna. Andererseits will ich, dass es für mich normal wird, darüber zu reden. So normal wie es für mich ist, zwei Mütter zu haben.

»Ich wünsch dir ganz, ganz doll, dass du ihn findest«, sagt Zeynep und drückt meine Hand. »Dann ist die Familie endlich komplett.«

»So weit muss es nicht gehen«, sage ich lachend. »Das wollen auch meine Mütter nicht.«

»Vielleicht ist er ein Arsch, und du bist froh, wenn du ihn von hinten siehst«, sagt Johanna.

»Wenn er verheiratet ist und Kinder hat, hast du sogar Halbgeschwister!«, ruft Zeynep aus, ohne auf Johannas Befürchtung einzugehen. »Eine liebe ältere Schwester oder noch ganz kleine Kinder. Stell dir vor, was sich dann alles ändert! Ich habe in der Türkei ganz viele Verwandte, die ich kaum kenne, aber wenn es ein großes Familientreffen gibt, spüre ich immer eine Geborgenheit, die ich nicht missen möchte.«

»Das kann man nicht vergleichen«, weiche ich aus. »Mein Spendervater ist ein völlig fremder Mann für meine Mütter und mich. Das will ich ändern. Aber von Geborgenheit werde ich im Zusammenhang mit ihm wohl nie sprechen können.«

Bei diesen Worten spüre ich eine leichte Wehmut in mir aufkommen, schaffe es aber, sie wegzuschieben. Geborgenheit habe ich bei Mama und Manu reichlich bekommen – ganz anders als zum Beispiel Rouven, der sie durch seinen Stiefvater verloren hat.

»Erzählt das mit meinem Vater bitte nicht herum«, sage ich zu den vieren. »Es muss nicht jeder wissen.«

Die Mädels versprechen es. Dann legen wir uns ins Gras um uns zu sonnen, bis es Zeit wird, zurück zur Schule zu gehen.

Am frühen Nachmittag steht flirrende Juni-Hitze über Berlin. Rouven wartet schon auf mich und winkt mit zwei Tickets, als ich mit meinem Fahrrad am Stadtbad

Wilmersdorf ankomme, das nur deshalb im Volksmund »Lochow« genannt wird, weil die Straße, an der es liegt, vor Jahrzehnten Lochowdamm hieß. Ich schließe mein Rad an, dann legt er seinen Arm um meine Taille und lässt mich erst wieder los, als wir das Drehkreuz passieren müssen. Im Bad ist weniger los, als ich dachte. Auf der schattigen Wiese rund um das Kleinkinderbecken lagern nur wenige Familien. Auch auf der sonnigen Seite am Nichtschwimmer-Becken geht es ruhig zu. Rouven steuert zielgerichtet den Bereich in der Nähe des Sprungturms an, wo überwiegend junge Leute lagern. Ich rolle meine Bastmatte aus und lege mein Handtuch darauf, schlüpfe aus meinen Shorts und der ärmellosen Bluse und Rouven aus seinen Cargo-Bermudas. Beide haben wir unsere Badesachen schon an.

»Gehen wir gleich ins Wasser?«, frage ich ihn. »Mir ist fast schwindlig von der Hitze.«

Rouven folgt mir unter die Duschen, dann legen wir beide einen Kopfsprung vom Startblock hin. Natürlich gelingt seiner besser. Beim Auftauchen schleudert er seine langen Haare nach hinten und pflügt mit ausladenden Kraulbewegungen durch die Bahn. Ich komme mit Brustschwimmen kaum hinter ihm her. Wenn Rouven andere Schwimmer aus dem Weg räumt, lächle ich sie an und entschuldige mich. Als er das andere Ende des Beckens erreicht hat, wartet er auf mich und deutet zum Sprungturm hin.

»Der Fünfer ist offen«, sagt er. »Springst du auch?«

Er lässt mir den Vortritt. Ich spanne meine Beine an

und springe mit den Füßen zuerst. Rouven schafft einen Salto. Gleich danach wird das Zehn-Meter-Brett geöffnet, an dem er sich ebenfalls anstellt. Wie jedes Mal beim Zehner ist das Sprungbecken umringt von Zuschauern. Auch ich setze mich an den Beckenrand, lasse meine Beine ins Wasser hängen und blicke nach oben. Es dürfen immer nur zwei Leute auf einmal oben stehen. Vor Rouven ist ein kleiner Junge dran, kaum zehn Jahre alt. Er läuft mehrmals vor und zurück, bis er schließlich die Leiter wieder hinunterklettert. Ich klatsche ihm Beifall, weil ich es mutig finde, dass er eine Blamage riskiert. Ein paar andere Mädchen und Jungs stimmen mit ein, andere pfeifen ihn aus. Oben wippt Rouven auf den Zehen, dann legt er einen gekonnten Kopfsprung hin. Alles applaudiert, dicht neben mir höre ich das kichernde Getuschel einiger Mädchen. Also stehe ich auf, um neben der Poolleiter auf ihn zu warten und nehme seine Hand, als er nass und mit roten Augen neben mir steht. Rouven drückt mir einen Kuss ins Haar. Gleich darauf löst er sich wieder von mir und springt mehrere Male, bis auch der Zehner geschlossen wird. Erst jetzt sieht er mich an wie etwas, an das er sich nach langer Zeit wieder erinnert.

»Pommes?«, fragt er. »Ich könnte eine doppelte Portion vertragen.«

Wir setzen uns unter einen der großen weißen Sonnenschirme. Ich sehe Rouven an, dass er noch ganz in seiner Sportlerwelt schwebt. Als unser größter Hunger gestillt ist, erzähle ich ihm von dem Künstler Christian

Köhler, zu dem ich schon auf den Bildern sofort eine innere Verbindung gespürt habe.

»Mehr als alles auf der Welt wünsche ich mir, dass genau er mein Vater ist«, sage ich, doch ich habe noch nicht zu Ende gesprochen, als ich sehe, wie sich sein Blick verdüstert und seine Wut zurückkommt, von der den ganzen Nachmittag nichts zu spüren gewesen war.

»Mehr als alles auf der Welt«, wiederholt er, seine Stimme klingt wie gefrorenes Metall. »Verarschen kann ich mich allein, Elena.«

»Verarschen, wieso?«, frage ich. »Du weißt, wie gern ich meinen Vater finden möchte.«

»Du willst es so sehr, dass du an nichts anderes mehr denken kannst. Du denkst nicht an mich und daran, dass wir beide diesen Nachmittag zusammen verbringen. Meinen eigenen Mist wollte ich endlich mal vergessen, aber du musst natürlich wieder davon anfangen. Für dich gibt es nur deinen Vater, Vater, Vater. Geh ihn doch ficken, Mann.« Er fegt seine halb aufgegessenen Pommes mit dem Unterarm vom Tisch. Dann steht er auf und geht.

Ein paar Minuten lang bleibe ich sitzen, als hätte mich jemand von einem Turm gestoßen oder den Boden unter mir ausgehöhlt. Hektisch und in winzigen Schlucken trinke ich meine Sprite leer. Der Appetit aufs Essen ist mir vergangen. Auf dem heißen Boden zu meinen Füßen liegt verstreut Rouvens XXL-Portion Pommes. Die Schlange am Imbissstand ist noch länger als vorhin. Also wird vorläufig niemand Zeit haben, seine Sauerei wegzufegen. Auf dem Weg zurück zu meinem Handtuch überlege ich, ob ich gleich meine Sachen schnappen und verschwinden oder versuchen soll, mit Rouven zu reden. Doch ich sehe ihn bereits wieder auf dem Zehner stehen. Sein Salto gerät etwas schief, die Mischung aus verhaltenem Gelächter und Applaus hört er unter Wasser nicht. Ich schnappe mein Handtuch und meine Korbtasche und tauche in einer Gruppe Richtung Ausgang unter, bevor er wieder auftaucht.

Der Tag ist zu schön, und ich bin zu aufgebracht, um schon nach Hause zu fahren, also radle ich den Hohenzollerndamm weiter Richtung Süden bis zum Grunewaldsee. Hier ist jeder Strand ein Hundestrand. Eine junge Frau wirft Stöckchen für ihren Labrador in den See. Der Hund holt es begeistert zurück, zwei Kinder rennen im seichten Wasser mit ihrem Terrier um die Wette. Ich schließe mein Fahrrad an einen Baum und gehe ins Wasser. Der See ist bereits angenehm warm. Ich schwimme mit langen, kräftigen Zügen, arbeite meine Ratlosigkeit und Wut ab. Dieser Ausbruch von Rouven war so unnötig und hat alles verdorben. Ich habe ihm nur den neuesten Stand meiner Vatersuche erzählt, nachdem es oft genug um seine Probleme gegangen war, und er führte sich auf, als hätte ich ihn betrogen.

Das Schwimmen tut mir gut, ich bleibe lange im Wasser. Hier im See ist es schöner als im Lochow. Weiter draußen leisten mir nur ein paar Enten Gesellschaft. Als ich mich lange genug ausgepowert habe, lasse ich mich noch eine Weile auf dem Rücken treiben und blinzele in die Sonne, überlege ob Rouven mich wohl sucht und ob mein Vater auch gerade den Sommertag genießt. Zurück am Strand, ärgere ich mich kurz, weil ich kein Buch dabeihabe, beobachte die Hunde und ihre Menschen, bis ich schließlich nach Hause radle.

Dort empfängt mich Mama, ihre Augen glitzern wie frisch verliebt. So sieht sie meistens aus, wenn eine Geburt besonders toll gelaufen ist. Mit einem geheimnisvollen Lächeln drückt sie mir einen Brief in die Hand.

»Du hast Post«, verkündet sie. »Einer der geheimnisvollen Unbekannten hat dir geschrieben.«

»Ich schaue erst mal alleine rein«, sage ich.

Mama nickt eifrig und geht zurück in die Küche, ich höre sie Gemüse schnippeln, sicher für einen ihrer tollen, sättigenden Sommersalate. Ich will den Augenblick, in dem ich vielleicht zum ersten Mal in meinem Leben einen Brief meines Vaters in der Hand halte, noch ein wenig hinauszögern, also hänge ich meine Badesachen auf, hole mir etwas zu trinken und ein paar Kekse. Dann setze ich mich mit dem Brief auf den Balkon.

Erst jetzt schaue ich auf die Adresse; der Absender ist nicht der Künstler, sondern jener Christian Köhler, zu dem der Lehrerberuf passen würde, der mit den dunklen Haaren, die über der Stirn schon dünner werden. Den leisen Anflug von Enttäuschung in mir schiebe ich weg. Wenn dieser Mensch mein Vater ist, nützt es mir nichts, einen anderen weiter zu idealisieren. Also öffne ich den Umschlag und falte den Brief auseinander.

Guten Tag, Elena Rehwald,
Ihren Brief habe ich erhalten. Jedoch habe ich mit den von Ihnen angestellten Vermutungen nichts zu tun. Auch bin ich nicht sicher, ob Ihr Ansinnen als seriös zu betrachten ist oder hier vielleicht eine Wette unter Jugendlichen, ein Scherz oder der Versuch, an persönliche Daten meinerseits zu gelangen, zugrunde liegt. Daher bitte ich Sie, von jeglicher weiteren Kontaktaufnahme abzusehen.
Mit bestem Gruß
Ch. Köhler

Was für ein arroganter Fatzke. Noch eisiger geht es kaum. Den will ich ganz sicher *nicht* als Vater haben, selbst wenn er es ist und es nicht zugibt. Ich bin drauf und dran, den Brief zu zerreißen und in tausend winzigen Schnipseln in den Hof rieseln zu lassen. Doch jetzt kommt Mama auf den Balkon und stellt ein Tablett mit Salatschälchen, Tellern, Gläsern und Besteck auf unseren Klapptisch.

»Und? Was schreibt er?«, fragt sie.

Ich schlucke einen Kloß im Hals hinunter und gebe ihr den Wisch, der nicht mal als Klopapier taugt. Mama überfliegt ihn. In ihren Augen erlischt das Glitzern. Sie greift nach einem Feuerzeug, das neben unserem großen Windlicht auf dem Boden liegt, dreht am Rädchen und hält die Flamme gefährlich nah an eine Ecke des Papiers.

»Abfackeln?«, fragt sie mich. Selten habe ich sie so lieb gehabt wie in diesem Moment. Trotzdem schüttle ich den Kopf und nehme ihr den Brief wieder ab.

»Ich heb ihn auf«, sage ich. »Noch ist nichts bewiesen. Aber wieso hast du vorhin so gegrinst? Und warum haben deine Augen gefunkelt wie Wunderkerzen?«

Mama steckt kurz ihren Kopf durch die Balkontür nach innen und lauscht, ob Manu gerade von der Arbeit kommt. Doch an der Wohnungstür ist alles still. Dennoch beugt sie sich zu mir vor und flüstert beinahe.

»Weil das alles auch für mich spannend ist«, antwortet sie.

»Die Vorstellung, mit jemandem ein Kind zu haben – also dich – den ich gar nicht kenne, der aber natürlich existiert. Irgendwie fühlt es sich an wie ein kleines Geheimnis, ein Abenteuer.«

»Lass das bloß nicht Manu hören. Aber ich versteh schon.«

»Deshalb wünsche ich mir genau wie du, dass dein Vater ein guter Typ ist. Dieser da«, sie deutet auf den Brief, »ist schon mal keiner. Jetzt können wir nur weiter warten. Wie war's heute mit Rouven?«

Ich winke ab. »Ich glaub, ich werd lieber auch lesbisch«, schließe ich. »Auf solche Typen kann man echt verzichten.«

»Na, na«, lacht Mama. »Lesbisch kann man nicht werden. Man ist es oder nicht. Früher habe ich es mir nicht eingestanden, aber gespürt habe ich es immer. Wenn es bei dir auch so ist, weißt du es – du musst mir jetzt nichts dazu sagen.«

Manu kommt nach Hause. Beim Essen erzählen Mama und ich ihr vom Brief des ersten Herrn Köhler.

Sie nimmt es mit Humor, zu dritt malen wir uns aus, was wir alles mit ihm anstellen würden, sollte er uns jemals zwischen die Finger geraten. Danach geht es mir besser.

»Zu einem Lehrer passt sein überheblicher Ton nicht«, findet Manu. »Vielleicht hat er den Brief von einem Manager oder Banker schreiben lassen. Ihr wisst übrigens schon, dass ein DNA-Test Auskunft darüber geben würde, ob er die Wahrheit sagt?«

»Da müsste er zustimmen«, sagt Mama. »Sonst geht es nicht. Wir haben doch damals unterschrieben, dass wir keinen Unterhalt für Elena von ihm wollen. Vielleicht hat er Angst, dass wir es uns anders überlegt haben oder ihm wegen etwas anderem Stress machen wollen.«

»Ich warte erst mal, ob die anderen schreiben«, beschließe ich. »Noch gebe ich die Hoffnung nicht auf, dass ich meinen Vater finde und er mich treffen will.«

Der zweite Brief kommt wenige Tage später, er ist von dem Mann, von dem Fabienne gemeint hatte, ich sähe ihm ähnlich. Dieses Mal reiße ich den Brief gleich auf.

Hallo Elena,
vielen Dank für deinen netten Brief. Da hast du dich ja wirklich auf eine spannende Reise begeben, und ich drücke dir fest die Daumen, dass sie glücklich für dich ausgeht.
Nun ahnst du es schon – was die mögliche Vaterschaft angeht, muss ich dich leider enttäuschen, auch wenn ich

zusätzlich zu meinen drei Söhnen gern eine Tochter gehabt hätte. Als Samenspender habe ich allerdings nie »gejobbt«.
Viel Glück und alles Gute für deinen weiteren Lebensweg wünscht dir mit freundlichem Gruß aus Ahaus/ Westfalen
Christian Köhler

Der ist viel netter. Warum ist es nicht der?

11

Rouven meldet sich nicht. Es macht mir mehr aus, als ich dachte. Je mehr Zeit seit unserem missratenen Date im Freibad vergeht, desto mehr schwindet meine Wut. Im Nachhinein finde ich sein Verhalten nur noch kindisch, aber es trifft mich nicht mehr. Trotzdem – so lange muss er nicht schmollen. Ich nehme mir vor, ihn anzurufen, aber ein wenig will ich noch warten. *Er* hat diesen filmreifen Auftritt hingelegt, nicht ich.

Um mich abzulenken, häkle ich weiter für meinen Shop und höre dabei Musik. An warmen Tagen sitze ich dabei auf dem Balkon. Es tut mir gut, eine Zeit lang viel zu Hause zu sein. Nach der Schule sehe ich immer als Erstes die Post durch, ob noch ein Christian-Köhler-Brief gekommen ist, doch er lässt auf sich warten. Zwei weitere schreibe ich noch an, die ich im Netz gefunden habe – aber auch die schweigen sich aus. Genau wie Rouven. Ich schaffe es, nicht ständig auf mein Handy zu starren, ob er geschrieben hat.

Dafür lese ich spannende Berichte in einem Forum für Spenderkinder, dem sich viele Betroffene angeschlossen haben. Dadurch erfahre ich vieles über weitere Möglichkeiten, den biologischen Vater zu finden.

Manche Kliniken geben nur eine Spendernummer heraus, und wer seinen Vater sucht, muss selbst alle Hebel in Bewegung setzen, um herauszufinden, wer dahintersteckt. Ich lese den Bericht eines Mädchens, das über die DNA-Datenbank zwar noch nicht ihren Vater, aber eine Cousine gefunden hat, und von einem jungen Mann, der total happy über seinen Halbbruder ist. Besonders sein Bericht fesselt mich. Ich lese ihn immer wieder und kann gar nicht aufhören.

Halbbruder. Halbgeschwister! Darüber habe ich mir bisher noch kaum Gedanken gemacht, aber klar: Auch ich kann welche haben. Christian Köhler wird nicht nur einmal gespendet haben, sondern wahrscheinlich regelmäßig über mehrere Jahre. Mir wird ein wenig schwindlig, es ist so verrückt. Wenn ich mich bei der DNA-Bank registrieren lasse und Halbgeschwister finde, wird sich mein Leben noch krasser ändern. Was für ein Gefühl muss es sein, vor jemandem zu stehen, dem man ähnlich sieht, sich vielleicht auf Anhieb vertraut vorkommt und gut versteht, und der ungefähr im selben Alter ist!

Um die eigene DNA abzugeben, muss man ein Set bestellen, mit dem man eine Speichelprobe entnehmen und einsenden kann, ähnlich wie wenn man sich als möglicher Knochenmarkspender für Leukämiekranke zur Verfügung stellen möchte. Der Preis für so ein Set würde ein weiteres Loch in mein Erspartes für die Weltreise reißen, doch ich überlege nicht lange, sondern fülle das Online-Bestellformular aus.

Kaum habe ich es abgeschickt, ruft Fabienne an, die

heute Nachmittag beim Reiten war. Ich höre sofort, dass sie weint.

»Ich bin noch im Stall«, presst sie hervor, nachdem ich dreimal gefragt habe, was los sei. »Muss heute Nacht hierbleiben. Morgenröte hat eine Kolik, wahrscheinlich durch den Wetterumschwung. Es ist ja so schwül geworden. Oder sie hat auf der Weide zu viel Sand mitgefressen. Sie tut mir so leid!«

»Oh nein, die Arme«, antworte ich. »War der Tierarzt schon da?«

»Ist gerade wieder weg. Er hat Morgenröte eine krampflösende Spritze gegeben und sie untersucht. Jetzt soll ich ganz langsam am Halfter mit ihr spazieren gehen, damit die Verdauung wieder angeregt wird.

»Das machen wir zusammen«, versuche ich sie zu trösten. »Ich suche schnell meinen Schlafsack, dann komme ich raus zu dir.«

»Das willst du wirklich machen? Danke, Süße. Du bist die Beste.«

»Der Platz ist schon durch dich besetzt«, lache ich. »Bis gleich.«

Morgenröte schnauft, als ich eine Stunde später in Lübars ankomme. Fabienne geht noch immer tapfer mit ihr im Schritt um den Reitplatz. Nachdem ich meine Reisetasche auf eine Bank gelegt habe, gehe ich vorsichtig auf sie zu. Wir umarmen uns kurz. Immerhin weint sie nicht mehr.

»Geht es ihr besser?«, frage ich sie und berühre behutsam Morgenrötes Rücken. Ihr Fell fühlt sich feucht an.

»Sie schwitzt. Das kommt von den Schmerzen«, erklärt Fabienne. »Es ist jedenfalls nicht schlimmer geworden.«

Schweigend gehen wir weiter. Nachdem Morgenröte sich an meine Anwesenheit gewöhnt hat, nehme ich den Führstrick in die Hand, um Fabienne abzulösen.

»Du bist ein Engel«, seufzt sie und schüttelt ihre Hand aus.

»Wenn du willst, kannst du dich eine Weile ausruhen«, schlage ich vor. »Du bist ja schon ewig auf den Beinen.«

»Wirklich? Dann lege ich mich kurz hin. Zwei Stunden gehe ich wirklich schon im Kreis. Danke, Elena.«

Fabienne legt sich auf eine Bank und döst mit dem Kopf auf meinem zusammengerollten Schlafsack, während ich Morgenröte weiter herumführe. Nach einer Dreiviertelstunde steht Fabienne wieder auf, um nach ihrem Pferd zu sehen.

»Ich glaube fast, sie zieht die Nüstern nicht mehr ganz so hoch«, stellt sie fest. »Das bedeutet, ihre Schmerzen lassen nach. Bleib mal stehen.«

Ich halte Morgenröte an, und Fabienne tastet vorsichtig den hinteren Bauch des Pferdes ab.

»Ist nicht mehr ganz so gespannt«, sagt sie. »Wir können hoffen. Soll ich dich wieder ablösen?«

Sie übernimmt die Führung, doch ich bleibe neben ihr. Nach einer weiteren Stunde setzt Morgenröte zwei harte Pferdeäpfel ab. Fabienne strahlt.

»Ihre Verdauung hat wieder eingesetzt, wenn auch noch verlangsamt«, sagt sie. »Ein bisschen gehen wir noch, dann können wir sie in den Stall bringen. Und uns auch!«

Sie kann wieder lachen. Inzwischen ist die Sonne längst untergegangen. Im Vergleich zur Stadtmitte sieht man hier draußen viel mehr Sterne am tintenblauen Nachthimmel. Der Stute geht es immer besser, und als wir sie kurz vor Mitternacht in ihrer Box versorgt und auch uns mit unseren Schlafsäcken ein Nachtlager im Heu eingerichtet haben, weicht der Sorge um Morgenröte eine Art abenteuerliche Ferienstimmung. Wir schlafen nicht viel, sondern nicken immer nur kurz ein, um mindestens alle zwei Stunden nach der kranken Stute schauen zu können. Zwischendurch erzähle ich Fabienne vom DNA-Test.

»Stell dir das nur vor«, sagt sie mit gedämpfter Stimme. »Du findest vielleicht nicht nur deinen Vater, sondern bekommst gleich noch Geschwister dazu! Eine coole Schwester vielleicht, oder einen tollen Bruder! Hoffentlich hast du dann überhaupt noch Zeit für mich.«

»Na hör mal«, sage ich lachend, werde aber gleich wieder ernst. »Ich will mir keine allzu großen Hoffnungen machen. In der DNA-Datenbank sind Tausende Menschen aus aller Welt registriert. Und erst wenige haben Verwandte gefunden. Warum sollte gerade ich dieses Glück haben? Außerdem – genauso wie es sein kann, dass mein Vater ein Mistkerl ist, könnte es passieren, dass ich mit meinen Halbgeschwistern nicht klarkomme. Wenn es überhaupt welche gibt, sind sie ja ganz anders aufgewachsen als ich.«

»Du willst dich also nicht registrieren?«

»Ich hab das Set bestellt. Es ist gut, wenn ich was zu tun habe. Dann komme ich nicht in die Versuchung, Rouven hinterherzurennen.«

»Empfindest du was für ihn?«, fragt Fabienne, kramt in ihrem Rucksack nach einer Wasserflasche und reicht sie mir. Nachdenklich nippe ich an der Flasche.

»Er ist mir nicht egal«, gebe ich nach einer Weile zu. »Wenn er vor mir steht, zieht er mich an. Und wenn ich an seinen Kuss denke, der noch gar kein richtiger war, kann ich mir noch mehr mit ihm vorstellen. Dann wieder stößt mich sein Verhalten so ab, dass ich ihn zum Jupiter schießen könnte.«

»Vielleicht verheimlicht er was vor dir.«

»Was meinst du damit? Denkst du, er hat heimlich eine andere?«

»Keine Ahnung, was es ist. Aber er zieht seine Wutausbrüche jedes Mal ab, kurz nachdem ihr es besonders schön zusammen hattet, oder?«

»Vor allem dann, wenn er Stress mit seinem Stiefvater hatte.«

»Den haben andere Jungs auch. Rouven ist kein kleines Kind mehr. Er könnte es auch an sich abprallen lassen und sein eigenes Ding machen.«

Fabienne hat gut reden. In ihrer Bilderbuchfamilie kommt so etwas wie seelische Gewalt nicht vor.

»So einfach ist das leider nicht«, erwidere ich deshalb. »Rouven fühlt sich für seine Mutter und den kleinen Bruder verantwortlich. Sonst wäre er längst weg.«

»Die Mutter hat sich den Typen selbst ausgesucht«,

erinnert mich Fabienne. »Ich verstehe ja, dass du Rouven nicht hängen lassen willst. Aber irgendwas stimmt nicht mit ihm. Pass bitte auf dich auf.«

Ich verspreche es ihr, zumal ich ihr insgeheim recht geben muss. Dann scharrt Morgenröte mit den Hufen, und wir bringen sie noch einmal raus, um mit ihr im Kreis zu gehen, damit sie erneut äppeln kann.

Der anbrechende Morgen überzieht den Dorfanger schon früh um vier Uhr mit lila leuchtender Seide. Fabienne will noch bei Morgenröte bleiben und frühestens zur dritten Stunde in die Schule kommen. Ich mache mich jedoch auf den Heimweg, um noch duschen zu können.

»Ich sage, ich hätte bei dir übernachtet und du wärst krank geworden«, schlage ich vor. »Dann brauchst du gar nicht mehr hinzugehen.«

Die Gegend um den Nollendorfplatz ist sogar jetzt noch belebt. Männer in engen Lederklamotten stehen vor Regenbogenclubs, Touristen und queere Kiezbewohner schleichen müde vom Feiern in ihre Wohnungen und Hotels. Wie immer fühle ich einen gewissen Stolz, in dieser außergewöhnlichen Gegend groß geworden zu sein. Das hier ist echt. Ganz anders als die aufgemotzte, aber dunkle Friedrichstraße mit ihren überteuerten Läden oder der anonyme Potsdamer Platz, an dem es mich noch nie lange gehalten hat.

Nur der bullige lackschwarze Mercedes, der drüben an der verkehrsberuhigten Zone zum Winterfeldtplatz hin im absoluten Halteverbot steht, passt nicht hierher. Bestimmt gehört er einem Immobilienhai, der hier ganze Etagen aufkauft, um damit Monopoly zu spielen.

Gerade überlege ich, ob ich mein Handy heraushole, um ihn abschleppen zu lassen. Da sehe ich zwei Männer aus einem Club kommen und sich dem Wagen nähern, beide tragen Basecaps, tief ins Gesicht gezogen. Ich bleibe stehen und beobachte sie. Vielleicht wollen sie den Schlitten knacken, Profis können das in Sekunden. Die beiden jedoch warten ab, bis niemand in ihrer unmittelbaren Nähe vorbeigeht. Dann greift der Größere von ihnen in seine Hosentasche, und als er so dicht an dem Wagen vorbeigeht, dass er ihn streift, höre ich auf dem Blech ein kratzendes Geräusch. Im nächsten Augenblick rennen beide dicht an mir vorbei. Ich wende mich ab, will damit nichts zu tun haben, doch aus dem Augenwinkel sehe ich gerade noch den zornigen, dunklen Blick des einen, der mit seinem Schlüssel an der Karosserie entlanggefahren ist. Dann ist er auch schon weiter und um die Ecke. Rouven. Ich will nicht, dass er es war, nicht hier, nicht so. Ganz sicher bin ich nicht.

Eine Woche später habe ich noch immer weder von ihm noch von irgendeinem Christian Köhler etwas gehört. Rouvens Kontaktinfo bei WhatsApp verrät, dass er nur unregelmäßig online ist. Also rufe ich ihn an. Er hebt sofort ab.

»Elena!« Seine Stimme klingt ein wenig atemlos, aus seiner Umgebung dringen Straßengeräusche zu mir durch. »Du redest noch mit mir?«

»Ich wollte hören, ob du noch keinen Bauchklatscher vom Zehner gemacht hast«, antworte ich, bemüht, mir nichts davon anmerken zu lassen, was ich beobachtet habe. Rouven keucht. Er scheint schnell zu gehen.

»Eher einen Herzklatscher«, sagt er. »Du fehlst mir. Wann hast du Zeit?«

Wir verabreden uns fürs Freiluftkino. Es ist seine Idee.

»An warmen Sommerabenden gibt es nichts Besseres. Hast du Lust auf den neuen James Bond?«

»Verschon mich«, drohe ich. »Im Rehberge-Park läuft am Samstag *Into The Wild*.«

»Das ist genau mein Film«, schwärmt Rouven. »Ist der für dich okay? Ich hab ja was wiedergutzumachen, also darfst du aussuchen.«

»Für unser Fernweh ist er genau richtig«, sage ich.

Zwei Tage später ist es so weit. Noch beim Einlass bringt uns die Sonne zum Schwitzen. Erst als sie nur noch schräg stehende Strahlen durch die dicht belaubten Bäume schickt, trocknet ein leichter Wind den Schweiß auf unseren Gesichtern. Rouven legt seinen Arm eng um meine Schultern, während wir uns im Freilichtkino Sitzplätze suchen. Die Bankreihen des Kinos sind terrassenförmig angeordnet, deshalb hat man von allen Plätzen aus gute Sicht. Sobald wir jedoch sitzen, pflanzt sich ein hoch gewachsener Mann vor mich, sodass ich nur noch die obere Hälfte der Leinwand sehen kann.

»Komm, wir tauschen«, bietet Rouven mir an und steht auf.

»Hey, du bist ja ein Kavalier«, sage ich. Überall um uns herum wird noch gelacht und geredet. Manche der Werbespots vor dem Hauptfilm sind witzig gemacht. Als *Into The Wild* beginnt, strahle ich Rouven an, und auch er scheint sich zu freuen. Rouven und ich fiebern mit dem Aussteiger Christopher, als er mit seinen spießigen Eltern streitet, in einem verlassenen Linienbus schläft, bis nach Mexiko paddelt und wieder zurück trampt. Wir lauschen den Erzählungen eines älteren Hippie-Pärchens und stapfen in Gedanken mit ihm durch den Tiefschnee. Manchmal sehe ich Rouven heimlich von der Seite an, sehe seine kleine, gerade Nase, die sanften Lippen, die wilden, immer noch zu langen Haare und seinen Blick, aus dem der Zorn heute Abend ganz gewichen ist. Er ist eingetaucht in das Geschehen auf der Leinwand, in die andere Welt, von der wir zweieinhalb Stunden lang träumen dürfen. Während des Films düsen einige Male Boeings dicht über dem Kino Richtung Flughafen Tegel oder steigen von dort aus in den Nachthimmel auf. Rouven und ich bemerken es kaum, nur der Alte vor uns regt sich jedes Mal auf.

Nach dem Abspann erheben sich die meisten Leute sofort, raffen ihre Sachen zusammen und gehen. Ich werfe einen Seitenblick auf Rouven, doch er verharrt in seinem Sitz und macht keine Anstalten, meine Hand loszulassen und ebenfalls aufzustehen. Auch ich finde noch nicht sofort wieder in die Wirklichkeit zurück. Rouvens Daumen streichelt unablässig meinen, und jetzt sehe ich uns beide sonnengebräunt an einem weißen Strand in

Thailand oder in der felsenumrahmten kleinen Bucht einer griechischen Insel, einer Kaffeeplantage auf Costa Rica. Die Welt ist voller Möglichkeiten. Jeder Tag würde anders beginnen. Rouven hätte es nicht mehr nötig, ständig wütend zu sein und Mist zu bauen.

Erst die nächste Passagiermaschine, die dicht über unseren Köpfen den Flugplatz ansteuert, scheint ihn aufzuwecken. Verträumt blicken wir ihr beim Landeanflug nach.

»Hörst du?«, sage ich leise und dicht an Rouvens Ohr. »Sie spielen unser Lied.«

»Wir wollen nicht hier landen, sondern weg«, erwidert Rouven. »Die Aufnahmen im Fluss waren irre. In Alaska soll Harro Großkotz mich mal suchen kommen!«

»Mit deinem Truck kommst du da aber nicht hin. Viel zu weit.«

»Dafür mit dir. Meinen Traum würde ich glatt noch mal aufschieben, wenn wir stattdessen zusammen irgendwohin reisen würden, von wo uns keiner zurück holen kann. *Work and travel* kann man bestimmt überall machen, zum Beispiel auf Bali. Was ist – bist du dabei? Wir könnten schon diesen Herbst los.«

»Ich bin erst 16. Schon vergessen?« Ich bin bereits wieder in der Wirklichkeit angekommen.

»Das bedeutet, du hast deinen MSA in der Tasche und musst gar nichts! Wag doch endlich mal was, Elena! Ich will mit dir zusammen sein, und ich merke genau, dass du mich auch willst. Was also hindert dich daran, mit mir abzuhauen und das Leben zu genießen?«

Die Wut in seinen Augen ist wieder da. Ich will sie nicht sehen, sie macht mir Angst.

»Drängel nicht«, antworte ich. »Wir haben gerade erst angefangen, darüber nachzudenken. Lass die Idee etwas sacken, okay?«

Rouven stößt einen verächtlichen Laut aus, schiebt meine Hand weg und steht auf. »Ist es wieder deine fixe Vater-Idee? Glaubst du ernsthaft, du kannst gemütlich in deinem Zimmer und deinem Schulmädchenleben hocken bleiben, bis eines Tages dein Traum-Papa vor der Tür steht?«

»Ich warte nicht, ich suche ihn aktiv.« Auch ich rücke ein Stück von ihm ab und schnappe mir meine Tasche. »Und was die Weltreise angeht, will ich planen und das Ganze vernünftig angehen. Deine kopflosen *Rouven gegen den Rest der Welt*-Aktionen haben dich bisher jedenfalls nicht weitergebracht.«

»Du musst mal was wagen, Elena. Natürlich planen wir, oder habe ich gesagt, dass ich noch heute Nacht türmen will?«

»Es hört sich beinahe so an. Wer von uns beiden ist eigentlich älter?«

»Du willst auf deine Weltreise warten, bis du volljährig bist. Ich bin es schon fast.«

»Dann fahr alleine.«

Schweigend gehen wir weiter. Es gibt keine Berührung, kein Lächeln mehr zwischen uns. Statt uns an diesem lauen Sommerabend noch auf den Rasen zu legen und in die Sterne zu gucken, steuern wir gleich die

Straße an und bewegen uns auf dem kürzesten Weg zurück zur U-Bahn. Fehlt nur noch, dass wir getrennt einsteigen, obwohl wir in dieselbe Richtung müssen. Was für ein Mist! Der Abend war so schön, und jetzt gehen wir wieder im Krach auseinander. Auch Rouven sieht genervt und unglücklich aus. Vor meiner Haustür schlingt er beide Arme um mich.

»Ich weiß auch nicht, was mit mir los ist«, sagt er leise. »Vielleicht habe ich einfach Angst, dich zu verlieren. So wie für dich hab ich noch nie für ein Mädchen empfunden.«

Ein paar Atemzüge lang verharre ich in seiner Umarmung, dann hebe ich den Kopf, sodass er mich ansehen muss.

»Dann nimm mich ernst«, sage ich. »Nicht nur die Elena, die du als Freundin haben willst, sondern die, die ich bin. Mit allen Baustellen, die mein Leben gerade hat, und mit der Zeit, die ich noch brauche.«

Rouvens Augen funkeln mich an wie Mondsteine. Und dann küssen wir uns.

12

Am zweiten Dienstag im Juli ist endlich der letzte Schultag vor den Sommerferien gekommen. Mit meinem Zeugnis kann ich zufrieden sein, der gymnasialen Oberstufe steht nichts im Wege. In unserer Klasse kommt eine wehmütige Abschiedsstimmung auf, weil knapp die Hälfte heute die Schule verlässt, um eine Ausbildung anzufangen. Nicht alle haben schon eine Lehrstelle gefunden, aber Malin wird Augenoptikerin, Felix hat mit seinen Musik- und Lifestyle-Videos viele Follower auf YouTube und will sich ein Jahr lang ganz auf seinen Kanal konzentrieren.

»Ein Jahr ist so schnell rum«, stöhnt er, als wir nach der letzten Stunde und der Zeugnisverteilung noch im Café Melanie sitzen und brunchen, weil wir uns noch nicht trennen wollen. »Und ich musste meinen Eltern versprechen, mich parallel zu bewerben, als Einzelhandelskaufmann oder bei einer Bank. Gibt es was Langweiligeres?«

»Wenn du von YouTube leben willst, sind kaufmännische Kenntnisse nicht schlecht«, meint Linus, der neben ihm sitzt. Dann reden alle durcheinander über ihre Zukunftspläne. Johanna will nach dem Abi Hebammenkunde studieren und fragt mich, ob sie bei Mama ein Praktikum machen könne.

»Ich will Tierärztin werden«, sagt Fabienne. »Nach dem Abi gehe ich aber erst mal ins freiwillige ökologische Jahr.«

Unser Frühstück wird gebracht, alle schieben Brötchenkörbe, Platten mit Käse und Aufschnitt, Teller, Besteck und Eierbecher auf dem Tisch umher. Die Kellnerin, kaum älter als wir selbst, verteilt Latte macchiato, Tee und Säfte.

»Und du, Elena?«, fragt Malin mich, als ich gerade etwas Honig auf mein angebissenes Croissant streiche. »Du studierst später bestimmt Kunstgeschichte oder Archäologie. Dann kannst du viel reisen. Oder du wirst Tourismuskauffrau. Damit kannst du sofort anfangen.«

»Lass das bloß nicht Elenas neuen Freund hören«, lacht Fabienne. »Der redet ihr das glatt noch ein, damit sie gleichzeitig mit ihm fertig ist.«

Zum Glück wenden sich die anderen bereits neuen Themen zu, ohne dass ich über Rouven ausgefragt werde. Vielleicht wäre Tourismuskaufmann etwas für ihn. So könnte er in verschiedenen Ländern arbeiten, in Hotels oder Feriencamps und mit netten Leuten, statt Tag für Tag allein, eingesperrt in einem Lkw unter hohem Zeitdruck Waren ausliefern zu müssen.

Als wir uns abends bei mir treffen, erzähle ich ihm davon.

»Tourismus? Auf keinen Fall«, wehrt Rouven ab.

»Den ganzen Tag in einem Reisebüro hocken und zusehen, wie andere Leute die tollsten Reiseziele buchen? Dabei soll ich ihnen auch noch helfen, statt selber die Welt zu entdecken? Vergiss es. Außerdem ist das was für Frauen.«

»Ich will dich zu nichts überreden«, sage ich. »War nur ein Vorschlag, falls es mit dem Truck nichts wird.«

»Das wird. Verlass dich drauf.«

Als es dunkel ist, fahren wir mit der S-Bahn nach Prenzelberg und gehen in einen Club. Mama und Manu haben mir einen »Mutti-Zettel« mitgegeben und gesagt, den ersten Abend der großen Ferien soll ich richtig genießen. Vor der Kasse treffen wir zwei Jungs aus meiner Schule, die schon volljährig sind, sie nehmen uns mit rein.

»Was ist eigentlich aus dem Typen geworden, mit dem du bei der Hochzeit meiner Mütter warst?«, frage ich Rouven an der Bar in einen wummernden Techno-Beat hinein. »Seid ihr nicht mehr befreundet?«

Rouven überlegt kurz. »Das war Ole, ein entfernter Cousin von mir. Der war nur ein paar Tage in Berlin. Wir kennen uns kaum. Er hat mich ziemlich genervt.«

»Vielleicht habe ich auch Cousins und Cousinen, von denen ich noch nichts weiß«, schreie ich.

Rouven verdreht die Augen. »Lass uns tanzen«, erwidert er.

Die ersten Ferientage ziehen sich in die Länge wie Pizzakäse. Rouven jobbt im Discounter, worüber ich nicht einmal böse bin. Denn wenn er nicht da ist, kann ich mit ihm auch nicht in Streit geraten.

Am Samstagvormittag bringe ich Fabienne zum Zug, zu ihrem Reiterhof muss sie nur eine knappe Stunde mit der Regionalbahn fahren.

»Du bist nicht glücklich mit Rouven, das merke ich«, sagt sie, als wir auf dem Bahnsteig am Zoo warten, weil es eine Verspätung gibt. »Nach allem, was du erzählt hast, verstehe ich es. Versprich mir, dass du dich nicht unterkriegen lässt. Kämpf meinetwegen um eure Beziehung – aber nicht so weit, dass du dich selbst aufgibst.«

Ich verspreche es – und auch, dass ich sie bald besuchen komme. In diesem Moment, wo sie so etwas Schönes vor sich hat, muss Fabienne nicht wissen, dass ich gerade am liebsten alles hinschmeißen würde: meine schräge Beziehung mit Rouven, die nicht richtig ins Rollen kommt, und diese Schnapsidee, nach meinem Vater zu suchen. Vielleicht sollte ich auch verreisen.

Wenig später blicke ich den Schlusslichtern des Zuges hinterher, anschließend gehe ich nach Hause, um meinen Prospektverteilerjob zu erledigen. Danach packe ich gerade meine Badesachen zusammen, als Mama in mein Zimmer platzt. Sie sieht aufgeregt aus. Mit einer theatralischen Bewegung legt sie mir einen babyfaustgroßen, gehäkelten Kraken auf den Tisch, dessen Tentakel aussehen wie kleine Ringelschwänze.

»Sieh mal, ich habe eine neue Marktlücke für dich. So was brauchen wir dringend!«

»Wer ist wir?«, frage ich. »Manu und du?«

Mama schüttelt den Kopf. »Wir Hebammen. Ich habe den kleinen süßen Kraken im Kreißsaal entdeckt. Eine Mutter hat ihn für ihr Frühchen mitgebracht und ihm in den Brutkasten gelegt. Das Baby hat nach den Ringelchen gegriffen und sich daran festgehalten wie an der Nabelschnur, die es ja nun nicht mehr hat. So was müsste in jeder Entbindungsstation vorrätig sein! Meinst du, du kannst die häkeln?«

»Wenn ich eine Anleitung habe, sicher.« Ich nehme den Kraken in die Hand und ziehe die Tentakeln durch meine Finger. »Am besten aus kochfester Baumwolle. Ich schaue später im Internet nach, bestimmt gibt es Videos, wie man das macht.«

»Super«, sagt Mama. »Ich muss los, meine Wochenbettmütter besuchen. Manu hat Couscous vorbereitet. Bis später.« Sie drückt mir einen Kuss auf die Wange und geht wieder, doch gleich darauf kommt sie noch einmal zurück.

»Post für dich«, japst sie und reicht mir einen Brief. »Hab den Briefträger im Treppenhaus getroffen. Bis später.«

Sofort fühle ich meinen Puls bis in den Hals schlagen. Ein Brief kann nur eines bedeuten.

Ruhig, Elena, beschwöre ich mich selbst. Jetzt hat er sich also gemeldet, der dritte, heiß ersehnte Vertreter seines Namens. Auch dieser Christian Köhler wird beteuern, kein Samenspender und damit auch nicht dein Vater zu sein. Bring es hinter dich, und dann häkle den Kraken für Frühgeborene oder geh zum Schwimmen.

Liebe Elena,
vielen, vielen Dank für deinen Brief, den ich schon vor einigen Wochen erhalten habe. Er hat mich sehr überrascht und auch wieder nicht. Bitte entschuldige, dass ich dir erst jetzt antworte. Was ich gelesen habe, hat mich sehr aufgewühlt, und ich musste es zunächst etwas sacken lassen. Deswegen habe ich lange gebraucht, um dir schreiben zu können. Nun sollst du aber nicht länger warten müssen.
Tatsächlich habe ich vor rund 18 Jahren damit begonnen, mir mit Samenspenden etwas für mein Studium (Kunst/Bühnenbild) in Kopenhagen dazuzuverdienen. Die Wahrscheinlichkeit ist also sehr hoch, dass ich dein biologischer Vater bin.
Sehr gern würde ich dich kennenlernen, liebe Elena. Das ist jedoch nicht so einfach, wie du und ich es gerne hätten, denn ich habe eine Familie. Meine deutsch-spanische Frau Sofia, unsere Kinder Paola und Pepe (9 und 7 Jahre alt) und ich leben nicht mehr in Deutschland, sondern sind noch vor der Einschulung unserer Großen nach Fuerteventura ausgewandert. Hier bewohnen wir ein kleines Haus nahe der Costa Calma. In Deutschland habe ich leider als Bühnenbildner keine Stelle gefunden bzw. an einigen Theatern waren mir die künstlerischen Vorgaben zu streng. Hier auf der Insel betreibe ich einen kleinen Laden, in dem ich schöne selbst gemachte Dinge an Touristen verkaufe. Meine Frau arbeitet als Yogalehrerin im Wellnessbereich eines Hotels.
Ich verspreche dir, dass ich meiner Familie sehr bald

von dir erzählen werde. Sofia weiß, dass ich früher Samenspender war. Von daher kann sie sich denken, dass eines oder mehrere der so entstandenen Kinder sich früher oder später melden könnte. Nun hast du es getan. Ich freue mich, und du wirst bald wieder von mir hören. Falls du noch Fragen an mich hast, gebe ich dir hier schon mal meine E-Mail-Adresse:
koehler_chris@anbieter.de
Herzlich,
Christian Köhler

Nachdem ich den Brief gelesen habe, sitze ich wie gelähmt an meinem Schreibtisch. Dann lese ich ihn noch einmal, genauso fassungslos. Schließlich rufe ich am Laptop die Webseite des Fassadenkünstlers Christian Köhler auf – er ist nicht mein Vater. Ein ganz anderer hat mir geschrieben, der auch etwas mit Kunst zu tun hat, aber es ist nicht dieser, sondern einer von den beiden, die ich eher nebenbei im Internet entdeckt und nur der Vollständigkeit halber angeschrieben hatte, als mein Brief an den Fassadenkünstler längst abgeschickt war. Ich war mir so sicher gewesen. Jetzt muss ich mich verabschieden. Nach einem letzten Blick auf mein Lieblingsbild, auf dem er die trostlose Seitenwand eines vierstöckigen Altbaus in die Ansicht eines bunten, abwechslungsreichen Dorfes verwandelt hat, klicke ich auf das Kreuzchen oben rechts und muss erst mal heulen. Lange sitze ich so da, das Betriebssystem meines Laptops schaltet sich von allein in den Energiesparmodus, und ich lasse meine Tränen laufen. Ich schluchze und schniefe nicht, sondern lasse einfach das Wasser über mein Gesicht rinnen, bin nicht mal richtig traurig dabei und irgendwie doch. Es ist nur alles so anders. Er ist es nicht. Dabei war er mir doch fast schon vertraut. Ein anderer Vielleicht-Vater hat mir geschrieben. Aber der ist nicht hier. Er hat eine Frau und mit ihr Kinder, die jeden Tag bei ihm sein dürfen. Kinder, die Papa zu ihm sagen und die er aufwachsen sieht. Mit denen er da lebt, wo ich gern wäre, in einem warmen Land. Bestimmt sprechen Paola und Pepe fließend Spanisch, die ganze Familie spricht vielleicht Spanisch miteinander, *meine* Lieblingssprache. Wir scheinen viel gemeinsam zu haben, auch wenn ich nicht mal weiß, wie er aussieht; ob ich die angewachsenen Ohrläppchen von ihm habe oder die gezackte linke Augenbraue. Er könnte es wirklich sein. Er könnte es sein!

Ich wische meine Tränen ab und gehe ins Bad, um mir kaltes Wasser ins Gesicht zu schaufeln, setze mich aufs Klo und bleibe lange dort, wasche mich nochmals. Dann versuche ich, mir ein wenig die Augen zu schminken und dabei zu verhindern, dass wieder neue Tränen kommen.

Ich muss hier raus. Im Flur ziehe ich meine Stoff-Sneakers an und versuche mich zusammenzureißen, um Manu Tschüs zu sagen. Sie steht auf dem Balkon und zupft welke Blätter von den Blumen. Natürlich sieht sie trotzdem, was los ist.

»Wegen Rouven?«, fragt sie, ihre Augen so mitfühlend, dass ich es kaum aushalte.

»Immer wieder mal«, antworte ich und atme tief durch. Zum Glück spürt sie, dass dies kein guter Moment ist, um Fragen zu stellen.

Draußen überlege ich, ob ich mit dem Rad durch den Tiergarten fahren oder joggen soll. Trotz meines verheulten Gesichts will ich unter Menschen sein, deshalb steige ich in den nächstbesten Bus und fahre bis zur Endstation und halb wieder zurück, steige um und mache es mit dem nächsten Bus genauso. Dann noch einmal und noch einmal. Ich lande in den entlegensten Ecken Berlins und in ein paar Nestern des Umlands, von denen ich noch nie gehört habe. Manchmal steige ich aus und gehe ein Stück, behalte aber immer den Rückweg im Auge, aus Angst, mich zu verlaufen: Mir fehlt der Halt, die Sicherheit in mir, die ich sonst immer habe.

»Du bist mein Fels in der Brandung«, hat Fabienne vor Jahren einmal zu mir gesagt, als die Ehe ihrer Eltern am Kippeln war. Heute ist der Fels zu Pulver zerbröselt.

Zurück in der City, habe ich mich etwas beruhigt und besuche Rouven im Discounter. Jetzt am Nachmittag ist wenig los. Ich finde ihn schnell in der Getränkeabteilung.

»Elena«, sagt er und strahlt, blickt rasch in alle Richtungen, ehe er mich küsst, die Luft hier drin riecht nach leeren Bierflaschen und Staub, auch Rouven riecht so. »Sehen wir uns später noch?«

»Komm heute Abend zum Essen zu uns«, antworte ich. »Dann werde ich Mama und Manu etwas erzählen:

Mir hat einer geschrieben, der wahrscheinlich wirklich mein Vater ist.«

»Das hast du schon mal gedacht«, sagt Rouven.

»Bei diesem scheint alles zu passen.«

»Wirst du ihn besuchen?«

»Was soll diese Frage? Wenn er es wirklich ist: Klar. Deshalb mache ich das ja alles.«

»Ich sehe das skeptisch«, sagt Rouven. »Vielleicht will er sich nur an dich ranmachen.«

»Du bist nur eifersüchtig, weil sich ausnahmsweise mal nicht alles um dich dreht.«

»Um mich?« Rouven tritt einen Schritt zurück. Sein dunkler, zorniger Löwenblick weicht einmal mehr dem Ausdruck des ungeliebten Kindes, der mir schon so oft ins Herz geschnitten hat. »Ich wäre froh, wenn es überhaupt mal um mich gehen würde.«

Ich strecke meine Hand nach ihm aus und streichle sein Gesicht. »Ich weiß«, sage ich leise. »Wir essen um sieben, ich mache noch einen Salat dazu. Wo finde ich hier Rucola und Cranberrykerne?«

Zum Abendessen kommt Rouven nicht, dabei ist mein Salat toll geworden, und Manus Couscous sowieso. Mama erlaubt mir eine Weißweinschorle, weil Ferien sind. Nach den ersten zwei Schlucken erzähle ich meinen Müttern von dem Brief. Vorhin habe ich noch kurz per Mail darauf geantwortet, dass ich den Brief erhalten habe, seine Bedenken verstehe und mich auch bald noch mal melden werde. Mehr nicht.

»So ganz unrecht hat Rouven nicht, wenn er dich warnt«, gibt Mama zu bedenken, als wir fast aufgegessen haben. »Welche Anhaltspunkte hast du dafür, dass er die Wahrheit schreibt? Hat er sich auch bei der DNA-Datenbank registrieren lassen?«

»Vielleicht weiß er noch nicht, dass es so was gibt. Wäre auch kein Wunder, wenn er sich seit seiner Spenderzeit nie mehr mit dem Thema befasst hat.«

»Jetzt bist du enttäuscht«, sagt Manu mir auf den Kopf zu und nippt an ihrem Wein. »Das wollte ich nicht. Wir wünschen es dir ja, dass du deinen Vater findest oder vielleicht schon gefunden hast. Sei bitte trotzdem vorsichtig. Es laufen so viele Spinner herum. Du kannst nicht wissen, ob das vielleicht ein Perverser ist, der nach deinem Brief eine Gelegenheit sieht, sich mit 'ner 16-Jährigen zu treffen.«

»So habe ich das noch nicht gesehen«, sage ich. »Ich könnte ihm vorschlagen, sich eintragen zu lassen. Wenn er ehrlich ist, wird er einwilligen.«

»Ein ganz normaler Vaterschaftstest ginge natürlich schneller als dieser riesige Datenpool in den USA«, sagt Mama. »Wenn er mitmacht, natürlich.«

»Ich schreibe es ihm«, verspreche ich. »Meine Güte, bin ich aufgewühlt.«

»Nicht nur du«, gesteht Manu. »Aber ich muss zugeben, so langsam wird es spannend. Und für so was sind wir immer zu haben, oder, Conny?«

Elena, 11 Jahre

Hallo Papa,
heute ist der 24. Dezember, Heiligabend. Zu Weihnachten muss ich immer an dich denken. Wo du wohl bist und mit wem du feierst. Wem du was schenkst und was du bekommst. Ob du dich als Weihnachtsmann verkleidest?
Mama, Manu und ich hatten Besuch von meiner Oma, also Manus Mama. Mamas Mama ist schon gestorben, als ich noch ein Baby war. Oma hat mir Häkeln beigebracht, aber bis jetzt wird bei mir alles noch krumm und schief, und ich habe erst mal wieder aufgehört. Manu sagt, ich soll lieber mal zu ihr in die Tischlerei kommen und was Handfestes lernen. Aber ich weiß noch nicht.
Zu Weihnachten habe ich zwei CDs, einen Pullover, neue Sneakers, ein Buch und Mamas altes Handy bekommen, weil sie ein neues hat. Das Alte sieht aber auch noch fast aus wie neu. Schade, dass ich deine Telefonnummer nicht habe, sonst könnte ich dir mal ein Selfie schicken.
Frohe Weihnachten und ein gutes neues Jahr
wünscht dir deine Elena

13

Mama und Manu schwanken ein wenig, als ich ihnen nach dem Essen den Brief von Christian Köhler zeige.

»Der klingt schon glaubwürdig«, sagt Manu. »Wenn das alles erfunden und gelogen ist, müsste der Mann ein Meister im Bluffen sein.«

»Trotzdem kann man nicht vorsichtig genug sein«, meint Mama. »Lasst uns auf den Vaterschaftstest bestehen.«

»Aber wie soll ich ihm das schreiben?«, frage ich. »Das kommt doch komisch rüber. Erst suche ich den Kontakt zu ihm, nur um ihn dann wieder anzuzweifeln?«

Mama faltet den Brief zusammen und gibt ihn mir zurück.

»Sollte er verärgert oder mit blöden Sprüchen antworten, vergessen wir ihn ganz schnell wieder. So einen willst du nicht als Vater haben.«

Ich zucke mit den Schultern, ohne darauf einzugehen. Ob ich mir diesen Christian Köhler als Vater vorstellen kann, entscheide immer noch ich, aber ich will nicht schon wieder Streit anfangen. Es ist gut, dass die beiden hinter mir stehen, so gut sie können.

Am Abend gehen Mama und Manu zusammen weg.

An diesem Wochenende ist das Lesbisch-schwule Stadtfest in unserem Kiez. Sie freuen sich schon die ganze Woche darauf und haben sich mit ein paar anderen Frauen verabredet. Wenn Fabienne hier wäre, würde ich später mit ihr auch noch hingehen. Es ist immer lustig, bunt und friedlich dort. Ob ich allein Lust dazu habe, weiß ich noch nicht. Die meisten anderen aus meiner Klasse sind schon verreist. Also setze ich mich hin und lade eine Anleitung für Mamas Baumwoll-Kraken für die frühgeborenen Babys herunter, setze mich mit meinem Häkelzeug auf den Balkon und vertiefe mich darin. Die Oktopusse sind einfach zu häkeln und es macht Spaß. Früher als gedacht werde ich müde. Vielleicht liegt es an der Weißweinschorle zum Essen, vielleicht an der Aufregung oder auch am Schulstress der vergangenen Wochen. Doch gerade als ich alles zusammengeräumt und die Kerzen auf dem Balkon ausgepustet habe, um schlafen zu gehen, meldet mein Handy einen E-Mail-Eingang. Ich spüre sofort, dass sie von Christian Köhler ist und öffne sie noch im Stehen.

Liebe Elena,
vielen Dank für deine Mail. Inzwischen habe ich mit meiner Frau gesprochen. Sofia sieht die Sache kritisch und befürchtet, es wolle jemand auf diese Art und Weise Unterhaltszahlungen von mir erschleichen. Das will ich dir aber nicht unterstellen. Du klingst für mich wie ein vertrauenswürdiges junges Mädchen, das gar nicht erst auf solche hinterlistigen Ideen kommen würde. Damals

bei der Spende stand im Vertrag, dass ich nicht zu Zahlungen verpflichtet bin, und ich habe herausgefunden, dass sich daran auch unter der neuen Gesetzeslage nichts geändert hat, da du von deiner Co-Mutter adoptiert worden bist, also bereits einen zweiten rechtlichen Elternteil hast. Das hat mich beruhigt.
Sicher ist es trotzdem besser, wir treffen uns zunächst an einem neutralen Ort statt gleich bei mir zu Hause. Bitte versteh, dass ich keinen Stress mit meiner Familie möchte. Unser Treffen muss natürlich geplant werden; leider schaffe ich es in der nächsten Zeit nicht, nach Deutschland zu kommen. Aber hast du nicht gerade Sommerferien? Oder arbeitest du schon? Wie wäre es mit einem Kurzurlaub auf Fuerteventura? Eine günstige Unterkunft könnte ich dir sicher vermitteln.
Herzlich, Christian

Unterhalt? An so was habe ich gar nicht gedacht. Innerlich schwanke ich zwischen Wut, dass er überhaupt darauf kommt, Freude, dass er mich kennenlernen will, und Verärgerung, dass seine Frau sich so anstellt. Ich will ihr ihren Christian nicht wegnehmen, aber ich bin biologisch genauso sein Kind wie Paola und Pepe es sind. Sie haben spanische Namen.

Am nächsten Tag – Mama und Manu stehen erst mittags auf – zeige ich ihnen die Mail. Manu schüttelt den Kopf.

»Typisch Mann«, sagt sie. »Der denkt wohl, wir können nicht für uns selber sorgen.«

»Er hat Angst«, meint Mama. »Sicher ist er nicht der einzige Samenspender, der solche Befürchtungen hegt. Aber auch sonst macht er es sich ganz schön leicht. Lädt dich ein – aber bei ihm sollst du nicht übernachten. Und wer für die Reisekosten aufkommt, dazu hat er auch keine Idee.«

»Da steht doch, dass seine Frau es nicht will«, werfe ich ein. »Ohne die würde er vielleicht ganz anders reagieren.«

»Vielleicht sollten wir uns einfach an Sofia wenden«, schlägt Mama vor, als würde sie sie längst persönlich kennen. »Ohne Mann, einfach von Frau zu Frau lässt sich so was oft viel entspannter regeln. Sie hat doch nichts zu befürchten.«

»Nein, macht das nicht«, werfe ich ein. »Ich will nicht, dass ihr euch da einmischt. Das ist doch peinlich. Warum soll ich nicht nach Fuerteventura fliegen? Irgendwo kann ich da schon pennen, das schreibt er doch selbst.«

»Weil du immer noch nicht weißt, ob er wirklich den Vater ist oder nur ein Spinner. Er soll erst den Test machen. Schreib ihm das, und wir lassen mit uns reden.«

»Und wenn das zu lange dauert? Von den Sommerferien ist schon eine Woche rum, die dauern nicht ewig.«

»Dann kommen wir mit«, sagt Manu. »Nach Fuerte wollte ich immer schon mal.«

»Na dann.« Mamas Augen erhellen sich, als wäre schon alles zwischen uns abgemacht. »Besondere Pläne haben wir ja bisher nicht, und den August habe ich mir rufbereitschaftsfrei gehalten. In welcher Gegend auf der Insel wohnt er denn?«

»Costa Calma«, sage ich lahm. »Aber mit euch will ich da nicht hin. Ich bin kein kleines Kind mehr.«

»Aber auch noch nicht volljährig«, meint Mama und nimmt ihr Tablet vom Küchentisch, offenbar will sie bereits nach Flügen schauen.

»Und dann? Willst du dich vor diese Sofia hinstellen und sagen: Guten Tag, ich bin Conny und habe ein Kind mit deinem Mann? Ich will das wirklich allein machen«, beharre ich. »Ich kann doch zu euch eine Standleitung übers Handy halten, in einer Jugendherberge pennen oder was euch sonst noch beruhigt. Es geht um *meinen* Vater. Ihr habt mit ihm doch gar nichts zu tun.«

»Natürlich gehen wir nicht zu Sofia«, versucht Mama mich zu beruhigen, während Manu jetzt an unserer Espressomaschine hantiert. »Am besten, Manu und ich schreiben ihm erst mal. Das gehört schon dazu, dass auch wir Kontakt zu ihm aufnehmen, finde ich. Und ich könnte mir vorstellen, dass er sich sonst wundert – wenn er es wirklich ist, wohlgemerkt.«

Ich verdrehe die Augen. Die Espressomaschine faucht, ich nehme mir einfach die erste Tasse, die schon fertig ist.

»Dann will ich nicht hin«, sage ich. »Gleich nach dem Frühstück schreibe ich ihm und sage ab, weil meine Mütter es mir leider nicht erlauben, zu ihm zu fliegen und ihn zu besuchen.«

Manu zuckt mit den Schultern. »Vielleicht ist das besser so.«

Später mache ich einen Screenshot von Köhlers Brief und schicke ihn an Fabienne mit einem kurzen Bericht von meinem Streit mit Mama und Manu. Es dauert einen halben Häkelkraken lang, bis sie antwortet. Wahrscheinlich reitet sie gerade aus.

Wie cool ist das denn, schreibt sie am Nachmittag. *So ein Mist; wenn ich Zeit hätte, würde ich mitkommen. Dann könnten Manu und Conny unbesorgt sein!*

Ich: *Das wäre super :-) Die letzten 10 Tage bist du doch wieder hier, oder?*

Fabienne: *Schon. Aber ich habe dir das Neueste noch nicht erzählt (hab's auch gerade erst von meinem Dad erfahren): Frau Krüger hat bei uns angerufen und gefragt, ob wir im neuen Schuljahr eine Austauschschülerin aus den USA aufnehmen können. Eigentlich sollte sie in die Schule von Frau Krügers Schwester, die auch Lehrerin ist, und damit auch in eine andere Gastfamilie, aber die ist abgesprungen, weil es einen Trauerfall gab. Meine Eltern sind einverstanden! Und dafür muss noch einiges vorbereitet werden. Ist das nicht mega?*

Ich: *Wow, ja. Mega. Wohnt sie mit in deinem Zimmer?*

Fabienne: *Nee, im Gästezimmer unterm Dach. Ich musste meinem Dad versprechen, dass ich ihm helfe, es besuchsfein zu machen. Mal gründlich durchputzen, dekorieren und so.*

Ich: *Verstehe. Ich komm bestimmt mal helfen.*

Fabienne: *Kopf hoch, Süße. Wir finden schon eine Lösung. Immerhin hast du wahrscheinlich deinen Vater gefunden. Und kennenlernen will er dich auch! Ist das nicht ein Riesenschritt vorwärts?*

Ich lege mein Handy beiseite. Eine Austauschschülerin, die bei Fabienne wohnen wird, und das sicher für mehrere Monate. Manchmal verändern sich Freundschaften, wenn jemand drittes dazukommt. Am besten, ich lasse es auf mich zukommen. Sie wird ja in unsere Klasse gehen, also lerne auch ich sie kennen. Fabienne war in letzter Zeit viel für mich da, und natürlich würde ich ihr jetzt ebenfalls gern helfen, wenn sie mit ihren Eltern das Gästezimmer pimpt. Ein wenig ärgert es mich, dass Frau Krüger mich nicht gefragt hat, aber den Grund kann ich mir schon denken. Mama, Manu und ich sind eben nicht die Vorzeige-Kernfamilie mit Mutter und Vater, Haus am Stadtrand und drei adretten Kindern. Wir sind die Regenbogenfrauen aus dem vierten Stock am Rande von Kreuzberg und damit für eine angestaubte Lehrerin wie Frau Krüger keine Kandidatinnen für Gäste. Nun gut, wir hätten auch kein Zimmer frei.

Am Abend treffe ich mich mit Rouven. Zum ersten Mal sind wir bei ihm zu Hause in seinem Zimmer. Er hat sturmfreie Bude, weil seine Mutter, Tobi und Harro zu einer Geburtstagsfeier eingeladen sind. Er wollte nicht mit. Natürlich hat Harro ihn deshalb wieder angeschnauzt, und entsprechend ist er drauf. Die Romantik zwischen uns kann ich vergessen, Rouven berührt mich nicht. Wir liegen nur dicht nebeneinander auf seinem gemachten Bett. Er hält die Arme vor der Brust verschränkt und starrt an die Zimmerdecke.

Also erzähle ich ihm von Christian Köhlers Antwort

und davon, dass meine Mütter mich nicht allein zu ihm reisen lassen wollen.

»Und das lässt du dir gefallen?«, braust er auf. »Mann, Elena, lass dich doch nicht immer verarschen! Fuerte ist überhaupt nicht weit, halten dich die beiden noch für ein Kindergartenkind? Du wärst sicher nicht die erste 16-Jährige, die da allein hinfliegt. Das ist Spanien, Europa also. Da kannst du sogar dein Taschengeld mitnehmen. Was haben die beiden für ein Problem?«

»Dass noch nicht feststeht, ob er wirklich mein Vater ist.«

»Und sie trauen dir nicht zu, das alleine rauszufinden? Ganz ehrlich, das merkst du doch, wenn du vor ihm stehst. Entweder sind da Vibes zwischen euch oder nicht. Das musst du sowieso selber rausfinden. Die zwei stören da nur.«

»Sag ihnen das«, antworte ich. »Sie sind schon so gut wie am Kofferpacken und freuen sich auf 14 Tage Costa Calma. Ich fürchte, aus der Nummer komme ich nicht mehr raus.«

Rouven richtet sich halb zum Sitzen auf und nimmt jetzt doch meine Hand.

»Dann flieg mit mir hin«, sagt er. »Das will ich schon die ganze Zeit. Fuerteventura wär so geil!«

»Es wäre nicht Bali, nicht Australien, nicht Alaska«, necke ich ihn.

»Na und? Hauptsache weg von hier!«, ereifert er sich. »Du musst denen zeigen, dass du dir nicht alles gefallen lässt. In zwei Jahren wirst du sowieso volljährig! Wenn sie dich jetzt einsperren, können sie sich an allen zehn Fingern ausrechnen, was du dann machst.«

»Das wissen sie ja. Meine Weltreise ist kein Geheimnis.«

»Ja eben, die können froh sein, dass du so ein Schäfchen bist und immer alles erzählst!«

»Määäh, määäh«, mache ich. »Ich denke ja genauso wie du, Rouven. Aber einfach abhauen – das geht nach hinten los. Das haben Mama und Manu nicht verdient.«

»Doch«, sagt er, »haben sie. Seit Wochen hängst du dich rein, um deinen Vater zu finden. Und jetzt, wo du es fast geschafft hast, machen sie einen auf Controlletti? Ich sag dir eins, Elena: Deine Rainbow-Mums sind nicht halb so cool und locker, wie sie immer tun. Wenn du hinter die Emanzen-Fassade guckst, sind sie genauso spießig wie meine Alten oder Fabiennes Bausparvertragseltern.«

»Mag ja sein. Ich finde es auch nicht gut.«

»Dann überleg es dir noch mal. Wenn dir damit geholfen ist, frag Conny und Manu einfach, ob du mit mir fahren darfst.«

Ich antworte nicht sofort. Zu genau weiß ich, dass Mama und Manu ihm gegenüber noch immer misstrauisch sind. Dass es daran liegt, dass sie mich meistens unglücklich sehen, wenn ich von einem Date mit ihm nach Hause komme, kann ich ihm nicht sagen, sonst rastet er erst recht aus.

»Ich werd drüber schlafen«, verspreche ich ihm.

Wir versuchen, das Thema zu wechseln, es ist nicht

leicht. Rouven und ich waren uns noch nie körperlich so nah wie jetzt. Und seine Eltern mit Tobi werden sicher noch mindestens zwei Stunden außer Haus sein. Ich will nicht den Anfang machen, aber es wundert mich, warum er nichts weiter tut, als in seinen Klamotten neben mir zu liegen. Ich habe noch nie mit einem Jungen geschlafen, habe Angst, dass es wehtun könnte. Es muss nicht heute passieren. Allmählich frage ich mich jedoch, ob Rouven mich überhaupt wahrnimmt, wenn er nicht mal versucht, mich zu küssen oder die Hand unter mein Top zu schieben, wie ich es immer wieder bei Pärchen in unserem Alter gesehen habe, auf Partys, im Freien. Warum er nichts tut, damit wir uns intensiver spüren können, uns kennenlernen. Ich blicke ihn von der Seite an.

Noch immer stiert er vor sich hin, noch immer Löwenblick. Wenn er ein Pferd wäre, würden seine Nüstern beben vor Zorn. Ich möchte diese Mauer, diese unsichtbare Wand zwischen uns einreißen, die ich immer wieder spüre und von der ich nicht weiß, warum sie überhaupt da ist.

Ich drehe mich auf die Seite und strecke meine Hand nach ihm aus, streiche mit dem Zeigefinger sachte über seine Stirn bis zur Nasenwurzel, die ich mit kleinen, kreisenden Bewegungen massiere, bis sich zumindest dieser Bereich ein wenig entspannt und glättet. Seinem Mund entfährt ein leiser Seufzer.

»Du riechst gut«, flüstere ich, und das stimmt, ich mag den Duft seiner Haut, der mich an den Tag erinnert, an dem ich Rouven zum ersten Mal gesehen habe, auch wenn wir nicht den besten Start hatten. Er duftet immer nach demselben Duschgel, das mir inzwischen fast schon vertraut ist, dazu ein wenig nach Zahnpasta und einfach nach sich selbst. In seinem Shirt hängt dieser Duft, in seinen Haaren und auf der Haut, am intensivsten an den Schläfen und in der Halsbeuge. Ich tupfe ihm ein paar Küsse aufs Schlüsselbein und kuschle mich enger an ihn. Jetzt dreht sich Rouven auf die Seite, sieht mich an und fährt mit der Hand durch meine Haare. Wir sind ganz still. Ich könnte versinken in seinen Augen, die nun strahlen wie schwarze, sonnengewärmte Kieselsteine. Rouven lächelt mich an, endlich.

»Ich hab ganz schön Herzklopfen wegen dir«, sagt er und nimmt meine Hand, um sie auf seine Brust zu legen. »Spürst du das? Es rast.«

»Spüre ich. Bist du so aufgeregt?«

Rouven nickt. »Das mit uns ist so besonders, dass es mir fast schon Angst macht. Ich kann noch gar nicht fassen, dass ich dich getroffen habe. Und dass du überhaupt was mit mir Raubein zu tun haben willst.«

»Jetzt schleimst du aber.« Mit meiner freien Hand kitzle ich ihn unter der Achsel.

»Glaub doch, was du willst«, erwidert er, ohne wütend zu werden. Den Daumen der freien Hand hake ich jetzt in eine Gürtelschlaufe seiner Jeans.

»Ich will deine anderen Seiten auch noch kennenlernen«, sage ich. »Raubein allein genügt nicht.«

»Dann fahr mit mir weg.«

»Will ich ja. Aber warum den zweiten Schritt vor dem

ersten machen?« Ich küsse ihn auf den Oberarm, entdecke erst jetzt ein kleines Tattoo dicht unter der Schulter, den Schriftzug »Freedom«, fahre mit dem Finger eine Sehne auf seinem Bizeps nach. Wir streicheln uns, ich rolle mich auf den Rücken und Rouven beugt sich über mich, seine langen Haare kitzeln mein Gesicht. Wieder sieht er mich an.

»Willst du mehr?«, fragt er ganz ruhig, nichts Drängendes ist in seiner Stimme.

»Ich hab noch nie«, gebe ich zu.

»Dann warten wir noch«, sagt er, und ich höre einen Anflug von Erleichterung in seiner Stimme. Er steht auf. »Soll ich Musik anmachen?«

Ich verberge meine leise Enttäuschung, es war gerade so schön, jetzt ist der Zauber weg. Klar, hier passt es nicht, vielleicht platzt die Familie früher wieder in die Wohnung als gedacht. Also richte auch ich mich auf, streiche meine Haare glatt und rücke meine Klamotten zurecht.

»Total gerne«, sage ich. »Von mir aus sogar deinen Lieblings-Rapper, mit dem du bei Mamas und Manus Hochzeit so angeeckt bist. Was fasziniert dich so an ihm?«

14

Zum ersten Mal nach einem Zusammensein mit Rouven gehe ich mit beschwingtem Gefühl nach Hause. Nachdem seine Familie zurück ist, habe ich mich verabschiedet. Unser Abend war schön. Wir haben nicht nur Gangsta-Rap gehört, sondern auch einen Film geschaut und Pizza bestellt. Ich habe darauf geachtet, nicht immer wieder von meiner Vatersuche anzufangen. Und er hat sich bemüht, ruhig zu bleiben, wenn ich es doch getan habe. Zwischendurch kamen einige WhatsApp-Nachrichten von Fabienne. Sie erzählte von Nick und wie sie beim Lagerfeuer und seinem Gitarrenspiel dahingeschmolzen ist. Rouven und ich antworteten mit einem gemeinsamen Selfie.

Dann fragte ich ihn, ob Musikmachen nicht auch etwas für ihn sei. Er gab zu, sich fürs Schlagzeugspielen zu interessieren. Ich versuchte ihn zu ermutigen, doch Rouven winkte ab und sagte, im Keller sei sogar ein ungenutzter Probenraum, aber wegen der Nachbarn würde Harro Großkotz niemals zustimmen, nicht einmal, wenn Rouven ihn schalldicht abdämmen würde.

Am Sonntag fahre ich mit der Regionalbahn nach Neuholland zu Fabiennes Ferien-Reiterhof. Die Luft ist schwül, graublaue Wolken hängen dicht über dem Wald, und jeder Schritt fällt einem viel schwerer als normal. Fabienne hat mir geschrieben, bei Gewitter würde sie mit den Ferienkindern nicht ausreiten, sondern es gäbe einen Bastelnachmittag, von dem sie sich bestimmt einmal loseisen dürfe, um mit mir einen Kaffee zu trinken und zu reden. Ich freue mich auf sie, als hätten wir uns seit Monaten nicht gesehen.

»Wo ist Nick?«, frage ich sie, nachdem wir uns in die Arme gefallen sind und zunächst alle Neuigkeiten im Turbogang ausgetauscht haben. Jetzt bin ich neugierig auf ihren Schwarm. Fabienne jedoch zuckt mit den Schultern, während wir vom Bahnhof aus zu Fuß den kurzen Pflasterweg zum Hauptgebäude des Hofs ansteuern.

»Er hat heute frei und ist weggefahren«, antwortet sie. »Bestimmt hat er längst eine Freundin, die woanders wohnt.«

»Flirtet er nicht mit dir? Man sieht es doch an den Augen, am Lächeln, ob da von seiner Seite auch was ist.«

»Eher nicht«, sagt Fabienne. »Aber was soll's – ich bin sowieso bald wieder weg, und um was Festes aufzubauen, ist der Weg hier raus zu weit.«

»Nicht, wenn Nick schon ein Auto hat.«

»Hat er, natürlich. Zumindest sehe ich ihn fast jeden Tag mit dem Jeep seiner Eltern herumkutschieren. Er fährt super, sogar mit doppeltem Pferdeanhänger hinten dran rückwärts an der Steigung und alles.«

»Siehst du. Dann schafft er es auch bis zu dir nach Frohnau, wenn er will.«

»Ich steigere mich lieber nicht rein«, seufzt Fabienne. »Jetzt ist sowieso erst mal Skye angesagt, da habe ich genug Ablenkung.«

»Skye? Ist das eines von den Pferden hier?«

Fabienne schüttelt den Kopf und sieht mich an, als wäre ich total bekloppt.

»Quatsch«, sagt sie. »Skye Dearing ist die Austauschschülerin, die nach den Ferien bei mir wohnt. Ich bin schon ziemlich aufgeregt. Am Anfang kann sie ja noch kein Deutsch. Und mein Englisch – na ja.«

»Vielleicht kann sie Spanisch. Amerika ist ein Einwanderungsland, da ist die Sprache sicher verbreiteter als bei uns.«

»Ihr Nachname zeugt schon mal nicht von Einwanderung. Aber du hast recht, mit Deutsch, Spanisch, Händen und Füßen wird es gehen.«

»Ich bin auch neugierig auf sie«, sage ich.

»Das wird so cool zu dritt«, schwärmt Fabienne. »Super, dass du mir mit dem Zimmer für sie hilfst. Niemand kann so schön dekorieren wie du.«

»Gerne. Aus Fuerteventura wird diesen Sommer sowieso nichts.«

»Hey … lässt du dich so schnell unterkriegen? Willst du lieber darauf verzichten, deinen Vater kennenzulernen, als mit Conny und Manu zusammen hinzufliegen?«

Ganz kurz überlege ich, ob ich Fabienne von Rouvens

Idee, heimlich mit ihm abzuhauen, erzählen soll, lasse es jedoch.

»Ich will ihn unbedingt kennenlernen«, sage ich nur. »Aber ohne Aufpasser.«

»Wollen sie wirklich mitkommen, wenn ihr euch trefft? Oder geht es nur darum, dass du nicht alleine reist?«

»Für mich macht das wenig Unterschied. Mag sein, sie legen sich an den Strand, während ich mit Christian Köhler spazieren oder Eis essen gehe. Aber ich würde die ganze Zeit denken, dass sie auf mich warten und lauern, wo ich bleibe. Außerdem können sie sowieso nicht kontrollieren, ob er mich gut behandelt. Dann kann ich auch gleich alleine hin.«

Wir sind im Haupthaus des Reiterhofs angekommen. Im selben Moment bricht draußen das Gewitter los. Einige der jüngeren Kinder schreien auf, hier draußen kracht der Donner viel lauter als in der Stadt. Der Blitz jagt zuckende Helligkeit in den Gemeinschaftsraum. Zwei kleine Mädchen drücken sich eng an Fabienne, ein anderes an mich, obwohl es mich nicht kennt; ein etwas größerer Junge behauptet, keine Angst zu haben, doch ich sehe seine Beine zittern. Fabienne ruft alle zwölf Kinder zusammen.

»Ihr braucht keine Angst zu haben«, versucht sie sie zu beruhigen. »Das Haus hat einen Blitzableiter, und der Stall auch. Gut, dass ihr vorhin alle so toll mitgemacht habt, als wir die Pferde gestriegelt und gefüttert haben. Wer hat Lust, mit mir Belohnungsleckerlis für sie zu backen?«

Die Kinder jubeln, froh über die Ablenkung. Ich helfe Fabienne dabei, die Backutensilien und Zutaten aus der Küche nebenan zu holen, dann kommt eine ältere Betreuerin dazu. Beim Zusammenrühren von Haferflocken, geriebenen Äpfeln, Möhren, Rübensirup und Kürbiskernen bemerke ich, dass Fabienne heimlich immer wieder zur Tür schaut. Bestimmt wünscht sie sich, dass Nick sich doch noch blicken lässt, aber er taucht nicht auf.

Ich muss wieder an Rouven denken und ertappe mich dabei, dass ich verstohlen in mich hineinlächle. Spannend wäre es auf jeden Fall, mit ihm zusammen nach Fuerteventura zu fliegen. Ein mittelgroßes Abenteuer und eine Gelegenheit, herauszufinden, ob wir gut miteinander können. Wenn wir wirklich später einmal zusammen richtig weit weg wollen, kann es nur gut sein, es vorher schon einmal auszuprobieren.

Fabiennes Handy klingelt. Sie nimmt es auf, blickt auf das Display und runzelt die Stirn. »Unbekannte Nummer«, formt sie lautlos mit ihren Lippen, dann geht sie ran. Sie lauscht, blickt noch verwunderter drein, bis plötzlich ein Leuchten über ihr Gesicht huscht.

»Skye!«, ruft sie, ein paar Kinder blicken von ihrer Teigmasse auf. »Skye, oh it's you! Wait a second, I'll go outside of this noisy crowd. No no, it's okay, I can't wait talking to you.«

Sie hält ihr Handy ans Ohr, mit der anderen Hand schirmt sie es ab und eilt nach draußen unter das Vordach. Das Gewitter hat sich bereits etwas verzogen. Die ältere Betreuerin lächelt mich an, ich forme weiter kleine Kugeln mit einer Vierergruppe.

Als Fabienne wiederkommt, sind die Leckerbissen schon im Ofen.

»Das war Skye aus Florida«, sagt sie, noch immer mit freudiger Aufregung in ihrer Stimme. »Ich sag dir, Elena, die ist total nett! Und mit meinem Englisch bin ich am Telefon viel besser klargekommen, als ich dachte. Sieh mal, sie hat mir ein Foto geschickt!«

Sie hält mir das Display hin: Ein Mädchen mit langem, glänzendem blondem Haar und perfekten Zähnen lächelt mir entgegen.

»Sympathisch«, sage ich. »Wie lange wird sie in unserer Klasse bleiben?«

»Ein halbes Jahr«, antwortet Fabienne. »Um die Sprache zu lernen, muss es mindestens so lange sein.«

»Klar«, sage ich. Sechs Monate also. Die Herbstferien sind im Oktober, jetzt haben wir Anfang August. Von Fuerteventura ist keine Rede mehr. Ich will trotzdem hin.

Im Spenderkinder-Forum verkünde ich, dass ich möglicherweise meinen genetischen Vater gefunden habe. Viele Mitglieder antworten und gratulieren mir, wollen wissen, wann und wo damals die Samenspende stattgefunden hat und wie es weitergeht. Andere reagieren skeptisch. Ich versuche, mich nicht verrückt machen zu lassen, sondern lasse mir erzählen, was andere fühlen, die ungefähr am gleichen Punkt angekommen sind wie ich jetzt, und auch von solchen, die ihren Vater schon kennengelernt haben. Zwischendurch lade ich ein Foto von mir hoch wie einige andere auch, damit unser Austausch nicht so unpersönlich wirkt. Gierig sauge ich ihre Berichte auf. Weit und breit scheine ich das einzige Spenderkind zu sein, das aus einer Regenbogenfamilie kommt. Alle anderen, von denen ich erfahre, sind mit ihrem sozialen Vater aufgewachsen, der selbst zeugungsunfähig ist. Ein Mädchen, das etwas älter ist als ich, hat nichts gewusst, bis sie nach einem Verkehrsunfall eine Bluttransfusion brauchte.

»Erst als es im Krankenhaus mit meiner Blutgruppe Schwierigkeiten gab, weil meine Eltern beide Gruppe A haben und ich B«, schreibt sie, »hat meine Mutter mir gesagt, dass mein Papa nicht mein biologischer Vater ist. Das war vielleicht eine blöde Situation. Da lag ich nun doppelt zerschmettert im Bett: Meine Knochen mussten wieder zusammengeflickt werden und meine Seele auch. Wer will eine solche Nachricht schon ausgerechnet in so einer Situation bekommen? Auf einmal wurde mir klar, warum ich mich in meiner Familie manchmal fühlte wie ein Alien. Wie oft musste ich mir anhören, das läge an der Pubertät – dabei hatte ich dieses komische Gefühl schon von klein auf! Und nie wusste ich warum, bis zu diesem Moment. Es war auch eine Erleichterung, weil ich endlich wusste, was mit mir los war, aber ich fühlte mich betrogen. Um die Wahrheit, um meine Väter – um meinen sozialen und meinen biologischen Vater. Wenn meine Eltern mir von Anfang an gesagt hätten, woher ich stamme, hätte ich bestimmt besser damit leben können, einen Papa und einen unbekannten Vater zu haben. Ich habe lange gebraucht, um zu verarbeiten, dass ich so hintergangen wurde.«

Mir wird schlecht, als ich das lese. Meine beiden Mütter konnten ja gar nicht anders, als mich mit der Wahrheit über meine Entstehung aufwachsen lassen – was für ein Glück. Wenn ich jetzt mit einer so massiven Lüge konfrontiert worden wäre – ich male es mir lieber nicht aus.

Ein junger Mann schildert, wie die erste Begegnung mit seinem leiblichen Vater abgelaufen ist. »Ich war so aufgeregt. Mein sozialer Vater brachte mich sogar zum Zug, als ich zu meinem Spendervater fuhr. In dem Moment hätte ich am liebsten wieder kehrtgemacht, um ihm zu zeigen, dass ich zu niemand anderem gehören möchte als zu meiner Mutter und ihm. Für seine Zeugungsunfähigkeit kann er ja nichts. Und dass Mama und er es mir erst gesagt haben, als ich 18 war, habe ich ihnen verziehen. Mein sozialer Vater und ich hatten schon immer ein super Verhältnis. Er hat mit mir Fußball gespielt und mir das Radfahren beigebracht, mit mir Mathe geübt und mich zum Schwimmkurs angemeldet. Freunde haben sogar oft gesagt, ich würde ihm ähnlich sehen. Bei meinem ersten richtigen Liebeskummer hat er mir zugehört und mir Tipps im Umgang mit Mädchen gegeben. Trotzdem wollte ich wissen, ob mein Spendervater etwas hat, was mir noch fehlt, ein paar Äußerlichkeiten abgleichen, auf die ich mir keinen

Reim machen konnte. Ein bisschen was war dann auch da. Von meinem genetischen Vater habe ich die Augenfarbe und die Hände, und auch meine musikalische Begabung, die mein Papa nicht so hat. Mein leiblicher Vater ist Trompeter in einer Bigband. Ich habe mit 13 angefangen, Saxofon zu lernen. Das ist aber auch alles. Ich sehe ihn nicht regelmäßig, aber er ist mir wichtig, und das müssen mein sozialer Vater und meine Mutter akzeptieren. Wir sind auf Facebook befreundet und schicken manchmal Nachrichten und Fotos hin und her, gratulieren uns zum Geburtstag. Das möchte ich nicht mehr missen. Und damit nehmen wir meinem Papa auch nichts weg.«

Ich bewundere ihn. Mit 18 hat er erst erfahren, dass sein geliebter Papa nicht sein Vater ist – und das, wo die beiden so eng miteinander sind. Es ist wie bei mir: Von Konkurrenz – in meinem Fall zu Manu – kann keine Rede sein, aber das Bild von mir selbst ist noch nicht vollständig.

Ein 19-jähriges Mädchen hingegen warnt davor, den biologischen Vater zu treffen. »Bei mir ist es einfach der Arzt, der auch die medizinischen Vorgänge der künstlichen Befruchtung durchgeführt hat«, schreibt sie. »Der eigentliche Spender war angeblich krank, als meine Mutter in die Klinik kam, also ist er ›freundlicherweise‹ eingesprungen, ohne ihr etwas davon zu sagen. Das kam auch erst raus, nachdem ich auf die Herausgabe der Patientenakte geklagt habe. Denn angeblich war die längst vernichtet worden. Alles kam raus, als sich bei einer

DNA-Datenbank ein enger Verwandtschaftsgrad zwischen mir und einem Mann herausstellte: seinem Bruder, der sich aus irgendeinem Grund registrieren lassen hat. Mein biologischer Onkel also. Wie dem auch sei, natürlich wollte ich den Spender trotzdem treffen. Er hat ewig nicht eingewilligt. Erst als ihm klar wurde, dass ich um nichts in der Welt lockerlassen würde, gab er nach. Ich reiste also nach München – er war ja beruflich viel zu eingespannt, um sich zu mir nach Stuttgart zu bewegen. In einem Café trafen wir uns. Und er machte mir schnell klar, dass er nichts mit mir zu tun haben wolle. Ich aber auch nichts mit ihm! Trotzdem bereue ich es nicht, dass ich ihn kennengelernt habe. Ich weiß nun, woran ich bin. Und zum Glück sehe ich nur meiner Mutter ähnlich. Vom Spender habe ich bestenfalls die Form der Ohrmuscheln, aber da trage ich meine Haare lang drüber. Mit diesem Typen will ich mich nicht unbedingt noch mal treffen. Schade, dass er mich nicht in seinem Leben akzeptieren kann. Und von meinen Eltern hätte ich mir gewünscht, dass sie darauf achten, dass der Spender Interesse an einem späteren Kontakt zu mir hat.«

Auch diese Geschichte lese ich atemlos. Verglichen damit, scheine ich mit Christian Köhler noch Glück zu haben. Er schreibt freundlich und zeigt Interesse an mir. Ich frage die anderen, ob sie allein zu den Treffen mit ihren biologischen Vätern gegangen sind und mir zu- oder abraten würden. Die meisten waren allein. Zwei Mädchen hatten eine Freundin mit, die sich unauffällig im Hintergrund hielt, für alle Fälle, falls sie plötzlich Unterstützung gebraucht hätten.

»Aber du willst nach Spanien reisen«, meint das Mädchen, das durch die Angabe der Blutgruppe erfahren hat, dass sie ein Spenderkind ist. »Ohne Begleitperson wäre mir mulmig zumute, glaube ich. Nimm lieber jemanden mit. Eine gute Freundin oder deinen Freund, wenn du einen hast.«

Also beschließe ich, noch einmal mit Fabienne zu reden. Die Austauschschülerin wird in unsere Klasse gehen und sich bestimmt nicht nur mit ihr anfreunden. Vielleicht kann sie in den Herbstferien eine Woche lang bei einem anderen Mädchen wohnen, so lernt sie gleich eine weitere Familie kennen. Dann könnte Fabienne mit mir nach Fuerteventura fliegen, und ich müsste nicht mit meinen Müttern hin. Ich schaffe das schon. Irgendwie wird es klappen.

Dann informiere ich mich über Vaterschaftstests. Am genauesten sind die Tests, für die man in ein Labor geht, und zwar besonders dann, wenn auch die Mutter ihre Probe abgibt. Das Ergebnis ist schon nach drei Tagen da. Von Fuerteventura aus können wir allerdings schlecht zu dritt ein Labor ansteuern. Also bleibt uns nur das Bestellset. Seinen Teil müssen Mama und ich ihm zuschicken und er schickt es dann an die zuständige Stelle. Ich bespreche alles mit Mama, danach rufe mein Mailprogramm auf und schreibe an Christian Köhler.

15

Während ich auf seine Antwort warte, schreiten die Sommerferien voran. Auf einige schwülwarme Gewittertage folgt etwas Abkühlung, die Temperatur steigt kaum über 20 Grad Celsius. Trotzdem genieße ich die Zeit, schicke ein paar bestellte Einkaufsnetze weg. Auch die kleinen Kraken für frühgeborene Babys laufen sehr gut an.

Allmählich trudeln erste Bewertungen ein, besser könnte es nicht laufen. Nur einmal gibt mir jemand nur einen von fünf Sternen, weil unterwegs die Verpackung aufgeplatzt ist. Alle paar Tage treffe ich mich mit Rouven. Wenn wir bei ihm allein sind, will er meistens zocken oder Karten spielen. Ist sein Stiefvater zu Hause, gehen wir raus. Einmal grillen wir im Tiergarten, ein anderes Mal stromern wir durch Ikea, wo ich etwas Deko kaufe und essen Hotdogs. Auch zu einer Radtour kann ich ihn überreden.

Dann verreist er für einige Tage. Zusammen mit seinem kleinen Bruder besucht er seine Großeltern mütterlicherseits in einem Dorf in Mecklenburg-Vorpommern, während die Mutter Harro Großkotz auf eine Geschäftsreise begleitet, um ein »hervorragendes Ehefrauen-Special« zu nutzen.

In der Zwischenzeit kommt unser DNA-Testset an. Mama und ich öffnen den Brief gemeinsam und beugen uns neugierig über das Set. Obwohl ich bereits aus dem Internet weiß, wie es funktioniert, lese ich mir mit ihr zusammen alles noch einmal durch. Dann nehmen wir feierlich unsere beiden Wattestäbchen aus der Verpackung und wischen damit die Innenseiten unserer Wangen entlang.

»Nur nicht verwechseln«, lacht Mama.

»Was soll dabei schon passieren: Schlimmstenfalls erfährst du, dass ich deine Tochter bin.« Dann tüten wir das Set für Christian Köhler ein, das ich gleich zur Post bringen werde.

»Stäbchen rein – Vater sein!« Mama hält das Kuvert für mich auf. Ich lege das Set hinein und je einen Brief von Mama und mir. Dann klebe ich alles sorgfältig zu und gehe zum Briefkasten. Nun heißt es warten.

Kurz bevor Rouven und Tobi von ihrer Reise zurückkommen, frage ich ihn per WhatsApp, ob ich sie am Bahnhof abholen soll, doch er antwortet sehr knapp.

Spar es dir, ich bin nicht in Stimmung für ein Date, schreibt er.

Werde ich jemals schlau aus ihm? Ich beschließe, mich nicht verrückt zu machen und verabrede mich mit Johanna, die bereits aus dem Urlaub zurück ist. Wir besuchen das Tropenhaus Biosphäre in Potsdam. Danach essen wir Eis in der Fußgängerzone und stöbern durch kleine Läden, in denen ich Ideen sammle und einiges einkaufe, um später mit Fabienne das Zimmer für Skye aus

Florida zu dekorieren. Dabei fällt mir mein Geburtstagsgutschein wieder ein, die Renovierung meines Zimmers.

Wieder zu Hause, blicke ich mich darin um und nehme mir vor, gleich am nächsten Tag damit anzufangen. Gerade ist das Wetter dabei, wieder schöner zu werden. Also plane ich, die Sonne auch in mein Zimmer zu lassen. Die längste Wand und die Fensterseite sollen türkisblau gestrichen werden, mit einigen weißen Akzenten überall. Bilder, Vorhänge und Kissen will ich so einsetzen, dass Strandfeeling aufkommt, sobald man den Raum betritt, und in der kalten Jahreszeit ein klarer, sonniger Herbst- oder Wintertag suggeriert wird.

»Ich könnte dir ein Podest bauen«, schlägt Manu vor, nachdem ich ihr und Mama von meinen Plänen erzählt habe. »Am besten unter dem Fenster, was hältst du davon? Dann schläfst du fast unter dem Sternenhimmel. Oder du richtest dir dort deine Arbeitsecke zum Nähen und für deine Hausaufgaben ein. Ob dein Rouven uns helfen könnte? Zusammen haben wir die Bretter für das Podest schneller oben. Vorausgesetzt, dir gefällt meine Idee.«

Ich falle Manu um den Hals. Schon oft habe ich mir insgeheim ein Podest gewünscht. Rouven sagt auch sofort zu. Also räumen Mama, Manu und ich mein Zimmer leer, schleppen alles ins Wohnzimmer bis auf mein weißes Ikea-Bett, das Manu mit dem Akkuschrauber auseinandernimmt. In meinem Zimmer hallt es jetzt eigenartig, und als ich mit dem Finger über staubige Spuren fahre, wo zuvor Bilder gehangen haben, spüre ich, dass ich mich von einem Stück Kindheit verabschiede. Aber es passt. Mit 16 soll mein Zimmer erwachsener aussehen.

»Endlich«, meint Rouven, als wir ihn vor dem Baumarkt treffen. Schnell wird jedoch deutlich, dass er keinen Plan hat. Er kann nur zusehen, wie Manu Bretter in der richtigen Stärke auswählt, die Qualität des Holzes begutachtet, sie zum Zurechtsägen mit den erforderlichen Maßen abgibt und Schrauben, Nägel, Malerutensilien und vieles andere in unseren Einkaufswagen legt. Ich spüre, wie es in ihm arbeitet: So lässig kann sich keine Frau in einem Baumarkt bewegen, auch keine Butch.

»Sie macht das super, oder?«, sage ich zu Rouven.

Er hebt die Schultern. »Manchmal sind sogar Frauen zu etwas zu gebrauchen«, sagt er.

Als Manu uns zurück zur Zuschneide-Werkstatt dirigiert, um die Bretter abzuholen, wuchtet er einen dicken Stapel auf seine Schulter, doch sie schafft kaum weniger als er. Erst als er ihr beim Hinauftragen in den vierten Stock eindeutig überlegen ist, entspannt er sichtlich. Manu bedankt sich bei ihm.

»Du bist wirklich eine Hilfe«, sagt sie. »Sonst wären wir schon kaputt, bevor wir überhaupt losgelegt haben.«

Nachdem wir alles in die Wohnung geschleppt haben, streichen wir die Wände. Mama und ich haben alle Kanten abgeklebt und mit der kleinen Rolle vorgemalt. Wir beginnen mit Weiß, danach kommen die türkisblauen Seiten dran.

»Wenigstens kein Rosa«, bemerkt Rouven und taucht die große Farbrolle mit Teleskopstiel in den Eimer.

»Wäre kein Wunder gewesen, in eurem Weiber-Haushalt.«

»Frauen-Haushalt, bitte«, korrigiert Manu ihn. »Und selbst wenn wir die ganze Bude rosa streichen würden, hätte uns kein Kerl reinzureden.«

Rouven fängt an zu streichen. Er hat etwas zu viel Farbe genommen. Manu zeigt ihm, wie er jetzt schnell und gleichmäßig in gekreuzten Bahnen über die Wand abrollen muss, damit sie überall gut deckt.

»Ich mach das schon, Manuela«, sagt Rouven leicht genervt, versucht aber, ihren Rat umzusetzen. Es wird viel besser als vorher. Ich habe etwas Farbe am Zeigefinger und tupfe ihm einen hellblauen Punkt auf die Nase. Rouven lacht, wenn auch noch leicht verkrampft.

»Wie wär's mit einem satten Handabdruck auf deinem Hintern?«, fragt er und streckt bereits seine Hand nach mir aus. Zum Glück habe ich eine alte Jeans an, die ich sonst nicht mehr trage.

»Untersteh dich«, warne ich ihn trotzdem. »Nachher lehne ich mich aus Versehen irgendwo an.«

»Das wäre ein verdammt süßer Po-Abdruck. Kannst du gerne auch in meinem Zimmer verewigen.«

Manu hält in ihrer Arbeit inne und sieht mich an. »Kommst du bitte kurz mit raus, Elena?«, fragt sie.

Ich nicke stumm und folge ihr. Manu geht mir voraus bis in die Küche, dort dreht sie sich ruckartig zu mir um.

»Verrate mir bitte, was du an diesem Macho findest«, zischt sie. »Du hast es nicht nötig, dir solche billigen Sprüche anzuhören. Ich dachte immer, Conny und ich hätten dich so erzogen, dass du dich gegen solche Typen wehren kannst!«

»Es war doch nur Spaß«, wende ich ein. »Vielleicht ist es ihm peinlich, hier nur unter Frauen zu werkeln. Das kennt er nicht.« In wenigen Sätzen erzähle ich ihr von Rouvens Familie. Von Harro. »Seinetwegen hat er sich diesen Panzer zugelegt. Ich kenne auch andere Seiten von ihm.«

Manu seufzt. »Ich wünschte, ich könnte dir glauben«, sagt sie. »Trotzdem stelle ich mir an deiner Seite jemand mit mehr Niveau vor. Das mit dem Panzer kann ich gerade noch nachvollziehen, aber etwas einfältig wirkt er auf mich ebenfalls. Denkt überhaupt nicht mit. Jeden Handgriff hier muss ich ihm zeigen.«

»Stopp, Manu«, sage ich. »Wo sind wir hier eigentlich? Du willst Toleranz gegenüber Lesben, aber selber disst du jeden, der nicht deinem Weltbild entspricht? Rouven hilft uns, durch ihn kommen wir schneller voran als zu dritt. Tu jetzt nicht so, als ob du bereit wärst, irgendeine seiner Ideen umzusetzen.«

Damit drehe ich mich um und gehe zurück in mein Zimmer, wo Mama und Rouven weiterarbeiten, ohne miteinander zu reden. Manu und ich schließen uns schweigend an. Ich hoffe insgeheim, dass mich mein neues Zimmer später nicht ewig an diesen Streit und diese Atmosphäre erinnern wird.

Wenig später sind wir mit dem ersten Anstrich fertig, nun muss die Farbe trocknen.

»Morgen geht es weiter«, sagt Mama und wirft einen Blick auf die Uhr. Sie selbst wird beim zweiten Anstrich nicht dabei sein, da sie um neun Uhr mit ihren Kursen beginnt. Manu geht ins Bad, um die Pinsel auszuwaschen. Mama reißt das Fenster noch weiter auf, als es schon war, bevor auch sie das Zimmer verlässt. Die Luft draußen ist wärmer als hier drinnen, morgen soll es wieder heiß werden.

»Kann ich heute Nacht hierbleiben?«, fragt Rouven leise, als wir allein sind. »Ich will nicht nach Hause zu Harro Großkotz.«

»Wie soll das gehen?«, erwidere ich. »Mein Bett ist abgebaut, und alles riecht nach Farbe. Ich hab schon Kopfschmerzen. Lass uns zusammen übernachten, wenn alles fertig ist. Als Einweihung sozusagen.«

Mein Handy auf dem Fensterbrett vibriert. Ich nehme es hoch und entsperre das Display.

»Fabienne!«, rufe ich erstaunt aus. »Sie ist wieder zurück, seit heute Mittag schon! Wie konnte ich diesen Tag vergessen!« Ich stelle mich auf die Zehen und drücke Rouven einen Kuss auf seine Lippen. »Sei nicht böse, aber sie fragt, ob ich noch vorbeikomme, wahrscheinlich bleibe ich gleich bis morgen früh bei ihr. Dann werde ich auch die Kopfschmerzen los. Das hier muss erst mal alles ausdünsten. Wir sehen uns morgen – aber nur, wenn du Lust hast, nochmal mitzuhelfen.«

Auch Rouven checkt sein Handy. Beim Scrollen huscht der Anflug eines Lächelns über sein Gesicht.

»Alles klar«, sagt er und schiebt das Telefon in seine Hosentasche. »Jetzt hab ich auch was vor. Man sieht sich.« Dann ist er weg.

»Was bitte ist denn *Man sieht sich* für ein Spruch, wenn man zusammen ist«, regt sich Fabienne auf, nachdem ich ihr erzählt habe, wie der Tag gelaufen ist. Ich mag nicht sagen, wie sehr mich Rouvens Verhalten selbst beunruhigt. Deshalb wechsle ich das Thema und komme auf die amerikanische Austauschschülerin zu sprechen. Auf dieses Thema reagiert sie sofort.

»Die Jungs in unserer Klasse werden reihenweise umkippen. Skye ist so was von hübsch«, sagt sie. »Zum Glück bin ich nicht mit Nick zusammengekommen. Spätestens wenn sie ihm über den Weg gelaufen wäre, hätte ich ihn mir abschminken können. Ich hake das Thema Jungs erst mal ab und konzentriere mich ganz darauf, dass sie sich hier wohlfühlt.«

»Ganz darauf?«, wiederhole ich. »Übertreib mal nicht. Sie soll lernen, sich zurechtzufinden, aber nimm ihr nur nicht alles ab.«

Fabienne zuckt mit den Schultern. »Ich freu mich darauf, jemanden fest an meiner Seite zu haben. Hast du alles dabei, was du mitbringen wolltest?«

Fabienne und ich gehen nach oben ins Gästezimmer, das nach Süden ausgerichtet unter einer Dachschräge liegt und sogar über ein eigenes kleines Bad verfügt. Hier arrangieren wir Deko-Gegenstände zum Thema Berlin.

Fabienne hat gleich bei ihrer Rückkehr vom Reiterhof Miniaturen vom Brandenburger Tor, dem Fernsehturm und der Gedächtniskirche sowie ein Sofakissen mit der Skyline von Berlin gekauft. Ihre Eltern haben einen kleinen Buddy Bär und ein Nachtlicht in Form eines Ampelmännchens spendiert. Auch eine Trinkflasche mit Berlin-Motiven steht als Begrüßungsgeschenk auf dem Nachttisch.

Ich habe in Mamas und Manus Fotoschachteln einige alte Schwarz-Weiß-Fotos mit alten Berliner Ansichten gefunden. Jedoch sind auf ihnen statt Sehenswürdigkeiten verfallene Häuser aus Kreuzberg und ein paar spielende türkische Kinder vor einer Litfaßsäule abgebildet. Auf der Werbung von 1976 prangt, dazu je eine alte Postkarte vom Lochow und dem Strandbad Wannsee. Mama hat mir schnell ein paar Bilderrahmen herausgesucht, die sie nicht mehr braucht.

»Wahnsinn«, sagt Fabienne, als wir fertig sind, und blickt sich zufrieden um. »Das Zimmer ist der Hammer geworden. Hier wird sich Skye wohlfühlen.«

»So würde wohl jeder gern begrüßt werden«, antworte ich. »Aber Amerika fehlt noch, ein bisschen was gegen Heimweh.«

»Darum kümmere ich mich«, verspricht Fabienne. »Morgen drucke ich ein paar Bilder von Florida aus, das muss reichen. Nicht dass sie noch denkt, wir wären hier Trump-Fans oder so. Bist du auch so müde wie ich? Komm mit runter, wir schieben noch eine Pizza in den Ofen, danach ist es Zeit zu pennen.«

Einige Tage später schleppen Mama, Manu und ich meine Möbel und alle meine Sachen zurück in mein Zimmer, dieses Mal ohne Rouven. Mama trägt einen

Wäschekorb mit meinen Winterklamotten. Plötzlich muss sie niesen und hält ihn schräg. Ein Pullover fällt raus und darunter rutscht ein Stapel Briefe heraus, die ich als Kind an meinen unbekannten Vater geschrieben habe. Mama hebt ihn auf und reicht ihn mir. In ihren Augen, und auch in Manus Blick, erkenne ich, dass sie darüber Bescheid wissen.

»Den ersten haben wir gesehen, damals schon. Den mit dem Drachenbild, das du gemalt hast. Danach haben wir keinen mehr angerührt.«

Ich öffne die Tür meines noch leeren Kleiderschranks und werfe die Briefe hinein.

»Er wird sich sowieso nicht melden«, sage ich und versuche, den Kloß in meinem Hals zu ignorieren. »Es sieht jedenfalls nicht danach aus.«

»Das täte mir leid für dich, mein Kleines«, sagt Mama und drückt mich an sich wie früher, wenn ich meinen Kummer bei ihr abgeladen habe. »So viel Hoffnung hast du in die Suche gesteckt. Aber man kann in keinen Menschen hineinschauen. Vielleicht ist ihm alles zu kompliziert. Wir wissen ja nicht, wie er drauf ist. Oder er braucht einfach noch Zeit.«

Wir machen mit dem Zimmer weiter. Um mich abzulenken, verwende ich in den nächsten Tagen viel Zeit darauf, es zu dekorieren. Danach fühle ich mich besser. Endlich passt es zu mir. Wären nicht gerade Sommerferien, würde ich mein Zimmer wohl nicht mehr verlassen. Auf das Podest habe ich mein Bett gestellt, das jetzt gleichzeitig als Sofa dient. In einer großen, in das Podest integrierten Schublade können tagsüber Kissen und Bettdecke verstaut werden. Meine sandfarbenen Leinenvorhänge kommen vor der türkisblauen Wand erst richtig zur Geltung. Ich kann mich kaum daran sattsehen, wie der warme Sommerwind sie bei offen stehendem Fenster bauscht. Da ich viel ausgemistet habe, wirkt der Raum luftiger und größer als vorher. Ein paar Kerzen und einen gelungenen Mix aus selbst gebastelter und gekaufter Deko habe ich so arrangiert, dass alles wie zufällig hingestellt und doch wirkungsvoll aussieht. Kleiderschrank, Nähmaschine, Schreibtisch und Korbstuhl stehen wieder am alten Platz und wirken durch neue Lichtleisten und neue Accessoires doch moderner und individueller als zuvor.

»Es ist wirklich kein Teenie-Zimmer mehr«, sagt Fabienne, als sie mich zum ersten Mal nach der Renovierung besucht. »Genauso gut könnte es in eine junge WG gehören.«

Wenige Tage später wächst meine Ungeduld wegen des Vaterschaftstests jedoch erneut. Es passt nicht zu Christian Köhler, zu der Art, wie er mir bisher geschrieben hat, mich so warten zu lassen. Die Probenentnahme dauert nur wenige Sekunden, dann muss er das Set zurücksenden, auf die Auswertung warten, das Ergebnis verarbeiten und sich bei mir melden. Das kann dauern, selbst wenn er alles schnell durchzieht. Aber dass ich auf meine Mail mit dem Vorschlag, überhaupt den Test durchzuführen, gar nichts höre, kann natürlich auch heißen, dass er sich nicht mehr melden wird. Entweder, weil er doch ein Spinner ist, der sich nur als mein Vater ausgibt, oder weil es ihm sauer aufstößt, dass ich ganz sicher sein will, bevor ich ihn treffe. Gerade bin ich dabei, mir auch im Forum alles von der Seele zu schreiben, als das Nachrichten-Signal meines Mailprogramms ertönt. Den Namen des Absenders habe ich noch nie gehört oder gelesen: Gero Hannemann. Ich überlege, ob ich die Mail gleich in den Spam-Ordner schiebe, öffne sie aber doch.

Hallo Elena,
bitte entschuldige, dass ich dich einfach so überfalle. Ich heiße Gero, und erst seit ein paar Tagen bin ich ein stiller Mitleser im Spenderkinder-Forum, denn ich habe erst vor vier Wochen erfahren, dass ich durch eine Samenspende gezeugt wurde. Ich bin noch ziemlich aufgewühlt deswegen, wie du dir sicher denken kannst. Durcheinander und wütend, weil meine Eltern, also meine Mutter und mein Papa, der mich großgezogen hat (»sozialer Vater« sagt man wohl), es so lange vor mir verheimlicht haben. Mein ganzes Leben lang haben sie mich belogen. Jeden Abend, bevor ich einschlafe, wünsche ich mir, dass ich am nächsten Morgen aufwache und alles nur ein seltsamer Traum war. Und dass mein Papa doch mein richtiger Papa ist. Denn für mich ist er das. Ich hatte nie ein fremdes Gefühl ihm gegenüber, und er hat mich immer behandelt wie einen eigenen Sohn, genauso lieb und ge-

nauso streng. Aber dass er mich so lange anlügen konnte, kapiere ich nicht.
Jetzt willst du sicher wissen, warum ich dir das alles in einer Mail schreibe, statt für alle sichtbar im Forum. Darin hast du erzählt, wann und wo du gezeugt wurdest. Deine Angaben und der Zeitraum der Spende stimmen ziemlich genau mit meiner Entstehung überein. Vor allem ist mir aber dein Foto aufgefallen, denn wir sehen uns ähnlich. Im Anhang schicke ich dir eines von mir mit, das noch ziemlich neu ist. Es ist nicht besonders gelungen. Ich schaue etwas mürrisch, weil ich beim Zocken gegen meinen Kumpel Florentin verloren hatte. Aber vergleiche die Bilder einfach mal, dann siehst du es auch.
Du weißt, was das heißt: Vielleicht sind wir beide Halbgeschwister!
Ich hoffe, ich überrumple dich nicht mit meiner Vermutung. Aber da du schon länger nach deinem Vater suchst, kam dir sicher schon mal der Gedanke, dass du eventuell nicht das einzige Kind bist, dass er auf diese Art gezeugt hat.
Vielleicht gibt es sogar noch mehr von uns. Verrückte Vorstellung …
Melde dich mal, Elena. Zusammen sehen wir vielleicht etwas klarer. Eine Schwester zu haben, die noch dazu in meinem Alter ist (ich bin 16), wär schon cool. Zu Hause bin ich nämlich ein Einzelkind. Übrigens wohne ich auch in Berlin (Pankow).
Bis bald, Gruß, Gero

Ich lehne mich zurück und starre mit weit aufgerissenen Augen auf das Display, lese die Mail gleich noch mal. Ein Halbbruder! Genau wie ich 16 Jahre alt! Kann das wirklich wahr sein? Ich öffne den Anhang und schaue in das Gesicht eines Jungen, der … ganz bestimmt mein Bruder ist. Es ist fast so, als ob ich in den Spiegel schaue, nicht weil er mir wie aus dem Gesicht geschnitten wäre, sondern weil er mir vertraut erscheint, ohne dass ich ihn kenne. Gero hat hellbraune Augen, angewachsene Ohrläppchen und die gleiche nach oben hin spitze linke Augenbraue. Seine Haare sind rötlich, wenn auch etwas dunkler als die von Christian Köhler auf dem Foto im Internet. Gero blickt wirklich angesäuert in die Kamera, Seine äußeren Augenwinkel, die leicht nach unten zeigen, unterstreichen dies noch. Mir gefällt das Bild, ich zoome es größer. Er hat eine ziemlich große Nase und schmalere Lippen als ich. Ich stelle ihn mir als kleinen Jungen mit einem Trotzanfall vor. Vielleicht ist er genauso aufbrausend wie ich. Ich will ihn treffen, bald. Ich schreibe ihm jetzt.

Hallo Gero,
danke für deine Mail, die mich umgehauen hat. Sicher hast du auch im Forum gelesen, dass viele Spenderkinder ihre Verwandten erst nach langer Zeit über eine DNA-Datenbank finden. Aber du hast recht: Es könnte wirklich stimmen, dass wir Halbgeschwister sind. Ähnlichkeit ist da. Damit du das checken kannst, schicke ich dir ebenfalls ein neues Foto mit. Lass uns bald treffen.
Viele Grüße – Elena

Danach lasse ich meinen Laptop an, muss aber etwas tun: mich bewegen, um nicht verrückt zu werden. Ich springe auf, verbinde meinen MP3-Player mit dem Lautsprecher, tippe meine Gute-Laune-Playlist an und fange an, im Zimmer zu tanzen, auf dem Boden, auf dem Podest, auf meinem Schreibtisch, hüpfe und drehe mich, bis ich schwitzend und außer Puste auf meinen Drehstuhl falle. Ich kann es nicht fassen, ich habe einen Bruder.

Als ich wieder atmen kann, gehe ich ins Bad und lasse Wasser in einen Eimer laufen, in der Küche gebe ich einen Spritzer Essig dazu und wühle im Putzschrank nach einem Lappen. Dann gehe ich zurück und fange an, meine Fenster zu putzen, bin zwar kein Profi darin, aber dreckiger als vorher können sie nicht werden, und erst so ist meine Renovierung komplett.

Geros Antwort kommt, noch ehe ich mit der Innenseite fertig bin. Sie ist kurz, aber sie hebt meine Welt aus den Angeln.

Heyho Elena,
Freitagnachmittag im Mauerpark bei den Schaukeln?
Bin um 16.00 Uhr da.
Freu mich, Gruß Gero

Noch zwei Tage, dann lerne ich meinen Bruder kennen. Unglaublich. Der ganze Hinterhof hört mich beim Fensterputzen singen.

Elena, 12 Jahre

Hallo Papa,
eigentlich weiß ich nicht, warum ich dir immer noch schreibe. Du bist so weit weg, auch wenn ich mir manchmal wünsche, du würdest hier in der Nähe wohnen. Ich schicke die Briefe nicht ab, aber ich denke an dich. Nicht mehr so oft wie früher, als ich klein war und neugierig die Väter der anderen Kinder beobachtet habe. Aber manchmal schon.
Neulich zum Beispiel. Ich war ganz doll in einen Jungen aus meiner Klasse verknallt. Ich gehe jetzt aufs Gymnasium in die 7. Klasse. Er heißt Felix, und ich fand ihn von Anfang an süß. Bei der letzten Mathearbeit saß er vor mir und wollte immer die Lösungen wissen. Ich bin kein As, aber ein paar Aufgaben wusste ich und habe sie ihm auf kleine Zettel geschrieben. Auf den letzten habe ich ein winziges Herz gemalt. Und was macht der Typ? In der Pause danach zeigte er es seinem Sitznachbarn. Und der posaunte es überall rum. Zum Glück hielt wenigstens Fabienne zu mir, die anderen haben bloß mitgegrölt.
Papa, warum machen Jungs so was? Mama und Manu konnten es mir nicht sagen. Sie fanden es einfach nur

dämlich. Aber ein Gutes hat die Geschichte: Ich bin nicht mehr in Felix verknallt.
Viele Grüße – Deine Elena

• •

16

In der Nacht wache ich von prasselnden Geräuschen an meinem Fenster auf. Es hört sich an wie Hagel. Wie kann das sein, wo gerade eine neue Hitzewelle mit wolkenlosem Himmel begonnen hat. Nirgends war von einem Unwetter die Rede gewesen, auch fehlen Blitz, Donner und Regen. Da ich noch schläfrig bin, drehe ich mich auf die andere Seite und versuche weiterzudämmern, doch etwas fällt erneut gegen die Scheibe, bedrohlich laut. Einen Moment lang befürchte ich, die Scheibe könnte zerspringen. Ich setze mich auf und knipse meine Nachttischlampe an, ehe ich vorsichtig nach draußen schaue, ohne das Fenster zu öffnen. Das Prasseln hört auf. Ich beuge mich vor und blicke nach unten. Im Hof steht Rouven. Glück für ihn, dass die Eingänge zu unserem Haus selten abgeschlossen werden. Also hat er mit Kieselsteinen gegen mein Fenster geworfen, bis in den vierten Stock. Zaghaft hebe ich meine Hand, um ihm zu zeigen, dass ich ihn erkannt habe. Erst als er die Bewegung erwidert, öffne ich das Fenster ganz. Rouven zeigt auf sich und dann auf mich, also will er hinaufkommen. Eigentlich will ich das nicht, nicht jetzt. Ich habe unruhig geschlafen, Geros Worte haben mich noch im Traum beschäftigt, überhaupt die Tatsache, dass es ihn gibt. Ich möchte ihn noch für mich behalten, ohne mich mit Rouvens drängender Meinung auseinandersetzen zu müssen.

Ein Blick auf mein Handy verrät, dass es bereits nach zwei Uhr morgens ist. Wenn er um diese Zeit draußen ist, muss etwas passiert sein. Also winke ich ihn herauf, gehe in den Flur und öffne lautlos die Wohnungstür. Genauso still schleichen wir in mein Zimmer. Die Nachttischlampe knipse ich wieder aus. Rouven setzt sich auf den Podest und lehnt sich an mein Bett. Er sieht erschöpft aus, als ob er bereits seit Stunden durch die Stadt geirrt ist.

»Hast du mich erschreckt«, flüstere ich und greife in seine verschwitzten Haare. »Konntest du nicht einschlafen?« Rouven winkt ab. »Als wenn das ein Problem wäre.«

»Lass mich raten: Du hast dich wieder mit Harro Großkotz gefetzt.«

»Dieser Arsch.« Rouvens Unterlippe zittert. »Weißt du, was er macht? Fliegt mit meiner Mum und Tobi Last Minute auf die Malediven. Mich hat er nicht mal gefragt, ob ich mitmöchte. Sie haben einfach zu dritt gebucht.«

Ich setze mich neben ihn. »Die Malediven sind teuer, und du zahlst voll.«

»Und ich bin nicht sein Sohn, ich weiß schon. Deutlicher konnte er es mir nicht sagen.«

»Hast du überhaupt Urlaub?«

»Und wenn nicht? Für die Malediven würde ich den

Job sogar schmeißen! Aushilfe im Discounter – so was findest du an jeder Straßenecke. Kotzt mich sowieso alles an.« Rouvens Stimme bricht. Er springt auf und lehnt sich aus dem Fenster, gegen das er Steinchen geschmissen hat.

»Gute Höhe hier«, sagt er. »Hat was.«

»Hör auf, so zu reden.« Ich ziehe ihn wieder zu mir runter und umschlinge seinen Körper mit meinen Armen.

»Was ist mit deiner Mum?«, frage ich ihn. »Hat sie sich wieder nicht für dich eingesetzt?«

Rouven schüttelt den Kopf. »Keine Chance. Die zehn Tage, die sie gebucht haben, kosten satte 2000 Euro pro Nase. Und meine Mum will sich deshalb nicht mit Großkotz anlegen und Stress riskieren. Er hätte das Geld, aber er will mich nicht dabeihaben. Und wenn sie mich trotzdem einlädt, hat sie im Urlaub nur Streit.«

»Ich kann euch beide verstehen«, sage ich. »Aber hey, nicht mehr lange, und du machst sowieso dein eigenes Ding. Die Malediven sind was für Snobs, denk nur mal daran, wie für die ganzen Hotelanlagen die Natur zerstört wird. Außerdem: Mit der Familie – das ist viel zu lahm für dich. Tauchen, bunte Fische sehen … aber dann? Mit Harro Großkotz zum Beachvolleyball? Wenn wir später nach Bali reisen, können wir machen, was uns gerade einfällt und gehen, wohin wir wollen. Und wir bleiben auch länger, damit es sich lohnt.«

»Elena Rehwald, die Vernünftige und Erwachsene«, spottet er. »Deine Mütter mischen sich doch auch in alles ein, oder? Und was ist mit deinem Vater? Hat er sich endlich gemeldet und Klartext geredet? Darfst du hin?«

»Er hat dem Vaterschaftstest noch nicht zugestimmt. Vorher hat es keinen Sinn.«

»So ein Blödsinn. Da kannst du lange warten, die Alten machen sowieso, was sie wollen. Wenn seine Tussi mies drauf ist, verhindert sie es, und dann kannst du ewig schmoren. Lass uns zusammen abhauen und hinfliegen, dann hast du bald Klarheit. Vielleicht brauchst du den blöden Test gar nicht.«

»Fang nicht schon wieder so an, Rouven. Beruhige dich erst mal. Wir sollten versuchen, ein bisschen zu schlafen, und morgen sehen wir weiter.«

»Hinlegen und schlafen? Bin ich Rentner? Ich will endlich was erleben, Mann, nicht mich ewig hier anketten lassen. Bald ist der Sommer vorbei, und ich hab nur Klopapier eingeräumt, Bierkästen gestapelt und mir blöde Sprüche angehört.«

»Wenn wir jetzt Hals über Kopf türmen, kriegen wir nur Stress.«

Außerdem zähle ich die Stunden, bis ich Gero treffe. Auf keinen Fall will ich, dass Rouven zu dieser Verabredung mitkommt, wenn er so drauf ist wie jetzt.

»Mensch, Elena«, stöhnt er. »Trau dich doch endlich mal was. Ich halte es zu Hause nicht mehr aus, und wenn du es ernst mit mir meinst, kommst du mit. Vielleicht ist dein Dad auf Fuerteventura viel lässiger drauf als unsere Eltern hier in Berlin.«

Wenn ich es ernst mit ihm meine. Vielleicht läuft es

besser mit uns, wenn ich nachgebe. Wenn ich ihm zeige, dass ich jemand bin, auf den er zählen kann, er scheint das zu brauchen. Scheint mich zu brauchen. Aber ich will jetzt nicht weg. Nicht heute Nacht.

»Klar meine ich es ernst«, sage ich. »Du kannst heute hierbleiben, das habe ich mir schon lange gewünscht.« Ich stehe auf und setze mich auf mein Bett, greife von oben unter Rouvens Achseln und ziehe ihn zu mir rauf, zum Glück versteht er schnell. Mein erstes Mal habe ich nicht geplant und mir ganz sicher nicht *so* vorgestellt. Es ist eine Flucht nach vorn. Dann soll es jetzt eben sein.

Mama staunt nicht schlecht, als sie am nächsten Morgen in mein Zimmer platzt. Rouven und ich sind erst eingeschlafen, als draußen die ersten Vögel zu singen begonnen haben und das Tintenblau des Nachthimmels einem zarten Lila gewichen ist. Eigentlich bin ich keine Langschläferin. Als sie uns zusammen entdeckt, zwinkert sie mir lächelnd zu.

»Raubtierfütterung«, verkündet sie. »Möchtest du ein gekochtes Ei, Rouven? Und Tee oder Kaffee?«

Später im Bad untersuche ich mein Gesicht im Spiegel, noch ehe ich unter die Dusche gehe. Ich versuche zu entdecken, ob ich mich verändert habe, weil ich nun keine Jungfrau mehr bin. Ich kann nicht sagen, dass es schön war, und auch nicht, dass ich jetzt glücklicher bin oder Rouven mehr liebe als vor dem Sex. Nicht nur ich habe lange gebraucht, um mich fallen lassen zu können – ganz locker geworden ist keiner von uns. Vielleicht lag es daran, dass wir nicht allein in der Wohnung waren. Aber ich fühle mich erwachsener. Ich habe es getan, zum ersten Mal mit meinem Freund geschlafen. Ab heute gehört Sex zu meinem Leben. Das kleine Mädchen Elena gibt es nicht mehr. Seit heute Nacht ist sie eine Frau. Und die hat beim Frühstück auch Manu selbstbewusst ins Gesicht geschaut, als deren Augen gesagt haben: »Mit dem? Ist nicht dein Ernst, Elena.«

Nachdem Rouven gegangen und Mama zu ihren Schwangeren aufgebrochen ist, räumen Manu und ich die Küche auf.

»Gut, dass wir beide mal alleine sind, Süße«, sagt sie und trocknet unsere Gläser ab, die wir mit der Hand abgewaschen haben, weil die Spülmaschine voll ist. »Ich wollte schon lange mit dir reden.«

»Okay«, antworte ich. »Wenn es nicht wieder nur darum geht, dass dir mein Freund nicht gut genug ist.«

»Was heißt gut genug?« Manu seufzt. »Darum geht es wirklich nicht, nein. Ich will dir Rouven auch nicht ausreden. Ich möchte nur, dass du weißt, dass ich dich sehr, sehr lieb habe und nur deshalb hin und wieder etwas skeptisch auf ihn reagiere. Es geht mir um dich – nicht darum, ihn schlecht zu machen.«

»Warum tust du es dann immer wieder?«

»Weil ich das Gefühl habe, dass du nicht richtig glücklich mit ihm bist. Das meine ich, wenn ich sage, Rouven tut dir nicht gut.«

»Das sagst du so oft, dass ich es schon nicht mehr hören kann.«

»Mag sein. Aber jetzt am Anfang findest du seine Machosprüche vielleicht noch lustig und seine Sprunghaftigkeit spannend. Nur stell dir vor, er macht das in einem Jahr immer noch so, oder noch extremer, auch vor euren Freunden. Schon jetzt taucht er auf, wann immer ihm danach ist, und lädt seinen Müll bei dir ab, ohne auch mal für dich dazu sein.«

»Und wer hat uns beim Streichen geholfen?«

»Du weißt, was ich meine«, beharrt Manu. »Dazu hätten wir auch einen Maler bestellen können, aber nicht für dein Herz. Du nimmst dich immer zurück, wenn es ihm schlecht geht. Umgekehrt habe ich das noch nicht beobachtet.«

»Das macht mir nichts aus«, entgegne ich. »Ich habe euch und Fabienne.«

»Doch, Elena, das tut es. Ich nehme an, ihr wart heute Nacht intim, aber du strahlst nicht. Eher wirkst du auf mich traurig, ein wenig verletzt.«

»Es hat etwas wehgetan, aber ist das nicht normal am Anfang? Ich mach da nicht so ein Drama draus.«

»Darum geht es nicht«, erwidert Manu. »Klar tut es den meisten Mädchen beim ersten Mal weh. Es geht um Nähe, Elena. Gerade beim ersten Mal solltet ihr euch richtig nah sein. Euch eng verbunden fühlen, und hinterher so, als könntet ihr zusammen alles schaffen. Die Welt aus den Angeln heben.«

Ich schweige. Rouvens Welt hat keine Angeln, und deshalb spüre ich, dass Manu recht hat. Die Nähe hat gefehlt, Rouven hat mich nicht mal angesehen, mich kaum gestreichelt. Fast hatte ich den Eindruck, ich würde ihm nicht mehr gefallen, aber das habe ich auf seinen Stress mit Harro Großkotz geschoben. Auf Rouvens Einsamkeit zu Hause. Er braucht mich, sonst wäre er nicht mitten in der Nacht zu mir gekommen.

»Ja, er war schlecht drauf«, gebe ich also zu. »Und ja, wir hätten deshalb vielleicht besser noch gewartet. Aber ich muss und will meine eigenen Erfahrungen machen, Manu. Auch wenn ich dabei auf die Schnauze falle.«

»Das sagt Conny auch.«

»Siehst du! Ich mache nicht Schluss mit Rouven, nur weil er nicht perfekt ist, oder weil du das gern hättest. Was wäre ich für ein Mensch, wenn ich Freunde in den Wind schießen würde, sobald es unbequem wird?«

Manu hat die Gläser in den Schrank gestellt. Jetzt wischt sie den Esstisch ab, langsam und bedächtig, als grüble sie währenddessen nach einer passenden Antwort. Dann hängt sie den Lappen über den Wasserhahn, setzt sich auf ihren Stammplatz am Tisch, zieht mich stumm auf den Stuhl neben ihr und legt ihre Hände um mein Gesicht.

»Weil Liebe glücklich machen muss, meine Kleine. Liebe muss dich so glücklich machen, dass du glaubst, dein Herz bestünde aus lauter rosa Zuckerwatte mit Brausepulver vermischt und droht vor Freude zu zerspringen.«

Wir sehen uns in die Augen, zuerst ernst, dann gluckert plötzlich ein Lachen in mir hoch.

»So was sagt Manu, die Butch?«, kichere ich. »Die

Handwerkerin mit dem karierten Hemd und dem Akkuschrauber, die voll das Lesbenklischee ist? Ausgerechnet die redet so einen Kitsch?«

»Weil ich es erlebt habe«, sagt sie, »und immer noch erlebe. Das schaffst du auch. Und wenn es schiefgeht: Ich bin für dich da, wann immer du nach mir rufst.«

Am Abend ist Rouven wieder da. Genauso zornig, genauso entschlossen, abzuhauen. Als ich ihn frage, was er den ganzen Tag lang gemacht hat und wo er war, winkt er nur ab.

»Was ist jetzt?«, will er wissen. »Kommst du nun mit oder bleibst du hier hocken in deinem Prinzessinnenzimmer im Doppelmutti-Haushalt?«

Ich zögere. Wer weiß, was er anstellt, wenn ich ihn allein fahren lasse und nicht mal weiß, wo er hin will und was er vorhat. Alles in mir schreit Nein, doch wie fremdgesteuert plündere ich mein Konfirmationsgeld vom letzten Jahr und etwas Erspartes von meinem Wurfzeitungsjob, das eigentlich in meine Weltreisekasse gehört. Aber was soll's, die Kasse ist ohnehin bald leer, und die Suche nach meinem Vater ist auch eine Reise, meine ganz persönliche. Ich nehme mir fest vor, Mama und Manu eine Nachricht zu schicken, sobald wir angekommen sind. Auch Rouven hat Geld zusammengekratzt. Es gibt noch Flüge, trotz der Sommerferien. Ich muss meine eigenen Erfahrungen machen. Ich hoffe, dass meine Mütter daran denken, wenn sie merken, dass ich weg bin.

Rouven und ich müssen bis zum Abend warten. Dann gehen Mama und Manu zu einer Lesung ins lesbische Kulturzentrum. Von dort kommen sie selten vor Mitternacht zurück. Wenn sie hinterher noch Tanzen gehen, oft auch erst morgens. Unsere fertig gepackten Rucksäcke haben wir in den Schubkasten vom Podest geschoben. Beide werden als Handgepäck durchgehen. Unser Flug startet erst um 7.05 Uhr ab Tegel. Also müssen wir uns die Nacht um die Ohren schlagen, aber das fällt im Sommer nicht schwer. Wir sitzen im Tiergarten am Kanal und warten, bis wir kurz nach 4.00 Uhr den Expressbus vom Zoo bis zum Flughafen nehmen können. Unsere Handys sind ausgeschaltet. Auf dem Weg zum Bus frühstücken wir im Stehen an einer Tankstelle.

»Warst du das, neulich an dem schwarzen Auto?«, frage ich ihn.

»Es gehört nicht Großkotz«, antwortet er.

»Hör auf mit dem Scheiß«, beschwöre ich ihn. »Ich will in so was nicht reingezogen werden.«

Die Sicherheitskontrolle verläuft reibungslos, danach haben wir noch viel Zeit. Wir sehen uns die Shops mit zollfreien Waren an, ohne etwas zu kaufen, und ärgern uns über die teuren Getränke, nachdem wir unsere eigenen wegwerfen mussten. Als Rouven zur Toilette geht, schalte ich mein Handy ein. Keine Nachricht von Mama und Manu, also haben sie noch nichts bemerkt.

Ich muss an Gero denken. Wenn er wirklich mein Halbbruder ist, würde ich lieber mit ihm zu unserem Vater fliegen als mit Rouven. Morgen sind wir verabredet, ich werde nicht da sein, fühle den nagenden Schmerz des schlechten Gewissens und den Zentnerstein des Wissens, einen Fehler zu machen. Ich muss Gero absagen und unser Treffen verschieben, hoffentlich denkt er nicht, dass ich kneife. Wenn ich ihn versetze, ohne mich zu melden, wird er sicher misstrauisch. Den wahren Grund kann ich ihm nicht nennen.

Ich versuche, mich mit dem Gedanken zu beruhigen, dass er vielleicht doch nicht mein Bruder ist oder wir uns »live« möglicherweise längst nicht so gut verstehen wie beim Schreiben. Also schicke ich ihm nur eine kurze Mail, ich hätte einen üblen Magen-Darm-Virus erwischt. Neuer Termin: genau eine Woche später, gleiche Zeit, selber Ort. Nachdem ich sie gesendet habe, ist mir trotz meiner Lüge ein wenig leichter zumute.

Rouven kommt zurück, kurz darauf bildet sich am Gate die Schlange zum Boarding. Als unser Flieger abhebt, breitet sich doch eine Mischung aus Urlaubsfeeling, Abenteuerlust und Vorfreude in mir aus. Der Tag verspricht sonnig und klar zu werden, Rouven hat mir den Fensterplatz überlassen, beugt sich jedoch über mich, sodass wir beide hinausschauen können.

»Sieh nur, Elena, das da unten müssen schon die Kanaren sein«, ruft er aus, als wir drei Stunden später das spanische Festland hinter uns gelassen haben und eine Inselgruppe aus dem Meer ragen sehen. »Wahnsinn, endlich sehen wir mal was Neues, endlich weg aus dem Sumpf zu Hause!«

Nach der Landung buchen wir per App eine Mitfahrgelegenheit in einem Shuttlebus, der uns an die Costa Calma bringt. Eine Unterkunft haben wir noch nicht.

»Dein Erzeuger wird uns hoffentlich weiterhelfen können«, meint Rouven, nachdem wir am Ziel auf einem Hotelparkplatz ausgestiegen sind. »Wenn nicht, fragen wir einfach in der Gegend herum, in Läden, in Cafés etwas weiter weg vom Strand. Irgendwer wird schon eine Schlafcouch frei haben.«

»Erst müssen wir mal herausfinden, wo er wohnt«, erwidere ich.

»Hast du nicht seine Adresse?«

»Doch.« Ich greife tief in meinen Rucksack und zerre den letzten, inzwischen ziemlich zerknautschten Brief heraus und zeige ihm den Absender. »Das finden wir. Wir fragen uns einfach durch.«

Zuerst wollen wir aber zum Strand. Es ist früher Nachmittag, und die Hitze hat wohl ihre Spitze erreicht, doch ein angenehmer Wind macht sie erträglich. Wir gehen einen leicht abfallenden schmalen Weg zwischen zwei Hotels entlang, schon liegt ein kilometerlanges Band aus hellem Puderzuckersand vor uns, dahinter das klare, blaue Meer und endlose Weite.

»Stell dir vor, wir würden hier leben«, schwärmt Rouven. Das ganze Jahr Sonne, auch im Winter wird es nicht richtig kalt. Ich könnte in einer Bar arbeiten, und du …«

»Ich denk, du willst Trucker werden«, erinnere ich ihn.

Er streift seinen Rucksack ab und wirft ihn in den

Sand. Dann nestelt er mit einer Hand an den Bändern seiner Stoffsneakers herum, mit der anderen zerrt er bereits an seinem T-Shirt. Ich muss laut lachen.

»Das ist so typisch für dich«, sage ich. »Können wir bitte erst mal unsere Sachen irgendwo verstecken, sodass sich nicht gleich jeder aus unseren Rucksäcken bedient?«

Ich blicke mich um und entdecke unter einem bunten Sonnenschirm eine junge Mutter mit zwei kleinen Jungs, spreche sie an und frage, ob wir unsere Sachen bei ihr lassen dürfen, um uns kurz zu erfrischen.

»Wenn Sie möchten, spielen wir danach mit Ihren Kindern, und Sie können schwimmen!«

»Wirklich? Das wäre toll«, antwortet die Frau.

Rouven blickt erstaunt zwischen ihr und mir hin und her, bis der größere der beiden Jungen ihm seinen Gummiball gegen das Schienbein schießt. Rouven kickt ihn zurück, und schon stürzt sich auch der Kleinere auf ihn.

»Ich glaube, ich bin vorläufig abgemeldet«, lacht die Mutter der beiden. »Tauschen wir, und ich hüpfe gleich mal ins Wasser? Meine Kinder lassen Ihren Freund sowieso nicht mehr weg.«

Tatsächlich scheint Rouven bereits voll im Fußballspielen mit den Kindern aufzugehen. Ich setze mich auf den Liegestuhl der Mutter und schiebe mir den Schirm zurecht, um mehr Schatten zu bekommen, und beobachte ihn. Wenn Harro Großkotz ihn so sehen könnte, müsste er einsehen, dass Rouven ein toller großer Bruder für Tobi ist, denn mit ihm geht er sicher noch liebevoller um als mit den beiden hier, die er noch gar nicht kennt. Wenn sie ihn auf die Malediven mitgenommen hätten, könnten Rouvens Mutter und Harro Zeit zu zweit genießen, weil er sich inzwischen mit Tobi beschäftigen würde. Manchmal kann man Erwachsene nicht begreifen.

Eine Viertelstunde später kehrt die Mutter strahlend aus dem Meer zurück. »Das war herrlich«, sagt sie. »Vielen Dank euch beiden. Jetzt seid ihr dran, lasst euch Zeit und genießt es!«

Rouven schießt dem Größeren den Ball direkt in die Arme, dann verspricht er ihm für später eine weitere Spielrunde. Rasch ziehen wir uns um und rennen ins Wasser, spritzen uns gegenseitig nass und lassen uns in die Wellen fallen, schwimmen dem Horizont entgegen und wieder zurück. Hier gelingt es mir endlich, die Welt zu Hause auszuklammern. Jetzt zählt nur der Moment, dieses Gefühl von Urlaub, Freiheit, Sonne und Meer will ich auskosten, egal was danach kommt. Rouven hat recht, man muss auch mal was Verrücktes tun.

»Du bist unglaublich, Elena«, sagt er, als wir wenig später außer Atem zurück an den Strand gehen. »Sprichst einfach eine wildfremde Frau an. Vielleicht hat sie einen Tipp, wo wir heute Nacht pennen können?«

»Genau das ist der Plan«, antworte ich. »Und wenn wir ganz viel Glück haben, kennt sie vielleicht sogar meinen Vater. Komm, wir fragen sie.«

17

»Christian Köhler«, wiederholt die Frau. Sie hat sich inzwischen als Franziska und ihre Söhne als Tom und Luca vorgestellt. Jetzt scheint sie jeden Buchstaben des Namens meines potenziellen Vaters auf ihrer Zunge zergehen zu lassen.

»Tut mir leid, ihr Lieben, der Name sagt mir leider gar nichts. Aber ich könnte meine Vermieterin fragen … wir wohnen hier nicht in einem Hotel, sondern in der Finca einer Arbeitskollegin aus Deutschland. Sie kommt erst in den Herbstferien wieder her, aber ich kann ihr natürlich eine Kurznachricht schreiben. Vielleicht weiß sie mehr! Es gibt auf Fuerteventura einige Deutsche, die permanent hier wohnen.«

»Er soll hier an der Costa Calma leben und einen eigenen Laden haben«, sage ich. »Wahrscheinlich Kunsthandwerk, Souvenirs und so.«

»Dann wird es nicht schwer sein, ihn zu finden.« Franziska pustet Lucas Schwimmflügel auf, ehe sie weiterspricht. »Ihr spaziert heute Abend oder morgen einfach die Ladenzeilen und das Einkaufszentrum entlang und fragt nach ihm. Hat er das Geschäft schon länger?«

»Ein paar Jahre auf jeden Fall.«

»Na bitte! Wenn er nicht gerade selbst im Urlaub ist, werdet ihr ihn spätestens morgen treffen. Wahrscheinlich können sie euch schon an der Rezeption eures Hotels weiterhelfen. In welchem seid ihr denn?«

»In keinem«, sagt Rouven. »Wir sind gerade erst angekommen. Auf diese Bettenburgen haben wir keinen Bock, wir suchen uns lieber was Privates.«

»Heißt das, ihr habt noch nichts, wo ihr schlafen könnt? Kein Zimmer im Voraus gebucht?«

»Wir dachten, vor Ort ist es preiswerter«, beeile ich mich zu sagen. »Ist ja noch früh am Tag. Wir gehen gleich zur Touristeninformation und erkundigen uns. Es soll nur für ein paar Tage sein.«

»Ihr könnt doch bei uns schlafen«, sagt Tom, der ungefähr sieben Jahre alt ist. »Wir benutzen gar nicht alle Zimmer, die in dem Haus sind, weil Luca nicht allein schlafen will.«

»Gestern hattest du aber im Dunkeln viel mehr Angst als ich«, protestiert sein kleiner Bruder. »Au ja, ihr sollt zu uns kommen! Bitte, Mama, dürfen sie? Dann kann der große Junge morgen wieder mit uns Fußball spielen!«

»Der große Junge heißt Rouven«, sagt Rouven. »Aber Elena und ich wollen deiner Mama nicht zur Last fallen, Tom. Wir finden schon was.«

Franziska wühlt in ihrer Strandtasche und holt eine Tüte mit Keksen und ein paar Äpfel heraus. Auch uns bietet sie etwas an. Erst jetzt merke ich, wie hungrig ich bin. Seit dem Frühstück am Landwehrkanal haben Rouven und ich nichts mehr gegessen.

»Tom, du sollst die jungen Leute nicht nerven«, sagt Franziska. »Vielleicht wollen die beiden lieber unter sich sein. Ansonsten … Platz hätten wir wirklich noch. Die Finca ist für sechs Personen ausgelegt, und wir sind nur drei.«

Also ist sie alleinerziehend, oder ihr Mann konnte keinen Urlaub nehmen. Franziska kommt mir vor wie eine Glücksbotin. Sie ist so sympathisch, und ihre Kinder auch. Wenn ich Tom und Luca so ansehe, bekomme ich richtig Lust, auch meine zwei Halbgeschwister Paola und Pepe kennenzulernen.

»Das wäre super«, sage ich, bevor Rouven Bedenken äußern kann. Bei ihm weiß man ja nie. »Wenn es dir wirklich nichts ausmacht …«

»Im Gegenteil Ich freue mich, wenn ich euch helfen kann. Ihr habt mir auch geholfen.«

Am Abend sitzen wir mit Franziska, Tom und Luca auf der Terrasse einer Finca mit Meerblick und essen Spaghetti. Die Einrichtung erinnert ein wenig an die Märchen aus Tausendundeiner Nacht, mit niedrigen Sitzgelegenheiten, flachen Tischen und vielen Kissen. Der Rotwein, den Franziska geöffnet hat, macht mich träge, nach jedem Schluck trinke ich ein halbes Glas Wasser, um nicht schon am Tisch einzuschlafen. Nachdem wir die Teller zusammengeräumt haben, tippt sie auf ihrem Handy, dann legt sie es wieder auf den Esstisch. Kurz darauf vibriert es. Franziska sieht nach.

»Meine Kollegin kennt leider auch keinen Christian

Köhler«, sagt sie. »Aber auch sie meint, ihr sollt einfach in alle Läden gehen und euch erkundigen. Dann findet ihr ihn schon. Kunsthandwerk und Souvenirs verkaufen hier einige Leute.«

Rouven und ich bedanken uns, dann helfen wir ihr beim Aufräumen und spielen mit den Jungs noch eine Partie Uno, bei der ich jedoch kaum noch meine Augen offen halten kann. Rouven lässt sich zu einer weiteren Runde überreden, doch ich sage Gute Nacht und gehe ins Bad. Mein Handy nehme ich mit und schalte es an. Sobald es hochgefahren ist, hört es gar nicht mehr auf, Nachrichten zu pushen: 17 verpasste Anrufe von Mama, 13 von Manu, acht von Fabienne, dazu zwölf Nachrichten. Natürlich steht in allen dasselbe, egal von wem sie stammen. Ich muss antworten, mein schlechtes Gewissen kracht über mir zusammen, nachdem ich es den ganzen Tag lang verdrängt habe. Mama und Manu sind sicher halb wahnsinnig vor Sorge. Und ich will nicht riskieren, dass sie uns suchen lassen. Also schreibe ich:

Liebe Mama, liebe Manu, bitte macht euch keine Sorgen, es geht mir gut. Bin mit Rouven spontan nach Fuerteventura geflogen, um endlich meinen Vater zu treffen. Noch haben wir ihn nicht gefunden, sind aber privat bei einer supernetten Frau mit zwei Kindern untergekommen. Es tut mir sehr leid.
Melde mich morgen wieder. Hab euch lieb –
Eure Elena.

Fast die gleiche Nachricht schicke ich auch an Fabienne, danach schalte ich mein Telefon wieder aus, Rouven muss nichts davon merken. Mein Herz wummert, auf einmal fühlt sich alles wieder falsch an. Ich hätte noch warten sollen, statt mich von Rouven zu diesem Egotrip überreden zu lassen. Als ich endlich in dem Bett liege, das Franziska uns gezeigt hat, brauche ich lange, bis ich einschlafen kann.

Am nächsten Morgen gehen Rouven und ich los, sobald wir mit Franziska und den Kindern gefrühstückt haben.

»Ihr müsst nicht hetzen«, sagt sie. »Manche Geschäfte öffnen erst am späten Vormittag. Viel Glück bei der Suche!«

Durch die Einkaufszeile der Costa Calma zu schlendern macht Spaß. Gut gelaunt sehen wir uns die Läden der angesagten Surfer-Labels an, auch wenn wir nicht genug Kohle haben, um uns etwas davon zu leisten. Wir amüsieren uns über den Kitsch der kommerziellen Souvenirläden und die überteuerten bunten Kleider für ältere Damen. Danach halten wir uns lange in einem Platten- und Buchladen auf. Ich finde eine alte CD von Manus Lieblingssängerin PINK zu einem Spottpreis, die sie noch nicht hat. Beim Bezahlen frage ich die Verkäuferin nach Christian Köhler.

»Gleich drei Läden weiter«, antwortet sie auf Deutsch. »Da, wo du Schmuck aus verbogenen Gabeln und Batiktücher kaufen kannst. Netter Typ, bisschen verrückt vielleicht. Sag ihm einen schönen Gruß von Linda.«

»Mach ich«, antworte ich und spüre, wie plötzlich mein Mund trocken wird und mein Herz zu rasen beginnt. Mein Vater ist hier, nur noch ein paar Schritte entfernt. Ich kann es kaum glauben.

»Vielen Dank«, bringe ich noch mühsam hervor, dann ziehe ich Rouven am Arm nach draußen und kralle mich an ihm fest.

»Hast du das gehört?«, japse ich. »Drei Läden weiter ist er! Das heißt, wir sehen ihn gleich! Ich bin so aufgeregt!«

»Wir können erst mal in den Laden gehen, ohne dass du dich vorstellst«, schlägt er vor. »Einfach nur schauen, ob er dir überhaupt sympathisch ist. Und ob du ihn dir wirklich als Vater vorstellen kannst.«

»Das ist gut«, sage ich. »Das machen wir. So kann ich mich erst mal beruhigen. Danach kann ich ihn immer noch ansprechen.«

Im Schneckentempo gehe ich weiter. Rouven trottet amüsiert neben mir her. Dann stehen wir vor dem Laden, der uns genannt wurde: »Kunst & Kurioses bei Chris«. Ich bleibe stehen.

»Los, komm«, sagt Rouven und ist schon halb in der Tür.

»Warum sind wir hergekommen?«

Von draußen wage ich einen verstohlenen Blick hinein und kann es kaum glauben. Der Inhaber ist nicht zu sehen, nur eine leicht mollige Frau mit schön geflochtenem dunklem Zopf steht mit dem Rücken zu uns vor einem Regal und arrangiert getöpferte Kerzenhalter und

Schalen. Weiter unten entdecke ich ein Fach mit handgeflochtenen Handyketten aus Leder.

»Sieh nur«, flüstere ich Rouven zu, »das könnte fast alles von mir sein! Er hat die gleiche Leidenschaft. Er *muss* mein Vater sein!«

»Na dann – worauf wartest du?«, fragt er und schiebt mich durch die Tür. Im Laden gelingt es mir nur mit Mühe, meine Nervosität unter Kontrolle zu halten. Trotz der Hitze fühlen sich meine Fingerspitzen eiskalt an. Immer wieder schlucke ich trocken. Die Frau hört auf zu räumen und wendet sich uns mit einem freundlichen Lächeln zu.

»Hola«, sagt sie, »quieres mirar por aquí seguro?«

Rouven sieht mich an. »Verstehst du sie?«, fragt er leise.

Ich nicke. »Sie fragt, ob wir uns umschauen möchten.«

»Ach, ihr kommt aus Deutschland!«, lacht die Frau. »Wie die meisten Urlauber hier. Aus welcher Gegend, wenn ich fragen darf?«

Ich halte die Luft an. Jetzt kann ich es ihr sagen. Gleich weiß sie, wer gerade vor ihr steht. Ich atme ein.

»Aus Berlin«, sage ich. »Und wir wollten uns nicht umsehen. Ich suche Christian Köhler. Er hat Ihnen erzählt, dass wir uns geschrieben haben.« Jetzt reiche ich ihr meine Hand. »Ich bin Elena Rehwald, seine Tochter. Er hat mich mit einer Samenspende gezeugt. Sie müssen Sofia sein.«

Mit offen stehendem Mund starrt sie mich an, ohne

mir die Hand zu geben. »Oh«, stößt sie hervor und klingt auf einmal sehr reserviert. »Elena. Das kommt jetzt unerwartet.«

»Es tut mir leid«, sage ich. »Ich konnte nicht länger warten. Ich brauche die Gewissheit, ob er derjenige ist, den ich suche.«

»Und dann unangemeldet, von jetzt auf gleich ... oder weiß mein Mann, dass du hier bist?«

»Ich wollte nicht riskieren, dass er das Treffen ablehnt.«

»Christian sicher nicht«, sagt sie, immer noch ohne den Blick von mir zu wenden, immer noch fassungslos. »Aber ich hätte ganz gern vorher Bescheid gewusst.«

»Ich will Sie nicht stören.« Einen leicht verletzten Unterton kann ich mir nicht verkneifen. »Und wir haben nicht vor, lange zu bleiben. Aber jetzt sind wir hier. Können Sie nicht verstehen, dass ich meinem Vater wenigstens einmal Guten Tag sagen möchte?«

Sofia zieht die Augenbrauen hoch und langt hinter sich neben die Kasse.

»Ich rufe ihn an«, verspricht sie. »Dann ist er in zehn Minuten hier.«

Während wir warten, hole auch ich mein Handy aus dem Rucksack, so wie ich es immer mache, wenn es irgendwo länger dauert.

»Was willst du denn jetzt damit?«, fragt Rouven, der seines noch nicht angerührt hat, seit wir Berlin verlassen haben.

»Die Vorwürfe deiner Mütter lesen und dich nach Hause zitieren lassen? Ausgerechnet jetzt?«

»Hast recht«, antworte ich und stecke es wieder weg. »War nur die Gewohnheit.«

Christian kommt in den Laden. Der Mann vom Foto im Internet, rotblondes, vom Wind zerzaustes welliges Haar, vergnügtes Gesicht, ein verwaschenes T-Shirt und Cargo-Bermudas, dazu Flip-Flops. Er sieht aus wie Gero auf seinem Foto. Oder Gero sieht aus wie er, die gleichen Augen. Innerlich atme ich auf. Immerhin scheint Christian sich nicht schon vor der Begrüßung über mich zu ärgern. Etwa zwei Meter vor mir bleibt er stehen.

»Elena?«, fragt er ungläubig. »Das Mädchen, das mir geschrieben hat ... ich hab doch noch gar nicht ...«

Jetzt wirft er einen unsicheren Seitenblick auf seine Frau. Sie will nicht, dass ich hier bin. Sie sieht, dass ich mit ihrem Mann etwas zu klären habe und er mit mir. Von dem Vaterschaftstest will er vor ihr nicht sprechen. Er streicht seine Augenbrauen glatt, genau wie ich es immer mache, wenn ich aufgeregt bin.

»Wie kommst du denn hierher, so plötzlich und ohne ... Weiß deine Mutter davon?«

»Es sind gerade Sommerferien«, antworte ich und hoffe, dass er sich damit zufriedengibt und davon ausgeht, ich hätte zu Hause alles geklärt. »Das ist Rouven, mein Freund«, füge ich hinzu, um ihn noch mehr in Sicherheit zu wiegen. Christian gibt ihm die Hand, dann tritt er einen kleinen Schritt auf mich zu, streckt einen Arm ein wenig vor. Er weiß nicht, ob er mich umarmen soll oder darf. Oder ob Sofia ihn dafür später zusammenfaltet. Vielleicht bin ich gar nicht seine Tochter. Er fährt sich mit der Hand übers Gesicht und wieder über die Augenbrauen.

»Ja, also, Elena. Da bin ich jetzt schon ziemlich überrascht, muss ich sagen. Du hättest mir schon verraten können, dass du kommst … Wollt ihr was trinken?«

»'ne Cola«, sagt Rouven sofort, und ich nicke.

Sofia verschwindet hinter einem Vorhang und kommt mit zwei Gläsern und einer angebrochenen Flasche Pepsi zurück. Rouven leert sein Glas in einem Zug. Ich trinke in kleinen Schlucken, weil ich mich nicht durch Rülpsen blamieren will.

»Tja … ich würde gern länger mit euch quatschen, aber jetzt hab ich erst mal zu tun. Sofia muss rüber in ihr Hotel, Yogakurse geben. Aber wir könnten heute Abend zusammen essen.« Er nennt uns einen Mexikaner an der Strandpromenade. Ich freue mich. Hoffentlich bleibt Sofia zu Hause.

Christian wartet schon auf uns, als wir am Abend im Restaurant ankommen. Er wirkt jetzt entspannter, sitzt angelehnt auf seinem Stuhl und blickt Rouven und mir mit offenem Blick entgegen. Seinen Beachlook vom Vormittag hat er gegen ein kragenloses, weit geschnittenes weißes Hemd zur hellgrauen Leinenhose eingetauscht. Als er kurz sein Gesicht zur Seite dreht, sehe ich, dass er seine Haare hinten zusammengebunden hat. Vorne sind sie wild gelockt. Im rötlichen Dreitagebart machen sich bereits einige graue Barthaare breit. Ein Kratzebart. Als Kind hätte mir das gefallen. Auch ich habe mich fein gemacht und trage ein schwarz-weißes Sommerkleid mit Ethnomuster. Rouven hat an, was er anhat. Ein Kellner kommt und bringt uns drei Speisekarten. Dankbar vertiefen wir uns darin. Ich wähle vegetarische Tortillas. Nachdem wir bestellt haben, räuspert sich Christian.

»Sofia lässt sich entschuldigen«, sagt er. »Sie muss abends bei unseren Kindern bleiben. Und ich dachte, es ist vielleicht auch besser, wenn wir erst mal allein miteinander reden.«

»Später lerne ich sie bestimmt näher kennen«, antworte ich und nicke übereifrig. »Es tut mir leid, dass ich euch so überrumpelt habe.«

»Sicher lernst du sie kennen«, sagt er. »Wenn es wirklich so ist, dass ich …«

»Hast du den Test gemacht?«, unterbreche ich ihn.

»Jetzt ja«, antwortet er und lacht, endlich lacht er. »Sonst hätte ich mich dir heute Abend nicht unter die Augen getraut. Du nimmst so eine weite Reise auf dich, und ich schaffe es nicht mal, ein Wattestäbchen abzulecken und in einen Briefumschlag zu stecken? So einen Vater willst du nicht haben. Also habe ich alles umgehend erledigt.«

Er holt sein Handy heraus und zeigt mir ein Selfie vor einem Briefkasten. Den Umschlag hält er darauf nur noch mit zwei Fingern an einer Ecke fest.

»Jetzt du«, sagt Christian. »Ihr Jugendlichen habt doch immer jede Menge Selfies und andere Fotos am Start. Zeigst du mir welche aus deinem Leben?«

Jetzt sitze ich in der Klemme. Nur zu gern will ich ihm Bilder zeigen, von Mama, von Manu, von ihrer Hochzeit, die auch mein 16. Geburtstag war, von unserem Zuhause und von Fabienne. Ich will die Webseite von meinem Online-Shop öffnen, um meinem Vater zu zeigen, wie ähnlich wir uns sind. Was aber passiert, wenn ich mein Handy einschalte, ist klar. Er wird misstrauisch werden, wenn er mitbekommt, dass wir heimlich abgehauen sind. Rouven wirft mir bereits einen warnenden Seitenblick zu, doch genau der alarmiert Christian.

»Was ist?«, fragt er. »Hast du dein Telefon vergessen?«

Rouven stößt unter dem Tisch sein Knie gegen meines. Was soll das? Es ist meine Sache, was ich mit meinem Handy mache und was ich meinem Vater zeige. Diese ganze Aktion war seine Idee. Und die ganze Zeit schon habe ich Steine im Bauch, weil ich genau weiß, wie verkehrt es ist, wie gemein Mama und Manu gegenüber, und auch Fabienne und Gero. Wenn Christian mein Vater ist, wird er mir helfen, aus diesem selbst eingebrockten Schlamassel rauszukommen. Und wenn er es nicht ist und trotzdem ein sauberer Typ ist, dann auch. Also hole ich tief Luft, stelle meine Füße unter dem Tisch fest auf den Boden und sehe ihm ins Gesicht.

»Vergessen nicht«, sage ich. »Aber ich hab dir nicht die Wahrheit gesagt. Meine Mütter haben mir kein grünes Licht gegeben, herzukommen. Wir sind heimlich geflogen.« Rouven stöhnt auf und legt seine Hand vors Gesicht.

Christian runzelt die Stirn. »Ich weiß«, sagt er ganz cool. Und grinst ein bisschen. »Zum Glück hast du den beiden gestern Abend eine kurze Nachricht zukommen lassen. Daraufhin haben sie sich ins Netz gestürzt, mich gefunden und kontaktiert. Ganz beruhigt sind deine Mütter zwar noch nicht, weil ich trotz allem ein Fremder für sie bin, genau wie für dich. Zumindest konnte ich sie aber davon abhalten, euch von der Polizei einsammeln zu lassen.«

Ich blase Luft aus meinen Backen. Mit allem habe ich gerechnet, aber nicht damit. Christian lacht das jungenhafte Lachen von einem, der sich freut, ein Spiel gewonnen zu haben. Rouven sieht blass aus, doch seine Augen verdunkeln sich.

»Warum hast du mir nichts davon gesagt?«, zischt er. »Ich hätte …«

»Sei ihr lieber dankbar«, wirft Christian ein. »Auch deine Eltern waren verrückt vor Sorge. Conny und Manu haben ihnen Bescheid gegeben, dass es euch gut geht.«

»Zu Hause hab ich nur meine Mutter«, sagt Rouven. »Mein Stiefvater hätte gejubelt, wenn mir was passiert wäre.«

»Ihr werdet einiges zu besprechen haben, wenn du nach Hause kommst«, sagt Christian. »Wie es dann weitergeht, hängt von allen Beteiligten ab. Also?« Er wendet sich wieder an mich. »Zeigst du mir nun dein Atelier?«

Ich schalte mein Handy ein. Das Nachrichtenbombardement fällt weniger schlimm aus als erwartet, aber ich mag jetzt nichts davon lesen, sondern rufe die Internetseite meines Shops auf. Dann reiche ich ihm das Telefon über den Tisch. Eine ganze Weile sieht Christian sich mein Online-Angebot an, wischt sich durch die Bilder, vergrößert sie. Erst als der Kellner unser Essen bringt, gibt er es mir zurück.

»Tolle Sachen«, sagt er. »Deine Einkaufsnetze wären was für die Leute hier. Wir sind zwar größtenteils weg von Plastiktüten, aber nicht jeder Feriengast hat eine Einkaufstasche von zu Hause mitgebracht. Deine Beutel nehmen wenig Platz weg, so was wird gebraucht.«

»Wenn du magst, schicke ich dir erst mal fünf oder sechs Stück. Dann kannst du ausprobieren, wie sie ankommen. Vielleicht in den spanischen Landesfarben, dazu einige in Blau und Türkis, ein paar schwarze?«

»Deal«, sagt Christian, strahlt mich an und wir machen High five über den Tisch. Dann essen wir. Ich glaube, noch nie in meinem Leben hatte ich so gute Tortillas.

Meine gute Laune bekommt einen Dämpfer, als ich wieder mit Rouven allein bin. Christian hat sich zwar nett mit uns unterhalten, jedoch trotzdem darauf bestanden, dass wir morgen, sofern wir einen Flug bekommen, nach Berlin zurückkehren.

»Ich hätte euch gern noch hierbehalten«, hat er gesagt.

»Aber eure Aktion war so daneben, dass wir Alten euch nicht auch noch mit langen Urlaubstagen belohnen wollen. Soweit ich weiß, geht der Flug nach Berlin jeden Tag um elf. Wenn ihr um sieben Uhr zum Frühstück bei uns zu Hause seid, fahre ich euch zum Flughafen.«

Jetzt liege ich also neben Rouven auf dem Bett in unserem Zimmer bei Franziska, die ebenfalls alles andere als begeistert von unserem Geständnis war, und durchforste die Suchmaschinen nach Flügen.

»Schreib ihm doch, es gibt erst nächste Woche wieder einen«, sagt Rouven.

»Du spinnst doch«, antworte ich. »Christian checkt ab jetzt sicher alles nach, was wir erzählen, darauf kannst du wetten.«

»Okay. Ich hab sowieso keinen Bock mehr«, motzt er weiter. »Du hast deinen Superdaddy gefunden, und ich bin abgemeldet. Werd glücklich mit ihm.«

Er löscht die Leselampe auf seiner Seite und dreht mir den Rücken zu. Ich buche online den Flug und spüre, dass genau in diesem Moment meine Gefühle für Rouven erlöschen.

18

Franziska ist wortkarg, als wir am frühen Morgen mit unseren gepackten Rucksäcken vor ihr stehen. Ich kann es ihr nicht verübeln.

»War nett mit euch«, sagt sie, »aber das war nicht in Ordnung. Wegen euch hätte ich in Teufels Küche kommen können.« Der Abschied fällt recht kühl aus.

»Ist ja gut, Mann«, murmelt Rouven. »Chill mal.«

Mit der Navi-App finden wir Christians Haus. Erneut spüre ich diese leichte Anspannung, als wir davorstehen. Dieses Mal wird Sofia dabei sein. Und zum ersten Mal werde ich meine kleinen Halbgeschwister Paola und Pepe sehen. Daran, dass Christian mein biologischer Vater ist, habe ich inzwischen keinen Zweifel mehr. Es fühlt sich an, als würde ich ihn schon ewig kennen. Blöd, dass ich nicht daran gedacht habe, den beiden Kindern etwas mitzubringen, wenigstens Süßigkeiten. Jetzt ist es zu spät.

»Hör mal«, sagt Rouven und deutet mit dem Kopf zur Tür. »Die fetzen sich da drin. Bestimmt wegen uns.«

Jetzt höre ich es auch. Aus dem Haus dringt Christians Stimme nach draußen, aufgebracht und wütend. Darauf folgt ein spanischer Wortschwall von Sofia, so geht es ein paar Mal hin und her. Am liebsten würde ich umkehren, aber dann müssten wir ein Taxi zum Flughafen nehmen. Und ich bin nicht sicher, ob unser Geld dafür reichen würde.

»Egal«, sage ich also. »Christian hat uns eingeladen, und wenn diese Sofia damit ein Problem hat, müssen die das unter sich klären. Wir gehen da jetzt hin.«

Ich drücke auf den wackeligen Klingelknopf neben der Tür, höre aber nichts, also klopfe ich. Christian öffnet. Sein Gesicht ist noch vom Streiten verzerrt.

»Kommt rein, ihr zwei«, sagt er. Wir treten hinter ihm in einen engen Flur und weiter in die Küche. Sofia begrüßt uns mit knappen Worten. Sie hält einen Korb mit getoasteten Baguettehälften in der einen Hand, an ihren anderen Arm klammert sich ein Mädchen. Das muss Paola sein. Mit neugierigen Augen sieht sie mich an, versteckt sich jedoch gleichzeitig hinter ihrem Papa. Im nächsten Augenblick springt ein kleiner Junge von der Terrasse herein und bleibt wie angewurzelt stehen, als er uns sieht, lässt uns aber ebenfalls nicht mehr aus den Augen.

»Pepe hat draußen die Katze gefüttert«, erklärt Sofia. »Eigentlich soll er das nicht, es gibt einfach zu viele Streuner. Aber diese eine liebt er so sehr.«

Auf Spanisch frage ich ihn, ob er sie mir zeigt.

»Die ist bestimmt schon zum Nachbarn gegangen«, antwortet Pepe auf Deutsch. Klar, er wächst zweisprachig auf. Dann folgen wir Sofia nach draußen. Der rustikale Holztisch ist einladend gedeckt, auch wenn das

Frühstück nicht so üppig aussieht, wie wir es von zu Hause kennen. Auf dem Tisch steht eine Platte mit verschiedenen Spritzgebäckteilchen, eine Kanne mit flüssiger Schokolade und eine Schüssel mit Tomatenpürree, ähnlich wie die Italiener es als Bruschetta servieren. Kaffee gibt es aus Espressotassen, auch eine Kanne mit Wasser und sechs Gläsern stehen auf einem Tablett bereit.

»Wenn ihr schon mal hier seid, sollt ihr natürlich ein typisch spanisches Frühstück bekommen«, sagt Christian.

»Aber wenn ihr etwas anderes möchtet, sagt nur Bescheid. Ich kann auch noch Spiegeleier braten oder aus der Küche Marmelade und Käse holen.«

»Nein, alles gut«, beeile ich mich zu sagen. »Sieht superlecker aus, vielen Dank für die Einladung.«

Beim zweiten halben Satz sehe ich Sofia an. Sie lächelt verkrampft. Wir setzen uns alle hin. Paola und Pepe greifen sofort nach den Churritos und tauchen sie in die dickflüssige, warme Schokolade ein, die Sofia ihnen vorher in kleine Tassen eingeschenkt hat. Rouven sieht ihnen interessiert zu, dann macht er es ihnen nach. Christian bietet mir Kaffee an, Sofia reicht mir den Korb mit den halbierten Baguettes. Doch ich kann noch nicht sofort zugreifen. Ich sitze an diesem Tisch, mitten in einer Familie, die mir völlig fremd ist. Neben mir sitzt der Mann, der aller Wahrscheinlichkeit nach mein Vater ist, und seine Frau.

Mit ihr habe ich gar nichts zu tun, aber sie hat zwei Kinder, die meine Halbgeschwister sind. Zwischen ihnen und mir entdecke ich kaum Ähnlichkeiten. Paola sieht wie eine Kleinausgabe ihrer Mutter aus. Auch Pepe hat ihre dunklen Haare geerbt, seine Augen und sein Mund gleichen jedoch denen von Christian, und jetzt sehe ich es: Auch er hat angewachsene Ohrläppchen, genau wie Christian, Gero und ich. Die spitze Augenbraue ist bei ihm weniger stark ausgeprägt, aber sichtbar. Ich muss mich zwingen, meinen Blick wieder von ihm loszureißen, es ist alles so verrückt. Ein kleiner Junge, der in einem anderen Land lebt und von dem ich jahrelang nicht wusste, dass es ihn gibt, sitzt mir gegenüber und sieht mir ähnlich. Ich spüre, dass ich ihn schon gernhabe und mehr von ihm wissen will, auch von Paola, die mich von Minute zu Minute neugieriger beäugt und jetzt zaghaft lächelt.

»Hast du keinen Hunger, Elena?«, fragt mich Christian.

»Doch, sicher«, beeile ich mich zu sagen und lange in den Korb. »Ich muss nur aufpassen, dass ich nicht anfange zu heulen.« Jetzt greife ich auch nach der Schüssel mit dem Tomatenpürree und schaue mir bei Christian ab, wie er es auf seine Baguettehälfte streicht, etwas Olivenöl darüber träufelt und mit Salz und Pfeffer würzt.

»Es ist doch noch gar nicht sicher«, wirft Sofia ein. »Erst mal warten wir das Testergebnis ab.«

»Was für ein Test, Mama?«, fragt Paola, ohne mich aus den Augen zu lassen. Also haben sie den Kindern nichts erzählt.

»Nicht so wichtig, mein Schatz«, antwortet Sofia und

streicht ihr übers Haar. »Ich erkläre es dir ein anderes Mal.«

Nicht so wichtig? Vielen Dank auch, damit hat sie mich zackig auf meinen Platz verwiesen. Christian und ich tauschen einen kurzen Blick, dann er und Sofia einen langen. Das Frühstück verläuft verkrampft. Sofia gibt sich gastfreundlich, schenkt Rouven und mir Kaffee und Wasser ein, toastet Brot nach, fragt mehrmals, ob es uns schmeckt. Trotzdem ist es ihr deutlich anzusehen, dass sie uns schnell wieder loswerden möchte. Sobald ich aufgegessen habe, schiebe ich meinen Teller weg und stehe auf.

»Wir müssen los«, sage ich. »Danke für alles.«

Auch Rouven erhebt sich, wieder geben wir Sofia die Hand, wieder kühle, feste Fingerspitzen. Christian springt so heftig auf, dass sein Stuhl auf dem Boden scharrt. Paola schweigt, Pepe saust eine kleine Treppe hinunter und kommt mit einer Katze auf dem Arm wieder.

»Das ist sie«, sagt er. »Ich habe sie Popcorn genannt. Ihre Farbe sieht aus wie Popcorn, Weiß mit ein bisschen Hellbraun.«

»Der Name passt wirklich gut zu ihr«, antworte ich. »Wenn Popcorn mal Babys bekommt, hebst du dann eines für mich auf?«

Pepe nickt. Und dann ist es vorbei.

Christian eilt voraus in den Flur und nimmt seinen Schlüssel aus einer Keramikschale. Auf der Straße fährt er zuerst ziemlich zackig. Ich versuche seine Gedanken zu erraten. Kann sein, er ist nur sauer auf

Sofia, kann sein, er hält es für eine blöde Idee, dass wir hergekommen sind. Als wir im Auto sitzen und auf die Schnellstraße einbiegen, scheint er sich etwas zu beruhigen.

»Ich wollte nicht, dass du meinetwegen Stress bekommst«, sage ich nach einer halben Stunde Fahrt. Bis dahin hat keiner von uns dreien geredet.

»Schon gut«, antwortet Christian knapp. »Ich schätze, den größeren Stress bekommst du.«

Am Flughafen nimmt er nur unsere Rucksäcke aus dem Kofferraum, kommt aber nicht mit ins Gebäude. Jetzt umarmt er mich doch.

»Ich werde dein Leben nicht weiter stören«, verspreche ich ihm und blicke ihm dabei fest in die Augen. »Danke, dass du dir überhaupt Zeit genommen hast, trotz allem.«

Mein Vater nickt. »Ich mag dich, Elena«, sagt er. »Verrückt, dass du sogar einen spanischen Vornamen hast, oder? Ich hoffe wirklich, dass der Test das ergibt, was ich fühle. Verzeih Sofia ihre etwas spröde Art. Sie muss sich erst daran gewöhnen, dass ich nun wohl noch eine Tochter habe. Das wird schon.«

Ich überlege, ob ich ihm schnell noch von Gero erzählen soll, entscheide mich aber dagegen. Ich glaube, das würde ihn im Moment komplett überfordern. Außerdem muss ich Gero ja erst mal selber kennenlernen.

»In zwei Jahren bist du volljährig«, sagt Christian. »Dann kannst du nach Fuerteventura reisen, wann immer du willst. Und ich würde mich freuen, wenn du dich dann bei mir meldest. Ob wir nun Vater und Tochter sind oder nicht.«

»Und wenn wir es sind?«

Christian lächelt. Dann nimmt er mich erneut in den Arm, danach Rouven, dann wieder mich.

»Wenn wir es sind, sehen wir uns bald wieder«, sagt er. »Richte das auch deinen Müttern aus, mit einem schönen Gruß vom edlen Spender.«

Wir machen ein paar Selfies zu zweit, zu dritt. Auch einzeln fotografiere ich ihn und verspreche, ihm die Bilder per Mail zu schicken. Dann steigt er ins Auto und fährt zurück zu seiner Familie, zu meiner Halbfamilie.

Rouven wird am Flughafen Tegel von seiner Mutter abgeholt. Ihr Gesichtsausdruck berührt mich. Es ist zu sehen, wie leid es ihr tut, dass sie sich nicht stärker für ihren großen Sohn eingesetzt hat. Rouven und ich verabschieden uns so flüchtig voneinander, als wären wir uns nur zufällig im Wartezimmer beim Zahnarzt begegnet, statt zusammen getürmt und verreist. Mein Magen zieht sich zusammen, während ich ihm nachblicke. Er geht schlurfend, die Schultern leicht nach vorn gebeugt. Ich wünschte, er könnte sich ebenso auf sein Zuhause freuen wie ich es trotz allem tue.

Mama, Manu und ich setzen uns zusammen in die Küche, sobald ich meinen Rucksack abgestellt und mich frisch gemacht habe. Ich sehe mich um, alles sieht noch genauso aus wie vor meinem Abflug nach Fuerteventura.

Und obwohl ich keine zwei Tage unterwegs war, kommt es mir vor, als wäre ich wochenlang weg gewesen. Hier in Berlin ist es fast so heiß wie in Spanien, das Küchenfenster zur Straße raus steht weit offen. Auf dem Balkon unter dem Kastanienbaum wäre es angenehmer, aber das hier müssen selbst die nettesten Nachbarn nicht hören. Meine Hände umklammern ein großes Glas Leitungswasser, Mama rührt in kaltem Pfefferminztee. Manu hat eine Wassermelone aufgeschnitten und nimmt sich ein Stück.

»Es war nicht deine Idee, oder?«, fragt Mama. »Du hast es wegen Rouven getan. Manu und ich wissen, dass du eigentlich vernünftiger bist.«

»Ihr hättet ihn sehen sollen«, antworte ich und erzähle von seiner Enttäuschung, vom Traumurlaub seiner Familie ausgeschlossen worden zu sein. »Er war so verzweifelt. Als er nachts an meinem Fenster stand und hinuntersah, dachte ich … Ich konnte ihn nicht allein gehen lassen. Wer weiß, was er angestellt hätte.«

»Aber er hat dich in eine Aktion reingezogen, die auch ganz anders hätte ausgehen können, Elena«, sagt Manu. »Warum seid ihr nicht alle beide zu uns gekommen? Zusammen hätten wir bestimmt eine Lösung gefunden, das Thema ›Christian Köhler‹ war doch nicht vom Tisch, nur weil Conny und ich etwas zögerlich reagiert haben. Niemand wollte dich daran hindern, und Rouven hätte mitkommen können. Mit uns zusammen.«

»Genau das wollte Elena nicht«, erinnert Mama sie. Ich sehe sie dankbar an.

»Wenn ihr mitgekommen wärt … nee! Meinen Vater das erste Mal treffen – es war mir ernst damit, dass ich das allein durchziehen wollte. Heimlich natürlich nicht. Es tut mir leid. Ich wollte nicht, dass ihr euch Sorgen macht.«

»Wir mussten nur eins und eins zusammenzählen«, sagt Mama.

»Trotzdem geht so was nicht, und das weißt du. Es ist einfach zu gefährlich. Christian und Sofia waren doch Fremde für dich, und die Frau vom Strand erst recht.«

»Franziska. Ihr hättet sie gemocht. Mehr als Sofia.«

»Auch das war ungeschickt, Christians Frau so zu überrumpeln. Sie dachte, sie lebt ihr beschauliches Aussteigerleben mit Mann und Kindern in Spanien, und auf einmal steht Elena Rehwald vor ihr und sagt: ›Hallo, hier bin ich. Ich würde gern meinen Vater sprechen.‹ Da hätte jede dichtgemacht.«

»Ihr auch?« Erstaunt sehe ich meine beiden Mütter an. »Ihr seid immer so offen, ich dachte, euch könnte so was nicht schocken.«

Manu grinst ein wenig schief. »Erzähl lieber, wie es überhaupt war. Und wie er so ist, dein Vater.«

»Wenn er es ist«, wirft Mama ein.

»Ich bin zu 99 % sicher«, sage ich und fange an zu erzählen. Von seiner geschockten Reaktion nach unserer Ankunft in seinem Laden. Von seinem Aussehen, der Ähnlichkeit in unseren Gesichtern, seinen rotblonden Locken und dem Beach-Style, den er tagsüber trug. Und auch von der inneren Verbindung, die wir beide gespürt haben, noch ganz zart und neu, aber sie war da. Ich beschreibe seinen Laden und die selbst gemachten Souvenirs, die er dort verkauft, genau wie ich mit meinem kleinen Online-Shop.

»Ich darf ihm Einkaufsnetze schicken«, berichte ich stolz. »Als kleinen Testballon für seine Kunden.«

»Die kommen bestimmt gut an«, meint Manu. »Hauptsache, es bleiben noch welche für uns übrig. Ich werde oft darauf angesprochen, wenn ich meines beim Einkaufen dabei habe.«

»Wie geht es jetzt weiter?«, will Mama wissen. »Habt ihr etwas vereinbart?«

»Du hast doch mit ihm telefoniert«, antworte ich. »Erst mal den Ball flach halten.«

Auch von Paola und Pepe erzähle ich, und dass sie noch nichts davon ahnen, dass ich wahrscheinlich ihre Halbschwester bin.

»Darauf will ich Rücksicht nehmen«, sage ich. »Nichts kaputt machen, bevor sie es erfahren. Vor meinem Trip auf die Insel wusste ich nicht, ob ich sie sehen würde.«

»Und was ist mit dir und Rouven?«, erkundigt sich Manu.

Ich seufze und hebe meine Schultern. »Ich kann es ihm nie recht machen, er ist oft so schwierig. Eine Kleinigkeit, und er rastet aus, fühlt sich vernachlässigt, macht mir Vorwürfe. Ein anderes Mal ist er lieb und aufmerksam. Aber meine rosa Wolke hat sich verzogen.«

»So ganz war sie doch noch nie da. Rouven ist sicher kein schlechter Kerl, aber du darfst auch an dich denken, Süße. Er saugt dich aus.«

»Ich weiß«, sage ich. »Aber ganz Schluss machen – das schaffe ich noch nicht.«

»Unser Kind steht auf Bad Boys«, witzelt Manu. »Und das nach unserer feministischen Erziehung.«

Am nächsten Tag schreibe ich an Gero und erzähle ihm sowohl, dass ich gar nicht krank war, als auch, wo ich wirklich gewesen bin. Er antwortet nicht. Auch am Tag darauf nicht.

Ich treffe mich mit Fabienne zum Schwimmen. Sie vergisst, dass sie sauer auf mich ist, sobald ich von meinen Erlebnissen auf Fuerteventura berichte. Außerdem bitte ich sie um Entschuldigung.

Ich kaufe Garn für die Einkaufsnetze in Christians Laden und fange an zu häkeln. Ich helfe Mama und Manu im Haushalt. Ich gehe wieder zum Friseur. Mein Haarschnitt sieht herausgewachsen nicht mehr gut aus.

Zwischen Rouven und mir herrscht Funkstille. Ich besuche ihn weder im Discounter noch treffen wir uns.

Als der Termin meiner verschobenen Verabredung mit Gero da ist, fahre ich mit dem Rad zum Mauerpark. Natürlich kommt er nicht. An diesem Tag steigt die Temperatur in Berlin auf 34 °C im Schatten. Der Park ist wie leer gefegt, nur unter den Bäumen liegen ein paar Leute und dösen. Ich setze mich auf eine der langen Kettenschaukeln auf dem höchsten Punkt des Hügels, auf der man in den Sonnenuntergang fliegen kann und hole Schwung. Der selbst erzeugte Wind kühlt mich ab. Von unten kommen zwei Jungs den Hügel herauf und langsam näher. Auch ihr Gang ist schleppend von der Hitze. Beide haben ihre Shirts ausgezogen. Ich lasse mich ausschaukeln und beobachte sie, bis ich Gero erkenne. Dann springe ich ab. Er verschränkt die Arme vor seiner Brust und bleibt in einigem Abstand vor mir stehen.

»Elena«, sagt er. »Das war ja eine ziemlich miese Nummer! Meinst du nicht, ich hätte meinen Vater auch gern getroffen? Wieso hast du nicht auf mich gewartet?«

Der andere Junge, ein schlaksiger Typ mit blonden Wuschellocken gibt mir die Hand. »Florentin«, sagt er. »Kumpel von Gero.«

Ich grüße ihn knapp und beachte ihn nicht weiter. Dass Gero zu diesem Treffen jemanden mitbringt, ist auch nicht viel besser als das, was ich getan habe. Beide hätten sich denken können, dass ich meinen Halbbruder erst mal allein kennenlernen möchte. Nur damit Florentin, der nichts dafürkann, nicht eingeschnappt ist, halte ich die Klappe.

»Ich freu mich auch, dich kennenzulernen«, sage ich also zu Gero. »Vielleicht hatte ich meine Gründe, allein zu fliegen? Hör dir doch erst mal alles an. Dann kannst du immer noch meckern.«

»Ich könnte was Kaltes zu trinken holen«, schlägt Florentin vor. »Ihr beide sucht inzwischen hinten auf dem Rasen einen Platz im Schatten. Was wollt ihr haben?«

»Club-Mate«, sagen Gero und ich wie aus einem Munde. Yeah, Geschwister! Wie krass ist dieser Sommer, dieses Leben?!

Elena, 14 Jahre

Hallo Papa,
heute schreibe ich dir zum letzten Mal. Gerade habe ich meine alten Briefe gelesen – damals war ich ein Kind, das davon geträumt hat, seinen Papi zu finden. Inzwischen habe ich mich verändert. Zum letzten Mal vermisst habe ich dich bei meiner Konfirmation, als wieder einmal alle anderen mit ihren Vätern da waren, sogar die mit den alleinerziehenden Müttern. Ein Junge lebt sogar mit seinem Vater allein. Und ich sehe nicht mehr ein, warum ich mich jedes Mal unvollständig fühlen soll, nur weil du nicht da bist.
Treffen würde ich dich immer noch gerne. Dich als Teil meines Lebens haben. Aber meine Lebensgeschichte ist eine andere. Meine Eltern sind andere. Ich werde wohl nie aufhören, darauf zu hoffen, dass du irgendwann Wirklichkeit wirst. Aber jetzt erst mal nicht. Es gibt so viel anderes, was mich beschäftigt. Und es tut nicht mal weh.
Viele Grüße – Deine Elena

19

Gero und ich trotten nebeneinander durch den Park, um einen Baum zu finden, in dessen Schatten noch niemand liegt. Mein Fahrrad schiebe ich neben mir her. Habe ich mich anfangs noch darüber geärgert, dass er nicht allein zu unserem Treffen gekommen ist, spüre ich jetzt, dass es genau richtig war. Ohne Florentin weiß keiner von uns, wie er am besten ein Gespräch beginnt, wir schweigen uns an. Wir finden eine Linde und setzen uns hin, lehnen uns an den Stamm und blicken in verschiedene Richtungen.

»Ich verstehe, dass du enttäuscht bist«, beginne ich schließlich. »Aber versuche bitte, dich in meine Lage zu versetzen. Bis vor ein paar Tagen wussten wir beide noch nichts voneinander. Von ›mieser Nummer‹ zu reden, ist also leicht übertrieben. Nach unserem Vater habe ich seit Monaten allein gesucht. Außerdem wissen wir beide nicht, ob Christian wirklich unser Vater ist. Er kann nur deiner sein oder nur meiner, unserer oder nichts davon. Vielleicht bist du also ganz umsonst beleidigt.« Dann erzähle ich ihm von Rouven und wie krass er manchmal drauf ist. »An dem Abend, bevor wir geflogen sind, war bei ihm alles eskaliert. Ich hatte Angst, dass er durchdreht. Also habe ich mitgemacht, als er auf die Idee kam, abzuhauen. Ich weiß, dass es keine Heldentat war, und zu Hause habe ich mir schon genug anhören müssen. Glaubst du nicht, ich wäre lieber mit dir hingeflogen? Aber mein Freund hätte sonst wer weiß was angestellt!«

»Wieso hast du überhaupt so einen seltsamen Freund?«, sagt Gero und sieht mich immer noch nicht an. »Muss ja ein furchtbarer Typ sein.«

»Und du? Hast du eine Freundin?«

Gero winkt ab. »Schon eine Weile nicht mehr.«

»Dann war bei euch wohl auch nicht immer alles rosa Zuckerwatte.«

»Lenk nicht vom Thema ab.«

Wir schweigen erneut. Zum Glück kommt Florentin mit den Getränken zurück.

»Club-Mate für die Dame«, sagt er mit einer leichten Verbeugung, die andere Hand hinter seinem Rücken verborgen, und reicht mir meine Flasche zuerst, ehe er Gero seine reicht und sich mit seiner Cola uns gegenübersetzt.

»Ich hab auch was zu Futtern mitgebracht. Wollt ihr?« Er holt seine Hand nach vorn und hält uns eine Papiertüte hin.

»Friedenspfeifen aus Lakritz. Weißt du noch, Gero, dass wir die als Kinder immer ›geraucht‹ haben, wenn wir uns gestritten und wieder vertragen haben? Wusste gar nicht, dass es die überhaupt noch gibt, aber der Mauerkiosk hat jede Menge davon. Jedenfalls dachte ich, ihr könntet sie gebrauchen.«

Dieses Mal bedient er sich selbst zuerst, steckt sich eine Pfeife in den Mund und tut so, als würde er ziehen und Rauch in die Luft blasen. Ich muss lachen, und auch Gero ringt sich ein Lächeln ab und greift in die Tüte. Ich nehme mir eine Lakritzpfeife und lutsche daran. Jetzt fühlt es sich wirklich fast an, als wären wir Kinder, die im Schneidersitz unter einem Baum sitzen, Indianer spielen und nach einem Krach unbedingt wieder Frieden schließen wollen, weil immer noch Sommerferien sind, die man sich ohne einander nicht vorstellen kann. Es ist Florentin, der diese Leichtigkeit in unser Treffen bringt.

Während ich auf meiner Lakritzpfeife herumkaue, beobachte ich ihn heimlich und spüre, wie ich von Minute zu Minute mehr entspanne. Ich muss jetzt nicht kämpfen, nichts beweisen, mich für nichts rechtfertigen, nicht mal Gero gegenüber. Es ist ein sonniger, glutheißer Nachmittag, und ich brauche nichts zu tun als mit zwei Jungs und einem erfrischenden Getränk im Schatten zu sitzen.

Florentin erwartet nichts von mir, natürlich nicht, er kennt mich noch nicht. Aber so, wie er mich unter seinen blonden Wuschellocken und mit wachen hellblauen Augen ansieht, könnte es fast sein, dass er sich für mich interessiert.

»Erzähl mal, Elena«, sagt er, als von seiner Pfeife nur noch der Kopf übrig ist, und sieht mich aufmerksam an. »Wie ist dein möglicher Vater denn so?«

»Ich will mich nicht zu sehr reinsteigern. Aber er ist

sympathisch und offen. Du würdest ihn auch mögen, Gero.«

»Sieht schlecht aus damit, oder? Deine Nacht- und Nebelaktion hat es ja wohl vorläufig versaut«, erwidert Gero.

»So wie Elena die Frau beschreibt, war es bestimmt besser so, als dass ihr da gleich zu zweit angerückt seid«, meint Florentin und wendet sich wieder an mich. »Hast du ihm erzählt, dass er offenbar auch noch einen großen Sohn hat?«

»Das hätte ich vorher mit Gero absprechen müssen.«

»Scheint ja nicht deine Stärke zu sein.« Gero ist immer noch sauer. Ich sehe ihn an, betrachte ihn etwas genauer. Er sieht ohnehin die meiste Zeit an mir vorbei. Alles, was ich bereits auf dem Foto in seiner ersten Mail festgestellt und immer wieder herangezoomt habe, kann ich jetzt in natura sehen. Die Merkmale in seinem Gesicht, die ich auch habe und die von Christian stammen müssen. Auch zwischen ihm und Pepe besteht eine Ähnlichkeit, und doch sieht der Kleine durch Sofias Gene ganz anders aus. Ich stelle mir gerade uns alle auf einem Familienfoto vor, alle vier Halbgeschwister, dazu Christian, Sofia, Mama, Manu und Geros Eltern. Sechs Erwachsene mit ihren Nachkommen. Wenn Rouven jetzt hier wäre, würde er sich wahrscheinlich darüber lustig machen, dass Geros sozialer Vater »nicht kann«.

Aber Rouven ist nicht hier. Er weiß nichts von Gero, und ich bin nicht einmal sicher, ob ich ihm alles erzählen will. Auf Fuerteventura war ihm Christian schon zu viel, weil es ihm vor allem ums Abhauen, um Freiheit ging, nicht um mich und erst recht nicht um meine Familie.

»Fuerte muss eine tolle Insel sein«, schwärmt Florentin. »Letzten Sommer habe ich einen Surfkurs an der Ostsee gemacht, auf Fehmarn. Das allein war schon mega. Aber auf den Kanaren, da legen die Wellen noch mal einen drauf. Wenn ich besser geworden bin, muss ich das unbedingt ausprobieren! Hast du viele Surfer gesehen?«

»Ich hab nicht drauf geachtet«, gebe ich zu. »Es war ja kaum Zeit. Aber es waren sicher welche da.«

»Wenn du deinen Vater regelmäßig besuchst, musst du unbedingt Surfen lernen«, sagt er. »Fuerte ist *das* Surfer-Paradies überhaupt, und so gut zu erreichen! Wer kann schon gleich nach Bali oder Hawaii.«

»Und was ist daran so besonders?«, will Gero wissen.

»Das habe ich dir doch nach dem Kurs auf Fehmarn erzählt.« Florentin ist wirklich geduldig. »Es geht schon los, wenn du nur auf deinem Board liegst und der Welle entgegenpaddelst. Dann fällt alles von dir ab, egal, wie beschissen der Tag für dich gelaufen ist. Auf einmal bist du eins mit dem Ozean. Wenn du zum ersten Mal merkst, wie du die Welle richtig für dich nutzen kannst, erlebst du ein Glücksgefühl, das kaum zu toppen ist. Du kriegst den Kopf frei. Und allmählich lernst du die Gesetze der Wellen zu verinnerlichen und wirst immer besser. Dein Board wird immer mehr zu einem Teil deines Körpers, und irgendwann fühlt es sich an, als würdest du fliegen.«

»Das klingt toll«, sage ich. Unwillkürlich muss ich an Rouven denken, der es so nötig hätte, sich einmal losgelöst und frei zu fühlen. Vielleicht sollte er Florentin zuhören und sich von seiner Begeisterung anstecken lassen. Überhaupt Begeisterung – ein Begriff, der mir im Zusammenhang mit Rouven noch nie in den Sinn gekommen ist. Florentins Augen leuchten, während er weiter vom Surfen erzählt. Wenn ich an Rouvens Augen denke, fällt mir der Löwenblick ein oder ein Ausdruck von tiefem Schmerz, den ich nicht heilen kann, so sehr ich es auch versuche. Ich will nicht an Rouven denken, nicht jetzt. Aller Wahrscheinlichkeit nach sitzt gerade mein Halbbruder neben mir und dazu dieser Junge, in dessen Gegenwart ich eine Leichtigkeit fühle wie schon lange nicht mehr. Ich will diesen Moment, diesen Nachmittag auskosten. Trotz des schwierigen Starts mit Gero bin ich frei von Anspannung, Angst und dem Bestreben, es allen recht zu machen, Mama und Manu, Rouven, Sofia, Christian und auch Fabienne, die sich im Moment vor allem auf Skye freut.

Florentin motzt mich nicht an, erwartet nichts, sondern erzählt, fragt, ist heiter und gelöst, gibt sich Mühe mit Gero und mir. Die beiden scheinen sich schon lange zu kennen. Ich frage nach.

»Seit dem Kindergarten«, antwortet Gero, und auch sein Gesichtsausdruck glättet sich ein wenig. »Wir haben immer mit Duplo-Steinen Häuser für die Puppen und Kuscheltiere der Mädchen gebaut, und dafür haben sie uns was von ihren Süßigkeiten abgegeben.«

»Und am lautesten gesungen, wenn unsere Erzieherin uns ein Lied beigebracht hat«, fügt Florentin hinzu. »Apropos Singen: Warst du schon mal sonntags hier beim legendären Karaoke?«

»Ich kann nicht singen«, lache ich.

»Na und? Es geht um den Spaß! Wenn ihr Zeit habt, können wir uns dann zu dritt hier wieder treffen!«

Einfach zum Spaß. Und wie ich das will.

Mit Geros und Florentins Handynummern in meinem Kontaktverzeichnis, einer neuen Verabredung und einem verträumten Sommerabendlächeln auf den Lippen radle ich nach Hause.

Ich will unbedingt Fabienne anrufen und ihr von meinem Nachmittag mit den Jungs erzählen. Und wenn ich mich nicht irre, kommt auch die Austauschschülerin heute oder morgen an. Auch auf sie bin ich neugierig und hoffe, dass wir noch mindestens einen Mädels-Tag starten, ehe die Schule wieder anfängt. Fabienne und ich könnten Skye das Badeschiff zeigen oder das Strandbad Wannsee.

Doch als ich in unsere Straße einbiege, sehe ich Rouven vor der Tür sitzen. Bitte nicht. Bitte keinen Problem-Abend. Ausnahmsweise wollte ich heute einfach ein bisschen weiterschweben. Aber Rouven steht auf und kommt auf mich zu.

»Wo warst du?«, fragt er. »Ich habe versucht, dich anzurufen und sitze hier schon seit einer Stunde.«

»Du hast angerufen?« Ich steige vom Rad und öffne

die Haustür, um es in den Hof zu schieben. Zeit gewinnen. Nicht wieder in die Rechtfertigungsschleife geraten, nicht immer glätten, beschwichtigen. Nicht wieder kopflos in blöde Situationen geraten. Nachdem ich das Rad angeschlossen habe, fische ich mein Handy aus der selbst gehäkelten Umhängetasche, die ich heute trage, und checke meine Nachrichten.

»Dann habe ich wohl vergessen, es heute Vormittag wieder auf laut zu stellen. Nachts ist es immer im Flugmodus. Muss ich rund um die Uhr erreichbar sein?«

»Warum nicht? Oder datest du einen anderen Typen?«

»Quatsch.« Ich stecke mein Handy wieder ein. »Es ist Sommer, vielleicht die letzte große Hitzewelle in diesem Jahr. Was macht man also? Man geht raus. Zum Beispiel fährt man zum Baden oder in einen schönen Park, legt sich da ins Gras und liest ein gutes Buch.«

»Das hast du nicht gemacht. Dann hättest du gemerkt, wie dein Handy in der Tasche vibriert.«

»Sag mal, ist das ein Kreuzverhör?« Mit schnellen Schritten gehe ich vor ihm die Treppe hoch. Natürlich folgt er mir in die Wohnung, natürlich wird wieder irgendwas passiert sein, weshalb er sich bei mir auskotzen muss. Dann fällt es mir ein. Seine Familie ist wahrscheinlich auf die Malediven abgeflogen, und jetzt ist er allein. Aber Rouven ist fast volljährig. Ich möchte nicht hören, was Manu sagt, wenn sie hört, dass er mir die Ohren voll heult, weil keiner zu Hause ist, der ihm eine Butterstulle schmiert.

In meinem Zimmer setzt er sich gleich aufs Bett und

ich mich auf meinen Drehstuhl, wobei mir ein tiefer, resignierter Seufzer entfährt.

»Hör zu«, sage ich. Dann erzähle ich ihm von Gero, nur von Gero. Dass er im selben Spenderkinder-Forum unterwegs ist wie ich und mich angeschrieben hat, weil unsere Zeugungsdaten übereinstimmen. Dass wir wahrscheinlich Halbgeschwister sind. Und auch, dass er, im Gegensatz zu Rouven, *wirklich* einen Grund hat, eingeschnappt zu sein, weil ich ihn von der Reise zu Christian ausgeschlossen habe – seinetwegen. Dass ich ihn heute getroffen habe und versuchen wollte, das wieder gerade zu biegen. Und dass ich jetzt absolut niemanden gebrauchen kann, der mir noch zusätzlich Vorwürfe macht.

»Ich weiß, dass du eine miese Zeit durchmachst«, schließe ich. »Aber meine ist auch alles andere als einfach, doch inzwischen habe ich mich entschlossen, meinen Weg konstruktiv zu gehen. Vielleicht wäre das auch was für dich.«

»Und wie soll ich das machen?« Er springt auf und tigert im Zimmer umher.

»Überlegen, was du wirklich willst und welche Schritte dich an dein Ziel führen. So, dass es dir gut dabei geht und du niemanden verletzt. Und dann eins nach dem anderen durchziehen.« Ich trete vor ihn und lege meine Arme auf seine. »Ich glaube zum Beispiel, deinem kleinen Bruder Tobi tut es nicht gut, wenn du deine Wutausbrüche bekommst oder von jetzt auf gleich unauffindbar bist. Ihr hängt doch aneinander.«

»Das stimmt.« Rouven lässt die Arme sinken.

»Siehst du. Dann hör auf, ihm wehzutun.«

Wieder fragt er, ob er bei mir schlafen kann. Ich denke an Gero, den ich auch noch anrufen möchte, nachdem ich mit Fabienne gesprochen habe. Christians Familie wird vielleicht nie ganz meine sein, aber seit ich Gero getroffen habe, ist mir klar geworden, dass er und ich ganz wichtige Menschen füreinander werden können. Unser Vater hat sein Leben in Spanien, aber wir sind hier. Ich will meinem Bruder näherkommen. Und dazu muss ich mich mit ihm aussprechen und versöhnen, ohne dass jemand zuhört.

»Tut mir leid«, sage ich also zu Rouven. »Heute nicht. Wir sehen uns bald.«

Nachdem Rouven gegangen ist, muss ich mich erst einmal sammeln, lasse mich erneut in den Drehstuhl fallen und sitze lange wie erstarrt, unfähig, mich zu rühren. Innerlich kämpfe ich mit widerstreitenden Gefühlen zwischen schlechtem Gewissen und Trotz. Wieder tobt in mir die Angst, er könnte Mist bauen, doch dieses Mal kann ich nicht mehr. Ich habe getan, was ich konnte, um ihn immer wieder aufzufangen. Die Arbeit an sich selbst kann ich ihm nicht abnehmen.

Irgendwann gehe ich in die Küche, um mir etwas zu trinken zu holen und sehe, dass Manu allein auf dem Balkon sitzt. Es sieht gemütlich aus bei ihr, sie hat sich Kerzen angezündet und ein Glas Weißweinschorle vor sich stehen. Ich gehe zu ihr, sie blickt auf, und bei der Freude, die in ihren Augen aufblitzt, wird mir warm ums Herz.

»Komm her, meine Kleine«, sagt sie und klopft auf den Stuhl neben sich. »Magst du auch einen Schluck?«

»Sehr gerne. Noch sind Ferien«, sage ich und hole mir rasch ein Glas. Dann setze ich mich zu ihr. »Ist Mama bei einer Geburt?«

Manu nickt. »Sie ist noch nicht lange weg, also kann es die ganze Nacht oder länger dauern.« Sie schenkt mir Wein und ein Glas Wasser ein, wir stoßen an.

»Oha, deine Augen leuchten wie Bernsteine bei Sonnenuntergang«, bemerkt sie. »Aber deine Lippen sehen angespannt aus. Wieder Stress mit dem Löwen?«

»Den hab ich gerade rausgeschmissen«, antworte ich.

Dann erzähle ich ihr von meinem Nachmittag. Von Gero und Florentin, am meisten von Florentin.

»Er hat mir einfach gutgetan«, sage ich, als ich fertig bin. »Dieses Gefühl, ihn unbedingt wiedersehen zu wollen und mich richtig darauf zu freuen, hatte ich bei Rouven selten.«

»Genauso sollte es aber sein«, meint Manu. »Bleib dran, Süße. Du hast es verdient. Sag dir das immer wieder, falls Zweifel kommen: Du *darfst* dich wohlfühlen, wenn du mit jemandem zusammen bist. Du *darfst* glücklich sein. Es ist *dein* Leben.«

Noch lange sitzen wir so und genießen den lauen Abend. Dieses leichte Gefühl von Entspannung, das ich schon in Florentins Abwesenheit gespürt habe, breitet sich weiter in mir aus.

Als Manu schlafen geht, entdecke ich auf meinem

Handy eine WhatsApp mit Fotos von Fabienne. Sie ist bereits mit Skye, ihren Eltern und Geschwistern auf einer ersten Besichtigungstour in Mitte.

Also rufe ich Gero an. Er meldet sich sofort. Erst jetzt erzähle ich ihm in allen Einzelheiten, wie es zu dem überstürzten Abflug nach Fuerteventura kam und wie die Begegnung mit Christian und am nächsten Morgen mit seiner Familie verlaufen ist.

»Im Grunde hast du nicht viel versäumt«, beteuere ich hinterher. »Wenn ich könnte, würde ich die Zeit zurückdrehen und es ganz anders anfangen. Mit mehr Mailkontakt vorher, dich natürlich einbeziehen, und Christian die Chance geben, dass er auch Sofia und die Kinder vorbereiten kann. Ich habe mich ziemlich teeniehaft verhalten, das muss ich zugeben.«

»Du bist ja auch ein Teenie«, sagt Gero, und in diesem Moment merke ich, dass er mir nicht mehr böse ist. Oder nicht mehr so sehr.

»Du auch«, erwidere ich. »Wann hast du überhaupt Geburtstag?«

»Anfang Dezember feiere ich meinen 17.«

Ich muss nicht lange rechnen, um festzustellen, dass wir nicht so weit auseinanderliegen, wie Geschwister es normalerweise tun. Bei zwei verschiedenen Müttern müssen ja keine neun Monate zwischen den Kindern liegen. Wir könnten fast Zwillinge sein.

»Wie willst du feiern?«, frage ich ihn.

»Hab noch keinen Plan«, antwortet er. »Irgendwas Cooles mache ich bestimmt. Du musst auch kommen,

Elena! Sonst nimmt es mir jemand übel, den du heute Nachmittag ziemlich beeindruckt hast.«

»Dich habe ich eher negativ beeindruckt.«

»Immerhin bist du dabei, dieses Bild wieder gerade zu rücken«, sagt Gero. »Du weißt schon, wen ich meine. Einen blond gelockten Jüngling, der dich am Sonntag unbedingt singen hören möchte.«

»Ich würde gerne jemanden mitbringen«, sage ich und erzähle ihm kurz von Fabienne und der Austauschschülerin aus den USA.

»Mach das«, sagt Gero. »Der Mauerpark ist hip und die Karaoke-Nachmittage sind legendär. Je mehr Leute wir sind, desto besser!«

20

Am Karaoke-Sonntag gehen die Sommerferien zu Ende. Die ersten gelblichen Blattspitzen der Linden und Platanen in Berlin kündigen an, dass der Herbst nicht mehr ewig auf sich warten lassen wird, ebenso die Kastanien im Hinterhof vor unserem Balkon. Wenige Tage nur noch, dann werden die glänzenden, dunkelbraun gemaserten Früchte zu Boden fallen und Fabienne wird mit Fabrice und ihren Babysitter-Kindern Tiere und Halsketten daraus basteln.

Auch das Wetter schlägt um. Die Nächte werden länger und spürbar kühler. Die größte Hitze ist erträglichen 26 Grad gewichen, begleitet von einem leichten Nieselregen. Fast hoffe ich, dass sich daran bis morgen nichts ändern wird, dann schmerzt der Schulbeginn weniger.

Den Sonntagvormittag verbringe ich mit Fabienne und der Austauschschülerin auf dem Flohmarkt im Mauerpark. Die Jungs werden erst später zu uns stoßen. Unterwegs versuche ich, Fabienne von Gero und Florentin zu erzählen, doch da Skye noch wenig Deutsch versteht, erscheint es uns beiden unfair, sie auf diese Art auszuschließen. Fabiennes Blicke jedoch verraten mir nur zu deutlich, wie gern sie mehr erfahren möchte. Auch über den Trip mit Rouven reden wir nicht. Sie hat mir zu verstehen gegeben, dass sie vermutlich genauso gehandelt hätte.

Skye, die mit ihren kunstvoll frisierten langen blonden Locken die Blicke vieler Leute auf sich zieht, wirkt mir gegenüber noch ein wenig schüchtern, während sie und Fabienne so vertraut miteinander umgehen, als würden sie sich bereits lange kennen. Ich spüre einen leichten Stich und bin froh, dass wir uns in das bunte, verrückte Treiben auf dem Flohmarkt mischen. So müssen Skye und ich nicht viel reden und können uns langsam an die Gesellschaft der anderen gewöhnen. Im Mauerpark werden nicht nur gebrauchte Sachen verkauft. Viele Straßenkünstler und Musiker zeigen ihr Können. Immer wieder bleiben wir stehen, um ihnen zuzuhören. Besonders beeindruckt bin ich von einer One-Man-Band, einem Gitarristen, der zusätzlich eine kleine Bassdrum bedient, toll dazu singt und zwischendurch kurze Einlagen auf der Mundharmonika liefert.

»Die Straßenmusiker in Amerika spielen auf einem sehr hohen Niveau«, sagt Skye auf Englisch. »Und jeder hofft, entdeckt und berühmt zu werden.«

»In Florida auch?«, frage ich. »Ich dachte, die besten wären alle in Los Angeles.«

Wir gehen weiter. Ich genieße es, hier und dort stehen zu bleiben, mir schöne und kuriose Dinge anzusehen und das eine oder andere Schnäppchen zu entdecken. An einem Schmuckstand sehe ich ein schwarzes Seidenband mit einem silbernen Pferd als Anhänger und frohlocke innerlich. Es ist das ideale Geschenk für Fabienne. Und wenn ich es kaufe, habe ich etwas Hübsches zu Weihnachten für sie. Außerdem ist es eine Erinnerung an unsere Nacht bei *Morgenröte* im Stall.

Fabienne hat es noch nicht entdeckt, sie wühlt gerade an einem drehbaren Ständer mit bunten Halstüchern. Noch während ich in meiner Tasche nach der Geldbörse wühle, greift Skye nach der Kette und bezahlt sie beim Händler. Dann tritt sie hinter meine beste Freundin, legt ihr die Kette um und schließt den winzigen Karabiner in ihrem Nacken. Fabienne erschrickt und greift sich vorn an den Hals. Als sie erkennt, was Skye ihr gegeben hat, fällt sie ihr mit einem Aufschrei um den Hals.

»Ein kleines Dankeschön, dass du mich so lieb aufgenommen hast und Zeit mit mir verbringst«, sagt sie. »Du hast doch Pferde so gern. Ich freue mich schon riesig darauf, wenn du mich zu deinem Reiterhof mitnimmst.«

»Natürlich nehme ich dich mit«, jubelt Fabienne. »Wir können gleich morgen nach der Schule hinfahren. Am ersten Tag nach den Ferien ist verkürzter Unterricht. Du wirst *Morgenröte* lieben!«

An einem Stand mit Stoffen und Kurzwaren kaufe ich Hanfgarn in Ockergelb, Weinrot und Tannengrün sowie Möbelknaufe, mit denen ich mein Zimmer weiter aufhübschen will. Fabienne fotografiert mich auf meine Bitte hin vor diesem Stand. Ich schicke das Bild an Christian und schreibe dazu: »Lust auf Berlin? Dieser Flohmarkt würde dir auch gefallen.«

Irgendwann haben wir alle Stände gesehen, doch bis zur Karaoke-Party dauert es noch mehr als eine Stunde, sie beginnt um 14.00 Uhr.

»Wir gehen schon vor zum Imbissstand«, sagt Fabienne. »Da vorn ist ein toller Inder, der macht die beste Reisbox, die ich kenne.«

Wenig später folge ich ihnen, doch als mir der Geruch von Öl und Gewürzen in die Nase steigt, wird mir etwas übel. Ich bleibe in einigen Metern Entfernung stehen.

»Willst du nichts?«, fragt Fabienne, während Skye ihre Bestellung aufgibt. Ich schüttle den Kopf.

»Bei uns gab es Spiegeleier zum Frühstück«, erkläre ich. »Davon bin ich jetzt noch satt.«

»Oder du hast einen nervösen Magen, weil gleich dein Bruder mit seinem süßen Kumpel kommt«, vermutet Fabienne.

Sie und Skye schaufeln ihre Mahlzeit rein. Wir setzen uns am Rand des Flohmarktes ins Gras. Ich bin seltsam froh über die Pause. Da der Boden noch warm ist, strecke ich mich aus. Doch so kneift und zieht es erst recht im Bauch. Ich rechne nach und stelle erleichtert fest, dass es wohl daran liegen muss, dass ich übermorgen meine Tage bekomme. Zum Glück ist zwischen mir und Rouven kaum etwas gelaufen. Ich lege mich ein wenig gekrümmt hin, so halte ich es besser aus. Fabienne könnte recht haben; sobald ich an Florentin denke, zieht es noch mehr in meinem Bauch. Gero und er müssten jeden Moment auftauchen.

»Elena«, höre ich plötzlich Fabiennes Stimme über mir. »Elena, bist du eingeschlafen?«

Ich schlage die Augen auf und setze mich hoch, kämpfe gegen leichten Schüttelfrost an. Ich muss tatsächlich kurz eingenickt sein, verrückt. Fabienne reicht mir einen Club-Mate. Danach fühle ich mich besser. An der Karaoke-Bühne haben sich bereits viele Zuschauer versammelt, also stehe ich auf.

»Sorry«, sage ich. »Dabei war ich gestern nicht mal feiern.«

Wir gehen hinüber zur Tribüne, und ich halte Ausschau nach den Jungs. Auf den terrassenförmig um die Bühne herum angeordneten Steinstufen haben sich bereits Hunderte versammelt, geschminkte Männer in bunten Hemden, Studenten, Familien mit Kindern, Rentner und jede Menge Touristen aus aller Welt. Wir setzen uns in eine der oberen Reihen, um alles gut überblicken zu können. Mit den Augen suche ich die gesamte Tribüne ab, bis ich Gero und Florentin entdecke. Ich mache Fabienne auf die beiden aufmerksam.

»Der sieht dir in Wirklichkeit noch ähnlicher als auf dem Bild«, murmelt sie, danach erklärt sie Skye in Kurzform meine Geschichte.

Auch die Jungs blicken sich nach uns um. Als sie mich entdecken, winken sie uns zu und stehen auf, um sich neben uns zu setzen. Dann geht es los. Der Veranstalter, ein lässiger älterer Typ, der in der Mitte der Bühne seine Karaoke-Anlage aufgebaut hat, begrüßt das Publikum und fragt, wer sein Gesangstalent unter Beweis stellen möchte. Zuerst treten zwei Rapper nacheinander auf, dann singt ein Mann einen Rockklassiker von Bon Jovi. Zwei kleine Mädchen performen zusammen »Lieblingsmensch« und eine alte Dame mit Blümchenkleid, buntem Hut und schwarzen Lippen gibt »Für mich soll's rote Rosen regnen« zum Besten.

»Kann jemand von euch singen?«, fragt Florentin in unsere Runde. Ich wehre sofort ab. Fabienne prustet vor Lachen beinahe ihren Smoothie aus. Gero schüttelt den Kopf. Alle blicken Skye an.

»I can try«, sagt sie, hebt ihren Arm und wird prompt aufgerufen. Sie sucht sich Miley Cyrus' Hit »Malibu« aus; schon bei den ersten Tönen wird ringsum alles still. Skye klingt noch etwas rauer, noch rotziger als Miley, innerhalb von Sekunden hat sie die Menge gefangen. Sie singt, sie röhrt, sie sehnt sich. Mit jeder Faser will sie mit dem Liebsten nach Malibu. Man glaubt ihr jedes Wort, so viel Gefühl legt sie in diesen Song. Als sie fertig ist, bricht fassungsloser Jubel los. Wir alle beglückwünschen sie, als sie zu uns zurückkommt. Fabienne fällt ihr um den Hals. Ein paar weitere Mädchen und Jungs schließen sich uns an und wollen in Skyes Nähe sein.

Als wir keine Lust mehr zum Zuhören haben, chillen wir im Biergarten des *Mauerseglers* weiter, eine große, fröhliche Runde. Ich muss an Rouven denken. Er hätte nicht dazu gepasst. Mittendrin stößt mich Fabienne von der Seite an.

»Florentin weicht dir ja kaum von der Seite«, flüstert sie. »Er würde super gut zu dir passen.«

Natürlich merke auch ich, wie oft er meine Nähe sucht. Am Tisch sitzt er erneut neben mir und berührt immer wieder zufällig meine Hand, achtet darauf, ob ich alles habe, was ich brauche, bezieht mich ein, wenn er mit den Leuten redet, die ich noch nicht kenne. Es ist so leicht mit ihm, und vielleicht ist das der Grund, weshalb auch Gero immer mehr auftaut.

Morgen fängt die Schule wieder an. Dabei könnten die Sommerferien, wenn es nach mir ginge, noch einmal von vorn beginnen. Gerade jetzt.

Am ersten Schultag ist Skye die Attraktion in unserer Klasse. Niemand hat gewusst, dass wir eine Austauschschülerin bekommen würden. Sofort wird sie umringt. Die Jungs halten sich noch zurück und checken sie aus sicherer Entfernung ab. Die Mädchen jedoch versuchen sofort, ihre Englischkenntnisse anzuwenden und stellen ihr viele Fragen. Manchmal antwortet Fabienne für sie, ohnehin weicht sie ihr nicht von der Seite. Es gefällt ihr, dass sie diejenige ist, bei der Skye wohnt, die sie am besten kennt, mit der die Amerikanerin während der letzten Tage bereits ein »wir« entwickelt hat. Sogar von Frau Krüger erntet Fabienne anerkennende Blicke, zumal ihr Englisch rasant flüssiger geworden ist. Während der ersten Tage sehen alle unsere Lehrer darüber hinweg, wenn wir sogar während des Unterrichts mit Skye reden.

In den Pausen schließe ich mich an, wenn alle zusammen über den Schulhof schlendern oder in der Cafeteria sitzen und gemeinsam Pläne für die kommenden Nachmittage und die Wochenenden schmieden. Es gibt so vieles, was wir Skye zeigen müssen.

»Am Samstag wollen wir zu den Filmstudios in Potsdam. Bist du dabei? Johanna, Malin, Zeynep und Felix kommen auch mit«, sagt Fabienne. Gerade will ich ihr antworten, da vibriert mein Handy.

»Warte kurz«, sage ich, »Nachricht von Florentin.«

»Wow, der geht ja ganz schön ran«, meint sie. »Lies nur.«

Ich überfliege die WhatsApp. »Er will sich mit mir treffen«, sage ich und spüre sofort wieder diese übersprudelnde Freude, die allein schon sein Name in mir auslöst. »Auch am Samstag.«

»Süße, das freut mich echt für dich.« Fabienne drückt meine Hand, Skye tritt neben uns, Fabienne erklärt ihr mit wenigen Sätzen auf Englisch, worum es geht. »Du hast es verdient. Florentin ist wirklich ein Netter. Bring ihn doch mit!«

»Ich weiß nicht«, erwidere ich. »Da ist ja immer noch Rouven … wir sind noch zusammen. Und ich will nicht von einem Jungen zum nächsten wechseln. Was ist, wenn ich mit ihm Schluss mache und er dreht durch?«

»Du bist nicht für ihn verantwortlich«, sagt Fabienne. »Triff dich mit Florentin. Wenn er mit uns allen nach Potsdam kommt, ist es kein Date, trotzdem könnt ihr euch besser kennenlernen. Und falls Rouven dahinterkommt, kann er dir keinen Betrug vorwerfen.«

Ähnlich argumentiert auch Gero, als ich abends mit ihm telefoniere, um mich für den nächsten Abend mit ihm in Pankow zum Pizzaessen zu verabreden.

»Florentin steht auf dich«, meint er, »aber du musst nichts überstürzen. Es ist ja alles noch frisch.«

Kaum habe ich aufgelegt, ruft Rouven an. »Von dir höre ich gar nichts mehr«, beschwert er sich. »Wo steckst du die ganze Zeit? Du hast bestimmt einen anderen Typen.«

Ich blicke auf die Uhr meines Displays. Eigentlich bin ich müde und würde heute gern früh schlafen gehen, doch dann belagert Rouven mich morgen wieder.

»Lass uns reden«, sage ich also. »Ich komme vorbei.« Nach diesem Satz lege ich auf und gehe los. Es ist mir egal, wie spät es ist. Und es ist mir egal, ob Harro Großkotz zu Hause ist und nicht will, dass noch Besuch kommt. Ich muss Klarheit schaffen, jetzt.

Rouvens Mutter öffnet mir. Aus dem Wohnzimmer dringt das bläuliche Flackern des Fernsehers bis in den Flur. Rouven sitzt in seinem Zimmer und blickt nicht einmal auf, als ich eintrete.

»Du weißt, dass ich keinen anderen Freund habe«, beginne ich sofort, ohne mich hinzusetzen. »Aber in meinem Leben ist gerade eine Menge los, wie du mitbekommen hast. Dass ich einen Halbbruder habe, wusste ich bis vor Kurzem noch nicht, aber ich möchte ihn näher kennenlernen. Er ist mir sympathisch. Ich will Zeit mit ihm verbringen, Rouven. Zeit, die wir als Kinder nicht hatten. Ist das so schwer zu verstehen?«

»Warum muss ich dann aufs Abstellgleis? Ich kann doch mitkommen, wenn du deinen Bruder triffst. Es wäre das Normalste von der Welt. Jeder Bruder läuft eines Tages dem Freund seiner Schwester über den Weg.«

»Eines Tages, ja. Warum nicht«, seufze ich. »Aber im Moment möchte ich viel mit Gero allein sein. Wir reden die ganze Zeit über Familienkram, das würde dich nicht interessieren.«

»Da hast du sogar recht.«

»Siehst du. Und deshalb geht es nicht. Für mich ist das alles so neu, so aufregend, Rouven. Ich muss innerlich frei sein, wenn ich Gero treffe, will nicht dauernd darüber nachdenken, ob du jetzt sauer bist oder dich vernachlässigt fühlst.«

»Ist ja so«, sagt er. »Vielleicht lügst du mich auch an und Gero ist gar nicht dein Bruder.«

»Rouven, jetzt reicht es.« Ich atme tief durch und strecke meinen Körper. »Das muss ich mir von dir nicht unterstellen lassen. Und auf diesem Niveau rede ich auch nicht mit dir. Und weißt du was: Ich brauche eine Auszeit. Wir sollten uns eine Zeit lang nicht treffen und unabhängig voneinander überlegen, ob das mit uns überhaupt noch Sinn hat.«

Rouven steht auf. »Was … Elena, nein, … so war das nicht gemeint, ehrlich.«

»Doch, genau das war es«, erwidere ich. »Lass uns

vier Wochen Pause machen. So wie im Moment geht es nicht weiter.« Jetzt gehe ich doch auf ihn zu und umarme ihn fest, aber nur kurz. »Du musst auch mal zur Ruhe kommen. Ich ruf dich an.«

Es ist angenehm, Zeit mit Gero zu verbringen. Als Halbgeschwister, die sich erst so spät kennenlernen, haben wir viel nachzuholen, stellen Gemeinsamkeiten und Unterschiede zwischen uns fest, nicht nur Club Mate mögen wir beide.

»Vielleicht sind wir uns in Berlin schon mal über den Weg gelaufen, ohne zu ahnen, dass wir Halbgeschwister sind«, sagt er. »Verrückte Vorstellung.«

Auch Gero ist ein Tüftler und Bastler. Er repariert gern Fahrräder.

»In unserer Schule leite ich zusammen mit einem Lehrer die Fahrrad-AG«, berichtet er stolz. »Später will ich mich mit einem eigenen Laden selbstständig machen. Wenn ich aus drei kaputten Rädern ein Ganzes zusammengeschraubt habe, freue ich mich mehr als über eine Eins in meinem Hassfach Geschichte.«

»Wer hat dir das beigebracht? Dein Papa?«, frage ich ihn.

»Ich habe es mir bei ihm abgeschaut«, erzählt Gero. »Einmal haben wir uns auf Usedom Räder gemietet. Meine Mutter fuhr über eine Glasscherbe und hatte einen Platten im Vorderreifen. Ich konnte kaum so schnell hinsehen, wie Papa das Rad ausgebaut und den Reifen geflickt hat. Mich hat das echt beeindruckt. Ich wollte es danach unbedingt lernen – und er hat mir noch mehr Tricks gezeigt. Gangschaltung reparieren, Kette einhängen, Bremsen nachziehen. Jetzt kann ich mir selbst helfen, egal, wo ich gerade bin.«

»Dein Papa. Hast du ihm schon erzählt, dass du wahrscheinlich deinen genetischen Vater gefunden hast? Und deine Halbschwester?«

Gero nickt. »Zuerst wirkte er geschockt und hat sich etwas von mir zurückgezogen. Bisher gab es ja nur uns drei; ihn, meine Mutter und mich. Auf einmal war da noch jemand, wenn auch in weiter Ferne. Meine Mutter hat mir erklärt, dass in dem Moment alles wieder hochkam bei ihm. Er hat sich ja immer eigene Kinder gewünscht, aber das geht bei ihm nicht. Nun taucht auf einmal einer auf, bei dem das sehr wohl geht. Das war hart für ihn.«

»Und dann? Hat er sich wieder beruhigt?«

»Ich glaube, er hat Angst vor dem Tag, an dem ich Christian zum ersten Mal treffe. Er befürchtet, ich könnte ihn mehr mögen als Papa. Aber für mich ist Papa mein Papa, und wie sich meine Beziehung zu Christian entwickeln wird, muss sich erst zeigen. Ich hoffe, dass ich auch ein Teil seines Lebens sein werde, so wie er in meinem.«

Ich überlege kurz, lasse die Begegnungen auf Fuerteventura wie einen Film vor meinem geistigen Auge ablaufen. Den Abend beim Mexikaner, das verkrampfte Frühstück mit Sofia am Morgen darauf.

»Das hoffe ich für mich auch«, stelle ich fest. »Es ist etwas Besonderes, dass es ihn gibt und dass wir ihn gefunden haben. Unsere Familienstory ist ganz schön schräg. So eine hat nicht jeder.«

Nachdem wir aufgegessen und gezahlt haben, gehen wir spazieren. Gero zeigt mir seine frühere Grundschule, sein jetziges Gymnasium, die Straßen und Parks, in denen er als Kind gespielt hat und das Haus, in dem er wohnt. Ich spüre, dass es in meinem Bauch wieder ein wenig zwackt. Wie neulich im Mauerpark, ignoriere ich es jedoch. Zu sehr genieße ich den Abend mit meinem Bruder.

»Magst du mit nach oben kommen?«, fragt er mich. Ich blicke an der Fassade des Hauses hoch. Gero hat gesagt, seine Familie wohne im zweiten Stock links. Im Küchenfenster brennt Licht.

»Ein anderes Mal«, antworte ich. »Es ist noch zu früh. In letzter Zeit ist so viel passiert. Wenn ich deine Eltern kennenlerne, will ich den Kopf richtig frei haben.«

»Geht mir mit deinen Müttern genauso«, gesteht Gero. »Gut, dass wir Zeit haben. Jetzt nimmt mir keiner mehr meine Schwester weg.«

Wir gehen weiter durch die Stadt und reden, doch das Ziehen in meinem Bauch wird schlimmer. Ich spüre es jetzt besonders rechts unten. Gero merkt es daran, dass ich immer stiller werde. Er sieht mich an.

»Bist du müde?«, fragt er. »Habe ich zu viel geredet?«

»Auf keinen Fall«, lache ich ein wenig gequält. Dann erzähle ich ihm von den Schmerzen. »Vielleicht sollte ich langsam nach Hause gehen. Bestimmt liegt mir der Dauerstreit mit Rouven quer im Magen.«

»Was kein Wunder wäre.« Gero legt seinen Arm um meine Schultern und führt mich langsam weiter. »Ich bringe dich nach Hause. Dann lerne ich deine beiden Mütter eben doch schon kennen.«

21

Mama sitzt am Küchentisch über einer Abrechnung, als Gero und ich die Wohnung betreten und ich ihn als meinen Halbbruder vorstelle.

»Das ist aber schön«, sagt sie und steht auf. »Herzlich willkommen, Gero!« Sie blickt zwischen uns beiden hin und her, prüft und vergleicht, dann nickt sie. »Doch, das könnte eine Familienähnlichkeit sein. Warum habt ihr nicht angerufen und gesagt, dass ihr zusammen herkommt, dann hätte ich etwas Leckeres zum Abendessen vorbereitet!«

»Wir haben schon gegessen«, antworte ich. »Aber das war wohl keine gute Idee.«

»Ach was, wir holen es so bald wie möglich nach«, sagt Mama.

In meinem Unterbauch sticht es, ich muss mich wieder krümmen. Mama sieht mich entsetzt an.

»Was ist mit dir, Schatz, geht es dir nicht gut?« Sie legt ihre Hand auf meine Stirn. »Du glühst ja! Lieb von dir, Gero, dass du sie hergebracht hast. Komm, leg dich gleich ins Bett, meine Kleine.«

Ohne Widerstand mache ich, was meine Mutter sagt. Als ich in meinem Sleep-Shirt im Bett liege, fühle ich mich etwas besser. Mama kocht einen Tee für mich und stellt ihn mir auf das Podest. Gero setzt sich neben mich. Wenig später kommt auch Manu ins Zimmer.

»Könnte der Blinddarm sein«, vermutet sie. »Meiner ist schon seit Jahrzehnten raus, aber ich weiß noch, dass ich mich damals auch so krumm hingelegt habe wie du jetzt. Hast du die Schmerzen schon länger?«

»Bisher waren sie nicht so schlimm und gingen immer wieder weg«, antworte ich. Mama kommt mit dem Fieberthermometer und hält es in meinen Gehörgang. Es zeigt 38,3°C an.

Mama tastet vorsichtig meinen Bauch ab. Besonders beim Loslassen tut es weh. Ich glaube nicht, dass ich heute Nacht schlafen kann. Mama und Manu tauschen besorgte Blicke.

»Bereitschaftsarzt oder gleich in die Klinik?«, fragt Mama.

»Bis die hier sind, fahre ich lieber«, antwortet Manu. »Kannst du aufstehen und sitzen, Kleines?«

Ich ziehe mich wieder an. Gero will mitfahren, doch Mama rät ihm ab.

»Wer weiß, wie lange wir warten müssen, ehe Elena überhaupt untersucht wird. Besuch sie lieber morgen. Wenn du uns deine Nummer hierlässt, melden wir uns, sobald wir mehr wissen.« Trotz meiner Schmerzen muss ich grinsen.

»Ihr seid so Familie«, sage ich.

Es ist der Blinddarm. Die Nacht verbringe ich mit einem Eisbeutel auf dem Bauch in einem Vierbettzimmer. Gleich am nächsten Morgen werde ich operiert. Hinterher werde ich nur mühsam wieder wach. Sekundenlang sehe ich alles um mich herum wie durch einen Schleier, dann schlafe ich wieder ein.

Später als im Zimmer das Deckenlicht eingeschaltet wird und eine Krankenschwester zum Fiebermessen kommt, taste ich auf meinen Bauch, der mit Mull und Pflaster verklebt ist. Erst dann öffne ich meine Augen und stelle fest, dass ich nicht allein bin. Mit jedem Besuch habe ich gerechnet, aber dass Florentin an meinem Bett sitzt, überwältigt mich.

»Was machst du denn hier?«, frage ich. »Hat Gero dir Bescheid gesagt?«

Florentin nickt. »Ich soll dich von ihm grüßen. Er wollte mitkommen, aber ich habe ihm gesagt, das sei ungerecht. Ihr habt euch ja erst gestern gesehen.«

»Ich freu mich total, dass du da bist«, flüstere ich.

»Du musst nicht reden«, sagt er. »Mach ruhig die Augen wieder zu. Bist ja noch voller Narkosegift.«

Meine Augen fallen von allein zu. Er nimmt meine Hand, selbst im Halbschlaf merke ich, dass sie kleiner ist als Rouvens Pranke, aber sie fühlt sich schon jetzt vertraut an, warm, trocken, beruhigend. Die Krankenschwester bringt mir Tee, doch gleich nach den ersten Schlucken wird mir schlecht. Florentin merkt es und hält mir die bereitstehende Nierenschale vors Kinn.

»Tut mir leid«, japse ich, nachdem ich wieder in mein Kopfkissen gesunken bin. »So hast du dir unser erstes Date sicher nicht vorgestellt.«

Er streichelt meine Haare, bis ich wieder gleichmäßig atmen kann.

»Ich hab dir was mitgebracht«, sagt er, langt hinter sich in seinen Rucksack und legt mir zwei Zeitschriften auf die Bettdecke: eine leicht zerfledderte übers Surfen, die andere neu und übers Amigurumi-Häkeln.

»Damit dir im Krankenhaus nicht langweilig wird«, sagt er. »Morgen geht es dir bestimmt besser.«

»Danke«, stoße ich hervor, »aber woher weißt du …«

»Das war nicht schwer«, lacht Florentin. »Dein Brüderchen hat natürlich nachgeforscht. Meine Cousine macht auch diese Häkelpüppchen und versorgt alle Kinder in der Umgebung damit. Die scheinen der Renner zu sein. Das Surferheft ist nur, damit du verstehst, was mich an diesem Sport so begeistert.«

»Ich versteh schon.«

Ich lege die Hefte auf den Nachttisch und sehe Florentin an, stelle ihn mir im Neoprenanzug auf dem Board vor, die Locken von der Sonne ausgebleicht, die Augen mit dem Sommerhimmel um die Wette strahlend, und mich selbst am Strand sitzend und ihm zuschauend, stolz und besorgt zugleich … Unsinn. Das bin ich nicht. Ich sitze nicht als passives Weibchen herum, um den Traumboy zu bewundern. Natürlich surfe ich auch.

»Du denkst hoffentlich nicht, ich hätte außer Häkeln

nichts im Kopf«, sage ich. »Aber es ist toll. Ich bringe es dir bei, wenn du willst.« Ich zwinkere ihm zu.

Florentin lacht. »So weit muss es nicht gehen. Aber ich will wissen, was du magst und womit du dich beschäftigst. Es interessiert mich einfach.«

»Geht mir bei dir genauso«, antworte ich und muss daran denken, dass ich so einen Satz von Rouven nie gehört habe. Klar haben auch wir etwas gemeinsam, das Fernweh, den Freiheitsdrang, die Sehnsucht nach Vollständigkeit. Aber jetzt und hier, mit diesem Jungen an meiner Seite, meinem Bruder in meiner Stadt und meinen beiden Müttern zu Hause dämmert es mir, dass ich reicher bin, als ich vor Kurzem noch dachte.

Die Tür zum Krankenzimmer geht auf, zwei meiner Bettnachbarinnen bekommen ebenfalls Besuch. Hinter den Leuten kommt Mama herein. Florentin steht auf und stellt sich vor, dann beugt er sich über mich und umarmt mich.

»Bis morgen«, sagt er, und ich begreife, dass es sich so anfühlen muss, wenn jemand es ernst meint.

Als er gegangen ist, legt mir Mama ein durchsichtiges Päckchen aufs Bett, Ich erkenne den Inhalt sofort. Es ist ein Starterset für Amigurumi. Passend zu Florentins Heft.

»Kaum bin ich aus dem Haus, sprecht ihr euch alle miteinander ab«, bemerke ich. »Danke schön.« Ich lege meine Arme um ihren Hals.

»Ganz liebe Grüße auch von Manu. Sie ist noch in der

Tischlerei. Es ist nicht gut, wenn gleich nach der OP alle herkommen«, sagt Mama.

»Rouven kommt sicher nicht. Und Fabienne … mein Handy! Ich glaub, ich habe es zu Hause vergessen.«

Schon will ich mich aufrichten und in der Nachttischschublade danach wühlen, doch dabei wird mir wieder schlecht. Ich lege mich hin und Mama greift in ihre Handtasche. Samt Ladekabel legt sie mein Telefon in meine Hände. Ich checke es sofort. Tatsächlich ist eine Nachricht von Fabienne drauf. Meine Klasse hat ein Video gedreht.

»Get well soon – gute Besserung«, ruft Skye mit lustigem amerikanischen Akzent in die Kamera. Fabienne und die anderen wiederholen den Wunsch, schicken Handküsse oder winken.

»Wenn du dich gut erholst, kannst du übermorgen schon nach Hause. Ich habe draußen den Stationsarzt gefragt«, erzählt Mama. »Zur Schule darfst du noch mindestens eine Woche nicht gehen. Aber so wie es aussieht, wirst du dich nicht einsam fühlen.«

Am Tag darauf geht es mir schon viel besser, vor allem als Gero kommt und etwas später Florentin. Gero und ich können endlos miteinander reden, immer wieder erzählen wir uns gegenseitig Geschichten aus unserer Kindheit, von Familie und Schule, wie wir aufgewachsen sind und was wir am liebsten gespielt haben, wo wir unsere Ferien verbracht haben und viele einzelne Anekdoten. Florentin steuert Witze bei, doch beim Lachen tut meine Blinddarmnarbe weh, so klein sie auch ist.

Als ich vom Reden müde bin, schlage ich vor, ein wenig fernzusehen. Gero stellt sich einen Stuhl neben mein Bett und wir schauen uns »Two and a half men« an. Florentin legt einen kleinen Kuschel-Delfin auf mein Bett.

»Damit du das Meer nicht vergisst«, sagt er.

Nach der Sendung verabschiedet sich Gero. Florentin legt sich mit auf mein Bett, und wir lassen uns weiter berieseln, bis ich in einen trägen Halbschlaf falle. Zum ersten Mal erlebe ich es, wie angenehm es sein kann, mit einem Jungen zu schweigen. Er spürt, wie geschafft ich noch bin und liegt einfach neben mir, hält meine Hand, ab und zu holt er etwas zu trinken für mich oder fragt, ob ich es bequem habe. Als die Krankenschwester hereinkommt und ihn sieht, zwinkert sie uns zu.

»Da weiß aber einer, wie man Mädchen schnell gesund macht.«

Auch in den ersten Tagen zu Hause besucht mich Florentin jeden Tag.

»Du solltest Arzt oder Krankenpfleger werden«, sage ich, denn inzwischen hat er sich darüber schlau gemacht, was man in den ersten Tagen nach einer Blinddarm-OP essen und trinken darf und kocht Spaghetti, als Mama und Manu arbeiten müssen, kauft Apfelmus und milden Käse ein, lüftet mein Zimmer und schüttelt mein Kissen auf. Allmählich geht es mir besser und wir unternehmen vorsichtige Spaziergänge.

»Darfst du schon Eis essen?«, fragt er. »Dann zeige ich dir, wo ich jobbe.«

Wir steuern die Eisdiele im Akazienkiez an, in der es tolle ausgefallene Sorten aus eigener Herstellung gibt, nur ein paar Busstationen von zu Hause entfernt.

»Hier?«, frage ich ihn staunend. »Hier war ich schon ein paar Mal nach der Schule, warum bist du mir nie aufgefallen?«

»Weil wir uns erst jetzt kennenlernen sollten«, antwortet er.

Wir gehen rein. Florentin wird von einem jungen Mann hinter dem Tresen freudig begrüßt und bekommt gleich sein Lieblingseis in die Hand gedrückt. Ich bestelle Salzkaramell und Erdbeerjogurt.

»Wann hast du endlich wieder Schicht?«, fragt der Eisverkäufer. »Warst ja ewig nicht hier.«

»Hab Besseres zu tun«, grinst Florentin. »Bis die junge Lady hier wieder ganz genesen ist.«

»Oder dann erst recht«, lacht der andere. »Lass dich mal wieder sehen, Flo.«

»Du hast es gut, wenn du hier arbeitest. Kannst jede Sorte probieren«, sage ich.

Das Eis schmeckt himmlisch. Anschließend fühle ich mich wieder ein ganzes Stück lebendiger, durch das Eis, diesen unbeschwerten Nachmittag, durch das, was Florentin gesagt hat. Mit jedem Wort, jeder Geste zeigt er mir, wie wichtig ich ihm bin, dass er bei mir sein will, weil er mich mag, dass er sich mit mir wohlfühlt, obwohl ich im Moment wahrlich keine Stimmungskanone bin.

Ein paar Tage später fahren wir zum Rudern an den Neuen See im Tiergarten.

»Du ruhst dich aus«, sagt er, nachdem wir ein Boot gemietet haben und eingestiegen sind. »Ich spiele jetzt den starken Helden. Sieh nicht so genau hin.«

Also mache ich es mir bequem, er zieht die Ruder durchs Wasser. Anfangs schlingert das Boot leicht, doch nach wenigen Minuten hat Florentin seinen Rhythmus gefunden. Unwillkürlich muss ich an Rouven denken, für dessen muskulöse, lange Arme diese Bewegungen ein Kinderspiel gewesen wären. Auch er hätte gut ausgesehen beim Rudern, es würde zu ihm passen, mit langen, kräftigen Zügen durch das Wasser zu pflügen. Doch in seiner Gegenwart wäre ich wieder angespannt gewesen, auf der Hut vor seinem Zorn, den Stimmungsschwankungen, seinen bühnenreifen Abgängen, seiner Verzweiflung. Florentin und ich sitzen wirklich im selben Boot. Ich darf mich zurücklehnen und zulassen, dass er für mich da ist, unser Boot gleitet ruhig durch das Wasser, und auch meine Seele gleitet weg von allem Schweren, Belastenden. So vieles hat mich während der letzten Monate aufgewühlt, alles schien schwierig, unerreichbar. Neben Flo habe ich das Gefühl, dass alles möglich ist.

Unter den tief herabhängenden Ästen einer Trauerweide bringt er den Kahn zum Stehen und sichert ihn so, dass er nicht abtreiben kann. Dann legt er die Ruder hinein. Es schwankt gefährlich, als er zu mir auf meine Bank kommt; lachend fällt Florentin in meine Arme. Wir legen uns auf die Holzplanken, er streift seine Sweatjacke ab und schiebt sie unter meinen Nacken, dann schließt er mich in die Arme. Wir liegen ganz still auf der Seite und sehen uns an, noch nie war er mir so nah wie jetzt. Seine Augen schimmern in der Farbe von Bernstein, gelbe und dunkle Sprenkel verteilen sich in der Iris. Sonnenaugen.

»Ich bin kein Mädchen, das zwei Jungs auf einmal daten will«, sage ich. »Aber noch nie hat sich etwas so verdammt richtig angefühlt wie das hier.«

»Ich will dich zu nichts drängen«, sagt Florentin. »Du weißt, was ich für dich fühle. Vom ersten Augenblick an.«

Wir lächeln uns an, ich kann seinen Atem spüren, und eine seiner blonden Locken streift meine Stirn.

»Meine Co-Mutter sagt, Liebe muss sich anfühlen wie rosa Zuckerwatte mit Brausepulver drin.«

»Die verträgst du noch gar nicht. Viel zu süß und klebrig.« Er lacht leise. »Was wollen wir als Erstes unternehmen, wenn du wieder ganz gesund bist?«

»Bin ich doch schon«, flüstere ich. Wieder versinke ich in seinem Blick und in diesen Armen, die mich halten und wärmen, ohne mich zu erdrücken. Ich fahre mit meinen Fingern durch sein Haar und kraule seinen Nacken, spüre seine Hand über meinen Rücken streichen, auch unsere Beine umschlingen einander. Florentins Lippen schmecken nach Eukalyptus und nach ihm, nach mehr und immer noch mehr, neu und aufregend und gleichzeitig vertraut, bei jedem Kuss warte ich schon auf den nächsten.

»Es ist noch zu früh«, sage ich, als wir wieder Luft holen. »Ich will keine halben Sachen machen.«

»Ich weiß«, sagt er und drückt seinen Mund auf meine Stirn. »Wenn sich Warten so gut anfühlt, warte ich gern.«

22

Am letzten Abend, bevor ich wieder zur Schule gehe, fahre ich zu Rouven nach Hause. Noch nie bin ich unangemeldet bei ihm aufgekreuzt, wie er es bei mir oft getan hat. Ohnehin war ich ja bisher selten dort. Als ich vor dem herrschaftlichen Altbau stehe, spüre ich ein unangenehmes Ziehen im Magen, aber jetzt muss ich da durch. Seit dem Beginn unserer Auszeit hat sich Rouven nicht bei mir gemeldet und ich mich auch nicht bei ihm. Jetzt ist es Zeit, einen Schlussstrich zu ziehen, es läuft einfach nicht mit uns. Wir hätten es längst einsehen sollen. Also drücke ich auf den Klingelknopf neben seinem Nachnamen und warte.

Die Zeit, bis der Summer ertönt, erscheint mir endlos. Ein älterer Herr mit einem Mops an der Leine öffnet die Tür von innen und tritt auf die Straße. Ich grüße ihn freundlich und gehe hinein, höre den Summer, als ich schon halb oben bin.

Die Wohnungstür ist angelehnt. Als ich ankomme, reißt Rouven sie von innen auf. Ich erkenne ihn fast nicht wieder. Er trägt die Haare raspelkurz, statt wilder Löwenmähne liegen sie jetzt eng um seinen Kopf wie eine schwarze Kappe.

Dadurch sieht er ein wenig kleiner aus, noch verletzlicher und doch wie befreit, die Wut ist aus seinem Blick gewichen. Auch trägt er andere Klamotten, seine lässigen Jeans hat er gegen eine engere schwarze Hose getauscht, die er an den Knöcheln aufgekrempelt hat.

»Elena«, stößt er hervor, als er mich sieht. Mit einer hektischen Bewegung dreht er sich um, ehe er leise weiterspricht. »Gut, dass du kommst. Ich wollte mich schon längst bei dir melden. Können wir rausgehen?«

Aus der Wohnung ruft die Stimme eines anderen Jungen seinen Namen.

»Warte kurz«, sagt Rouven zu mir, dreht sich um und geht zurück in den langen Flur, von dem sein Zimmer abgeht.

»Sehen wir uns nachher noch?«, höre ich den anderen fragen.

»Klar«, antwortet Rouven. »Bin in einer Stunde zurück.«

Dann kommt er wieder raus und zieht die Tür hinter sich zu.

»Ich kann ein anderes Mal wiederkommen, wenn du Besuch hast«, schlage ich vor. »Hat Harro Großkotz es überhaupt erlaubt?«

»Die sind doch weg. Malediven«, sagt er. »Lass uns zur Hasenheide gehen, wie beim ersten Mal.«

Es ist wirklich ähnlich wie damals. Rouven geht zügig, schweigt fast die ganze Zeit. Im Park setzen wir uns auf eine Bank. Erst jetzt sieht er mich richtig an.

»Hast du es gewusst? Oder geahnt? Damals, als ich das mit dem Bonzenauto am Nolli gemacht habe?«

Ich sehe ihn verwundert an. »Was soll ich gewusst haben? Dass du kriminelle Dinger drehst?«

»Unsinn. Das war doch nur, damit du es nicht merkst ... ich wollte ablenken, es war doch mitten im Schwulenkiez. Ich kam gerade aus einer Bar und hab nicht damit gerechnet, dass du da herumläufst.«

»Ich wohne da«, erinnere ich ihn. »In der Nähe jedenfalls.«

»Und hast nichts gemerkt? Ich selber auch nicht. Viel zu lange nicht, besser gesagt: Nicht wahrhaben wollen.«

Rouven schweigt, und ich lasse seine Worte in mein Hirn sacken. Es dauert lange, bis sie meinen Denkmotor in mir in Gang setzen. Nicht wahrhaben wollen. Schwulenkiez. Bar. Nichts gewusst, gemerkt. Sein Kuss in unserem Hausflur, der keiner war, unser missratener Sex, den wir ohne Genuss hinter uns gebracht haben. Seine aggressiven Stimmungen, die Wut nicht nur gegen den Stiefvater. Die Löwenmähne als Tarnung. Sein abweisendes Verhalten, als ich ihn und Tobi abholen wollte. Rouven ist schwul, und ich bin Zeugin seines Comingouts. Krass. Ich bin ihm nicht böse, wegen nichts.

»Aber warum hast du so geklammert?«, bohre ich nach. »Warst eifersüchtig, ohne jeden echten Anlass?«

»Weil du was ganz Besonderes für mich bist. Eine Zeit lang habe ich gehofft, mit dir könnte ich ... aber es hat nicht funktioniert, egal, wie sehr ich es versucht habe.«

»Weiß Harro es schon? Und deine Mutter?« Rouven schüttelt den Kopf.

»Ich sage es ihnen, wenn sie zurück sind.«

»Da hast du dir was vorgenommen.«

»Egal. Danach bin ich bald weg. Ein Jahr Australien, gleich nach meinem 18. Geburtstag. Das wird die Zeit meines Lebens.«

»Der Typ vorhin, ist das dein Freund? Kommt er auch mit?«

»Ja und ja. Ich kenne ihn fast so lange wie dich. Es tut mir alles so leid, Elena. Du bist das coolste Mädchen, das mir je begegnet ist, wirklich. Und mit deinen zwei Müttern … keine andere hätte mich je so lange ausgehalten.«

»Schon gut«, sage ich. »Wir hatten eine verrückte Zeit. Davon werde ich noch meinen Kindern und Enkelkindern erzählen.«

»Ich werde wohl keine haben.« Er lächelt wehmütig. »Dabei finde ich Kinder so genial.«

»Du kannst ja Samenspender werden«, necke ich ihn.

Sein Handy vibriert. Sicher sein Freund.

»Ich muss zurück«, sagt Rouven nach einem schnellen Blick aufs Display.

»Lass von dir hören«, sage ich. »Aus Australien, wenn du ein Känguru getroffen hast oder einen Koala.«

Dann umarmen wir uns. Wir haben beide Tränen in den Augen. Ich sehe ihm lange nach, als er geht.

Wieder zu Hause schreibe ich Fabienne alles per WhatsApp. Sie hat seit meiner OP wenig von sich hören lassen. Natürlich wird sie von Skye belegt, mit der sie jeden Nachmittag verbringen muss, ob sie will oder nicht. Dennoch kränkt es mich ein wenig, weil wir uns sonst immer besuchen, wenn eine von uns krank ist. Dieses Mal schickt sie mir nur ab und zu ein paar fröhliche Fotos aus der Schule oder von ihren Unternehmungen mit Skye und den anderen aus der Klasse. Sie und die Amerikanerin beim Frühstück, von Mädchen und Jungs umringt in der Sporthalle, nachmittags beim Shoppen, wieder mit Skye auf dem Reiterhof in Lübars und sogar mit Morgenröte. »Du fehlst«, schreibt sie dazu. Doch wenn es so wäre, würde ich nicht diesen leisen Stich fühlen, den all die Bilder und ihre knappen Worte in mir auslösen, wann immer ich sie betrachte. Meine Nachricht wird lang. Kaum fünf Minuten später ist ihre Antwort da: »Wahnsinn, was alles passiert, wenn man dich nur mal kurz aus den Augen lässt! Hoffe, wir finden morgen ein paar Minuten für uns allein. Freu mich auf dich! Deine F.«

Als ich am nächsten Morgen jedoch unseren Klassenraum betrete, merke ich sofort, dass sich etwas verändert hat. Haben sich sonst vor dem Unterricht die Sitznachbarn und besten Freunde und Freundinnen miteinander unterhalten, auf Tischen sitzend, am Fenster lehnend, auf Stühlen lungernd, so scheint sich die Klasse nun in zwei Lager aufgeteilt zu haben. Fabienne und Skye stehen mit unseren Freundinnen und den beliebtesten Jungs dicht zusammengedrängt vorn neben der Tafel und tuscheln leise miteinander, wobei sie immer wieder zu der anderen Gruppe linsen, die am hinteren Ende des Raumes genauso eng und geheimnisvoll tun. Als Fabienne mich sieht, löst sie sich aus der Gruppe, nimmt ihre Ohrhörer raus und fällt mir um den Hals.

»Elena!«, ruft sie. »Endlich. Du gehörst natürlich zu uns. Komm gleich hier in die Mitte, zu mir.« Sie nimmt mich am Arm und zieht mich zwischen Johanna und Malin in den Kreis.

Alle begrüßen mich freudig mit Küsschen auf die Wange. Dennoch ist mir etwas unbehaglich zumute.

»Wieso zu euch? Habt ihr euch mit den anderen gestritten?«, frage ich deshalb.

»Wir haben eine Gang gegründet, die Kids of America. Nach einem alten Song von Kim Wilde«, erklärt Skye. »Aber es wollten nicht alle mitmachen. Der Rest steht da drüben.« Mit gerecktem Kinn deutet sie zu der anderen Gruppe.

»Seid ihr verfeindet oder was?«, will ich wissen. »Ich bin nicht sicher, dass ich mich da reinziehen lassen will. Um ehrlich zu sein, finde ich so etwas ziemlich blöd. Die anderen sind doch total okay.« Ich wende mich erneut an Fabienne. »Hast du eine Minute?«

Ihr Gesicht verrät, wie gern sie mit mir vor die Tür gehen, um endlich einmal unter vier Augen zu reden. Im selben Moment klingelt es jedoch, und Frau Krüger betritt den Klassenraum. Auf meinem Platz liegen die Sachen von Skye. »Das war nur für die Zeit, während du krank warst«, beeilt diese sich zu erklären. Ihr Deutsch ist seit unserer letzten Begegnung deutlich besser geworden. »Ich setz mich neben Felix.«

Felix strahlt und räumt seine Stifte, Bücher und Schreibblöcke ordentlich auf einen Stapel, während Skye ihr Zeug auf der Tischplatte ausbreitet. Frau Krüger fährt das Smartboard hoch, es braucht immer ewig. So lange kann ich mit Fabienne noch flüstern.

»Habt ihr alle den Verstand verloren? Wieso dieser Unfug mit den *American Kids*? Nur wegen Skye?«

»Wir wollten Zeichen setzen«, antwortet sie ebenso leise wie ich. »Von einigen wurde Skye gedisst, von wegen Trump-Tussi und so. Das lassen wir uns nicht gefallen.«

»Aber deshalb gleich ein Bandenkrieg? Wie nennen sich die anderen?«

»*Las Tortillas.* Wegen des spanischen Zugs unserer Schule.«

»Gefällt mir besser«, sage ich.

Dann beginnt der Unterricht, und ich kann nicht mal mehr Zettel mit Fabienne schreiben. Ich muss erst mal klarkommen, weil ich einiges an Stoff versäumt habe.

In der Pause rotten sich die *Kids of America* erneut zusammen. Nur am Rande bekomme ich mit, dass sie über das Problem diskutieren, ein Mädchen der Kids sei in einen Jungen von den Tortillas verliebt. Ich nehme Fabienne beiseite.

»Ich halte mich da raus«, erkläre ich ihr. »Hab selber den Kopf voll. Wenn du mal Zeit und Lust hast, zu zweit zu quatschen, sag Bescheid.«

»Mach ich sicher bald«, verspricht sie mir. »Ich rede mit Skye. Sie hatte mich jetzt so lange für sich. Das muss sie verstehen.«

Trotzdem eilt sie gleich darauf zu den *Kids of America* zurück. Und ich hänge nicht mehr nur zwischen zwei Familien herum, sondern auch zwischen zwei Banden in meiner Klasse. Aber wenigstens nicht mehr zwischen zwei Jungs.

Und dann kommt die Mail von Christian. In einem Moment, in dem ich überhaupt nicht mehr daran gedacht habe, sondern flirtende Nachrichten mit Florentin hin und her schicke.

Vielleicht habe ich aufgehört, darüber nachzugrübeln, ob Christian wirklich mein Vater ist, weil neben meiner Suche nach ihm so viel anderes passiert ist und alles ganz anders kam als erwartet. Vielleicht aber auch, weil ich so sicher war, dass er es ist. Trotzdem wummert mein Herz, als ich die Mail öffne.

Liebe Elena,
soeben hat sich das Labor gemeldet. Nun steht das Ergebnis fest. Auch mich wühlt es auf. Auch für mich ist dies ein feierlicher Moment, wenn ich dir jetzt mit den berühmten Worten des Star Wars-Helden Darth Vader schreibe: ***Ich bin dein Vater.*** *Nun hoffe ich, dass du*

nicht, wie Luke Skywalker, »Nein!« schreist. Denn eines kann ich dir sagen: Auch wenn ich mich noch immer nicht ganz an den Gedanken gewöhnt habe, bin ich doch stolz, dich zur biologischen Tochter zu haben. Du warst so mutig, dich auf die Reise zu mir zu machen, obwohl du nicht wissen konntest, was für einen Menschen du antreffen würdest und wie dieser reagiert. Nicht nur deshalb möchte ich nicht kneifen, sondern auch, weil ich bereits begonnen habe, dich gern zu haben, und weil ich in der kurzen Zeit, die wir bisher miteinander hatten, einige Gemeinsamkeiten zwischen uns feststellen durfte.
Natürlich habe ich auch erneut mit Sofia gesprochen. Auch sie findet dich sympathisch, und die Kinder sowieso, besonders Pepe. Für Sofia ist es jedoch nicht einfach, zu akzeptieren, dass ich auch mit einer anderen Frau ein Kind habe. Dass zwischen deiner Mutter und mir nie eine Beziehung bestanden hat, ist dabei zweitrangig. Deshalb möchte ich ihr Zeit geben, sich daran zu gewöhnen.
Wie wäre es, wenn wir uns bald einmal in Berlin treffen? Ich war seit zig Jahren nicht mehr dort. Für eine Woche mal rüberzufliegen, wäre sicher drin.
Lieben Gruß, auch an deine beiden Mütter –
Christian

Ich drucke die Mail aus und zeige sie Mama und Manu, die gemeinsam gerade die verblühten Margeriten und Petunien auf dem Balkon gegen herbstlichere Dahlien und Begonien austauschen. Die Köpfe dicht zusammen, beugen sie sich über mein Papier. Und ich sehe ihnen genau an, dass sie das Ganze inzwischen mindestens so spannend finden wie ich.

Schließlich richtet sich Manu auf und gibt mir das Blatt zurück.

»Dann soll er kommen«, sagt sie lächelnd. »Wir können ihn gern zu uns zum Essen einladen.«

»Und Gero natürlich auch«, fügt Mama hinzu. »Christian wird Augen machen, wenn wir ihm auch noch einen Sohn präsentieren.«

»Den kann er nicht leugnen«, sage ich. »Die beiden sehen sich wirklich ähnlich.«

Florentin ruft an, um sich mit mir zu verabreden. Auch ihm erzähle ich von Christians bevorstehendem Besuch und schlage vor, dass wir uns heute gemeinsam mit Gero treffen.

»Wenn ich es ihm nicht gleich sage, drehe ich durch. Außerdem habe ich was gutzumachen.«

»Dein Bruder ist dir längst nicht mehr böse«, meint Florentin. »Das hast du doch im Krankenhaus gemerkt.«

Wir fahren wieder zum Mauerpark. »Hier hat alles angefangen«, sagt Flo und nimmt meine Hand. »Als ich dich auf der Schaukel gesehen habe, dachte ich gleich: Das passt. Mit der könntest du zusammen sein. Die ist prima und nimmt das Leben von der leichten Seite. Ein toughes Mädchen zum Pferdestehlen, keine Tussi.«

»Damals fand ich mein Leben so leicht wie eine Abrissbirne«, erwidere ich. »Kurz vorher hatte ich es mit allen vergeigt, die mir wichtig sind.«

»Nicht mit mir. Ich hatte ja das Glück, ganz von vorn mit dir anfangen zu können.«

»Gehst du auch heimlich schaukeln, wenn es dir nicht gut geht?«

»Schlimmer. Ich stürze mich mit dem BMX oder Skateboard in irgendwelche Halfpipes. Sind alles Trockenübungen für meine künftige Surfer-Karriere.«

Mein Handy meldet sich. Gero hat geschrieben: *»Sorry, schaffe es heute nicht, muss zu viel für die Schule lernen. Aber ihr beide werdet euch schon nicht zusammen langweilen ;-) Bis zum nächsten Mal, LG Gero.«*

»Ausgerechnet heute! Der will uns verkuppeln«, sage ich und will schon eine Antwort tippen, doch Flo hält mich zurück. »Bitte schreib jetzt nicht mit ihm hin und her«, sagt er. »Du kannst ihn später anrufen. Jetzt will ich mit dir schweben.«

Er zieht mich an der Hand zur Schaukel, setzt sich drauf und zieht mich auf seinen Schoß.

»Lieber im Stehen«, sage ich, und unter viel Gelächter der umstehenden Leute im Park schaffen wir es, uns zusammen auf die Schaukel zu stellen. Ich stehe mit dem Rücken vor ihm, meine Füße zwischen seinen, einen Arm legt Florentin um meine Taille und zieht mich eng an sich. Mit der anderen Hand hält er sich an der Kette fest und ich mich mit beiden Händen. Dann versuchen wir, Schwung zu holen, bewegen uns langsam vor und zurück. Anfangs wackelt die Schaukel nur leicht hin und her, was sicher ziemlich albern aussieht, doch mit der Zeit gelingt es uns, unser Gewicht jeweils so zu verlagern, dass wir höher und weiter schwingen. In meinem Magen kribbelt es, als hätte ich Sekt getrunken, und unwillkürlich muss ich an Manus Worte denken: »Liebe muss sich anfühlen wie Zuckerwatte mit Brausepulver.« Ich spüre Florentins Atem in meinem Nacken, seinen Arm um mich und seine Körperwärme in seinem Rücken. Wir fliegen und lachen zusammen, es geht höher und höher, ich könnte sterben für dieses Gefühl. Und um es ganz auszukosten, schließe ich die Augen. Jetzt sind wir schwerelos, Flo und ich, er hält mich sicher und fest. Ich muss keine Angst haben zu fallen, wir schweben wirklich, leicht und frei sind wir. Und während wir langsam ausschaukeln, um wieder am Boden, in der Wirklichkeit anzukommen, weiß ich, dass ich mit diesem Jungen überall hingehen würde. Mit Florentin kann ich Schweres leichter ertragen und Leichtem mehr Gewicht geben. Er ist der Freund, den ich will; der mir guttut und für den ich da sein möchte. Als die Schaukel anhält, drehe ich mich um, sodass ich jetzt von vorn vor ihm stehe.

»So würde ich mich gern immer fühlen«, sage ich ganz an seinem Ohr. »Wenn du willst …«

»Was ist mit Rouven?«, fragt er.

»Wir sehen uns nicht mehr.« Ich springe ab und ziehe Florentin an der Hand hinter mir her. »Und ihm geht es damit genauso gut wie mir.«

Florentin stolpert, wir fallen gegeneinander wie zwei Betrunkene. Dann bleiben wir stehen, seine Augen tauchen tief in meine.

»Jetzt möchte ich die Zeit anhalten«, flüstert er.

»Anhalten?«, frage ich leise. »Ich will mit dir gehen, Flo. Von jetzt an überallhin.«

23

In den Wochen darauf fühle ich mich wie ein Rotkehlchen in seinem ersten Frühling. Florentin und ich sind nun fest zusammen und verbringen viel Zeit miteinander, mal mit Gero, mal zu zweit. Einmal sind wir sogar mit Fabienne, Skye und den anderen *Kids of America* zu Madame Tussaud's unterwegs, obwohl Flo deren Bandenzoff genauso kindisch findet wie ich. Diesen einen Nachmittag lang können Fabienne und ich vergessen, dass Skye ihr in letzter Zeit so viel näher ist als ich.

»Ich freu mich so für dich«, sagt sie leise, nachdem wir dicht nebeneinander die Film-Abteilung bestaunt haben und Florentin mit den anderen Jungs bei den Fußballstars steht. »Ihr beide seid so süß zusammen. Du hast es echt verdient! Ich wünschte bloß, ich hätte auch so ein Glück.«

»Es gibt nicht nur Nick«, sage ich und drücke ihren Arm.

Christian kommt am 2. Oktober, vor dem Tag der deutschen Einheit, der dieses Mal in der ersten Woche der Herbstferien liegt. Gero und ich holen ihn vom Flughafen Schönefeld ab. Mein Bruder ist nervös, immer wieder sieht er auf die Uhr im Terminal, wischt sich seine schweißnassen Hände an der Jeans ab und blickt sich um, als suche er nach einer Fluchtmöglichkeit.

»Wir hätten ihm vorher schreiben sollen, dass es mich gibt«, sagt er. »Was ist, wenn er sauer ist, mich nicht sehen will und gleich wieder abhaut?«

»Das wird nicht passieren«, versuche ich ihn zu beruhigen. »Christian ist ganz okay, wirklich, und immerhin kommt er allein. Er ist Samenspender, also kann er sich denken, dass dabei nicht nur ich entstanden bin. Er wird schon klarkommen, entspann dich!«

Wenig später ist es so weit. Ich bin froh, dass ich Gero gegenüber einen Vorsprung habe und wenigstens weiß, wie Christian aussieht. Trotzdem spüre ich jetzt auch, wie mein Herz schneller schlägt. Mein Trip nach Fuerteventura war eine Nacht- und Nebelaktion, eine riskante Verrücktheit. Jetzt aber kommt mich mein Vater besuchen, mich und meinen Halbbruder in unserer Heimatstadt.

»Es wird ernst«, sage ich also zu Gero. »Unser Vater sieht aus wie eine ältere Ausgabe von dir, nur dass du keinen Pferdeschwanz trägst. Du erkennst ihn sicher gleich, wenn er durch die Sicherheitstür kommt.«

Und dann kommt er. Ein etwas genervter, ein wenig suchender Blick, die rötlich-grauen Haare drohen aus dem Zopfgummi zu rutschen, mit ungeduldigem Schritt, die Reisetasche an den Tragegriffen über eine Schulter gewuchtet, in der anderen Hand sein Handy, tritt er durch die Absperrung und blickt sich abermals suchend um, ehe er mich entdeckt. Seine Augen weiten sich, gleich darauf stehen wir uns gegenüber. Christian drückt mich kurz, dann erblickt er Gero, stutzt kurz, reicht ihm die Hand.

»Der neue Freund, nehme ich an«, sagt er. »Der andere Knabe war ja ein ziemlicher Hitzkopf, wenn auch ein recht sympathischer.«

Gero und ich sehen uns an. Er blickt verzweifelt, ich muss kichern. Christians Stutzen bedeutet sicher, dass ihm Gero bekannt vorkommt, ohne dass er es bewusst realisiert hat. Die Haarfarbe, die leicht abwärts geneigten äußeren Augenwinkel, die spitze Augenbraue. Noch erkennt er seinen Sohn nicht. Wenige Schritte, nachdem wir losgegangen sind, bleibt er stehen, um etwas in sein Handy zu tippen, runzelt die Stirn, wirkt abwesend.

»Sofia«, sagt er achselzuckend. »Sie will wissen, ob ich gelandet bin. Sorry.«

Wir begleiten ihn zu seiner Unterkunft, einer kleinen Privatwohnung in Neukölln.

»Nett hier. Schön schräg«, sagt Christian und blickt sich um.

Zu dritt ist es in diesem Zimmer eng wie in einer Umkleidekabine. Das Bett ist vom schwedischen Möbelriesen, Stühle und Tische aus Baumstämmen und Ästen selbst gebaut. Als Nachttisch wurden drei Bierkasten gestapelt und mit einem Gullydeckel belegt. Kleine quadratische Bilder mit Namensschildern der meisten Berliner U-Bahnhöfe wechseln sich an den Wänden mit schwarz-weißen Künstlerfotos und zwei Waldpostern ab. Als Lampen dienen übergroße LEDs in der Form alter Glühbirnen.

»Hallo, Berlin. Ich mach mich kurz frisch und dann zeigt ihr mir eure Stadt?«

Gero und ich zeigen ihm *unser* Berlin. Wir fahren mit den Öffentlichen in meine Gegend, streifen mit ihm durch den Akazienkiez, gehen in kleine, vom Aussterben bedrohte skurrile Läden rund um den Winterfeldtplatz und das Regenbogenviertel gleich nebenan.

»Hier wohne ich«, sage ich, als wir in der Bülowstraße vor unserem Haus stehen. »Mama und Manu sagen, du kannst gerne mit raufkommen, sie würden dich gern kennenlernen. Hast du Lust?«

»Wie?« Christian tippt wieder in sein Handy, zieht dabei die Augenbrauen hoch und dreht seinen Kopf leicht in meine Richtung, um mir zu zeigen, dass er mir trotzdem zuhört.

»Ob wir zu mir hoch gehen wollen. Meine Mütter möchten dich kennenlernen, und Gero auch.«

»Gero? Gibt es euch erst seit heute zu zweit?« Er steckt sein Handy in die Brusttasche seines Hemdes. Gero verdreht die Augen.

»Wir kennen uns erst seit ein paar Wochen«, gebe ich zu. »Bevor ich meinen Halbbruder meinen Müttern vorstelle, wollte ich ihn lange genug allein genießen.«

»Klar«, sagt Christian. Handy raus, Blick drauf werfen, Handy wieder weg. »Das ist nachvollziehbar – Moment. Wieso Halbbruder, hast du nicht gesagt, ihr seid …«

»*Du* hast das gesagt, Christian«, erinnere ich ihn. »Kannst du bitte an Sofia schreiben, wenn du nachher alleine in deinem Zimmer bist? Wenn du solche Angst vor ihr hast, dass du alle zehn Sekunden mit ihr texten musst, hättest du genauso gut in Costa Calma bleiben können! Mach bitte mal die Augen auf! Ich bin nicht dein einziges Spenderkind. Vor dir steht Gero Hannemann, dein Sohn.«

»Oh.« Unser Vater wird abwechselnd blass und rot, blickt zwischen Gero und mir hin und her. »Ihr seid ja lustig. Das ist nicht euer Ernst.«

»Wie gesagt, Christian: Augen auf«, wiederhole ich, und Gero erklärt ihm in wenigen Sätzen, wie wir uns kennengelernt haben.

»Wenn du nicht zu Elenas Familie willst, können wir auch irgendwo anders reingehen«, schlägt er vor. »Vielleicht ist es ganz gut, wenn du dich erst mal hinsetzt.«

Ein paar Meter weiter lockt ein indisches Restaurant auf einer Tafel mit seinen Angeboten.

»Hoffentlich ist dir der Schreck nicht auf den Magen geschlagen«, sagt Gero. »Das wollte ich nicht. Aber welche Art ist schon die richtige, dir zu verklickern, dass deine Samenspenden damals tatsächlich erfolgreich waren?«

»Ihr habt ja recht«, lacht er. Wir finden einen Tisch in einer ruhigen Ecke, ich setze mich neben Christian, damit Gero und er sich in Ruhe ansehen können. Ein Kellner kommt mit den Speisekarten, zündet für uns eine Kerze an und nimmt die Getränkebestellungen auf. Als er wieder gegangen ist, schüttelt Christian den Kopf und kann seinen Blick immer noch nicht von Gero wenden.

»Das ist wirklich verrückt. Jetzt sehe ich es auch. Als du neben Elena am Flughafen standest, kam mir was komisch vor, aber damit habe ich nicht gerechnet. Von allen meinen Kindern – also denen, die ich bisher kenne, um Himmels willen«, er lacht etwas nervös, »siehst du mir am ähnlichsten, sogar noch mehr als Pepe. Gero. Ein schöner Name, den hätte ich auch ausgesucht.«

»Er war die Idee meines Vaters«, sagt Gero. »Sozialen Vaters, meine ich.«

»Natürlich, logisch«, beeilt sich Christian zu sagen. »Ist ja nicht überall so wie bei Elena, die im Frauenhaushalt lebt.«

»Das dürfte eher die Ausnahme sein«, vermute ich.

»Weiß dein Papa, dass wir uns treffen?«, erkundigt sich Christian weiter.

»Er weiß, dass ich auf der Suche bin.« Gero spricht ruhig und sicher, wirkt überhaupt nicht mehr aufgeregt. »Ich denke schon, dass ich es ihm erzählen werde.«

»Ich hoffe, er fühlt sich deshalb nicht zurückgesetzt«, sagt Christian.

»Er wird immer mein Papa bleiben«, erwidert Gero felsenfest. »Zwischen ihn und mich passt kein Blatt, sagt meine Mutter immer. Mir fehlte keine männliche Bezugsperson. Aber ich habe auch über dich viel nachgedacht und wollte sehen, von wem ich abstamme, um mich komplett zu fühlen.«

»Das ist gut.« Christian lehnt sich auf seinem Stuhl

zurück, und ich frage mich, ob er mit seiner Aussage Gero oder sich selbst meint. Nicht zu viele Kinder, nicht zu viel Durcheinander in seiner Inselidylle. Keine Ansprüche von uns. Er kann froh sein, dass er uns erst jetzt kennenlernt, wo wir bald erwachsen sind. Und dass er meine Briefe nie bekommen hat. Als kleines Mädchen hätte ich ihn wohl nicht so leicht davonkommen lassen.

Beim Essen erzählt Gero mehr von seinem Vater und seiner Mutter. Und auch Christian und ich breiten unsere Leben voreinander aus. Zwei Stunden später hat unsere Teilfamilie Rehwald/Hannemann/Köhler ein grob umfassendes Bild von allen drei Mitgliedern. Wir sprechen gelöster, weniger auf der Hut, sind uns nicht mehr so fremd. Auch meinen Halbbruder und mich hat dieser Abend noch enger zusammengeschweißt. Leichtigkeit. Das Puzzleteil ist gefunden und an die richtige Stelle gesetzt, das Bild vollständig.

Ich wollte meinen Vater suchen, bis ich ihn finde, und gefunden habe ich Christian, Gero und Florentin. Ich bin reicher, als ich es je zu träumen gewagt hätte.

Erst spät an diesem Abend trennen wir uns. Christian verkündet, er sei am nächsten Tag mit einem alten Freund verabredet.

»Und der will mit mir das volle Touri-Programm fahren«, stöhnt er. »Postdamer Platz, Brandenburger Tor, Unter den Linden, Friedrichstraße, Ku'damm, alles mit den bedeutenden Bauwerken, und am Sonntag mindestens einen eurer vielen Seen.«

»Da musst du durch. Bist ja nicht lange in Berlin«, erwidert Gero.

Dann vereinbaren wir, spätestens übermorgen zu telefonieren, um ein weiteres Treffen auszumachen, und verabschieden uns.

Als Christian weg ist, bemerke ich, dass Gero zögert, als ob er noch etwas sagen möchte, und sehe ihn ermutigend an.

»Dass Christian nicht zu euch nach oben will, ist seine Sache«, sagt er beinahe schüchtern. »Aber ich würde schon gern. Beim ersten Mal war es ja nur kurz.«

Am nächsten Morgen huschen Mama und Manu durch die Wohnung, als erwarteten wir eine strenge alte Tante zum Frühstück, die jeden Winkel unserer Wohnung mit prüfendem Blick begutachten wird.

Während Manu versucht, Aufschnitt und Käse appetitlich auf Platten mit Gemüse und Obst zu garnieren, rätselt Mama, ob Gero lieber Kaffee, Tee oder Saft trinkt.

»Was meinst du?«, fragt sie mich. »Ihr wart doch schon öfter zusammen unterwegs.«

»Entspannt euch«, antworte ich. »Kaffee machen wir sowieso literweise, O-Saft ist auch da. Und wenn er Tee möchte, geht das ganz fix.«

Mama bläst Luft aus ihren Backen, dann flitzt sie weiter und räumt herumliegende Klamotten weg. Ich grinse in mich hinein und schlüpfe in meine Sneakers, um Brötchen holen zu gehen. Als ich zurückkomme, treffe ich vor dem Haus auf den Lieferdienst für meine Wurfzeitungen. Den hätte ich heute fast vergessen.

»Sind das deine?«, höre ich Gero hinter mir fragen, als ich mich gerade bücke, um die ersten Stapel nach oben zu tragen, wobei mir fast die Brötchentüte aus der Hand rutscht. »Komm, ich helf dir.«

Meine Mütter begrüßen Gero, als wäre er ihr eigener Sohn. Beide fallen ihm um den Hals, anschließend stellen sie uns nebeneinander und amüsieren sich erneut über unsere Ohrläppchen und die linke Augenbraue.

»Schade, dass euer Vater nicht auch dabei ist«, meint Manu bedauernd. »Wir hätten ein tolles Foto von euch dreien machen können. Aber egal – fühl dich wie zu Hause. Sicher kommst du jetzt häufiger mal. Damit du dich gleich auskennst: In der Schublade neben dem Herd liegt das Besteck. Nimmst du bitte Messer und Teelöffel raus?«

»Das war so klar«, sage ich lachend. »In diesem Emanzen-Haushalt darf sich kein Kerl einfach hinsetzen und sich bedienen lassen.«

»Find ich gut«, antwortet Gero. »Meine Mutter tickt übrigens genauso. Und ich will um nichts in der Welt als Pascha enden, der sich nicht mal ein Spiegelei braten kann. Ihr müsst auch mal zu uns kommen! Dann machen Papa und ich unsere Vater-Sohn-Pizza-Calzone, die ist unübertroffen.«

»Vater und Sohn.« Mama deutet lächelnd auf die Kaffeekanne. Gero nickt.

»Dann hat sich zwischen dir und ihm also nichts geändert, obwohl er sicher von Christian Köhler weiß?« Schon sind wir mitten ihm Thema. Gero erzählt von seinem Zuhause, alles, was er mir schon erzählt hat, aber jetzt berichtet er auch von schwierigeren Zeiten, in denen sein Papa unsicher war und befürchtet hat, Geros Liebe zu verlieren.

»Ich kann ihn verstehen«, sagt Manu. »Und dazu muss ich kein Mann sein. Man befürchtet in einer solchen Situation, dass ein paar gemeinsame Gene alles mit einem Streich wegwischen können, was man sich mit der Mutter und dem Kind jahrelang gemeinsam aufgebaut hat.«

»Das wird nicht passieren«, beteuern Gero und ich wie aus einem Munde und liegen fast unter dem Tisch vor Lachen. Dann reden wir weiter. Mama und Manu erzählen die Geschichte von meiner Zeugung und Gero seine, wir freuen uns alle über Parallelen und hören gebannt bei allem Neuen zu. Keiner von uns merkt, wie viel Zeit vergeht. Erst als sich die Goudascheiben auf dem Käsebrett nach oben rollen und die Ränder des Räucherschinkens trocken und fest werden, sieht Gero auf die Uhr.

»Deine Wurfzeitungen«, erinnert er mich. »Wie wäre es, wenn wir sie zusammen austeilen? Dann ist es schneller erledigt. Ich weiß jemanden, der sich darüber tierisch freuen wird.«

»Florentin«, sage ich und spüre abermals, wie sich bei diesem Namen eine wohlige Wärme in mir ausbreitet. Mein Handy tanzt über den Tisch, als ob es gerade genauso gute Laune bekommt wie ich. Dann jedoch blicke ich in die Runde.

»Christian«, sage ich, ehe ich die eingegangene Nachricht öffne. Und lese. Und lese noch einmal.

»Was ist los?«, fragt Gero. Auch Mama und Manu starren mich abwartend an.

»Er reist ab«, sage ich. »Heute noch. Sofia hat angerufen. Ihre Tochter ist auf dem Spielplatz hingefallen und hat eine Platzwunde am Kopf, die genäht werden musste.«

»Deswegen pfeift sie ihn zurück?« Manu runzelt die Stirn und dreht den Wasserhahn auf, um die Kaffeekanne auszuspülen. »So was hätten wir anders gerockt.«

»Du weißt nicht, wie schlimm es ist«, erwidert Mama. »Vielleicht hat die Kleine nach ihm geweint.«

»Wahrscheinlich war es so«, sage ich. »Doch wie Sofia damit umgeht, ist trotzdem typisch für sie.«

»Dann werdet ihr Christian vor seinem Abflug wohl nicht mehr zu Gesicht bekommen«, meint Manu. »Schade. Ich hätte es euch gegönnt.«

Gero und ich sehen uns an. Er zuckt mit den Schultern. »Was soll's«, sagt er. »Wir werden uns auch ohne ihn amüsieren.«

Dann bedankt er sich bei Mama und Manu für das Frühstück, ehe wir uns in mein Zimmer verziehen, um die Werbebeilagen in die Wurfzeitungen zu stecken. Beide hängen wir unseren Gedanken nach und reden nicht viel.

»Das ist also unser genetischer Vater«, sagt Gero irgendwann und legt die letzte Zeitung auf den fertigen Stapel. »Na, wenigstens ist er ein netter Typ, auch wenn er vor seiner Sofia kuscht.«

»Ist doch gar nicht so schlecht«, antworte ich. »Mehr können wir nicht erwarten. Das Beste ist für mich sowieso, dass wir uns gefunden haben. Und …«

Mama steckt den Kopf zur Tür rein. »Florentin hat geklingelt und steht unten«, sagt sie. »Er wartet auf euch.«

Gero grinst. »Na dann«, sagt er und nimmt so viele Zeitungen, wie er tragen kann. »Den hast du gratis dazubekommen. Gehen wir.«

Elena, 17 Jahre

Liebe Mama, liebe Manu,
nachdem ich in all den Jahren so viele Briefe an meinen Vater geschrieben habe, der damals, in meiner Kindheit, nur eine Fantasiefigur für mich war, sollt ihr auch einmal einen Brief bekommen.
Ich glaube, ich habe euch gegenüber viel zu oft falsche Worte gewählt, ungerechte, verletzende Worte. Das tut mir leid. Aber ihr habt es ausgehalten und wart trotzdem immer für mich da. Ihr habt euch mit mir auf den Weg gemacht und mich darin unterstützt, meinen Vater zu suchen. Ihr habt akzeptiert, dass noch längst nicht alles zu Ende ist, nachdem ich ihn gefunden habe, denn ihn kennenzulernen und in mein Leben einzubeziehen, dauert hoffentlich so lange, wie das Leben selbst dauert. Die Jahre ohne Christian können wir nicht nachholen, und manchmal bin ich noch traurig deswegen – so, wie ihr es aus den Briefen wisst, die ich als Kind heimlich an meinen Vater geschrieben habe. Aber die Zukunft ist jetzt und morgen, und er gehört dazu. Darüber bin ich sehr froh.
Und ich möchte euch DANKE sagen. Dafür, dass ich als

ein Kind der Liebe aufwachsen durfte, obwohl ich nicht durch die Liebe zwischen Mann und Frau entstanden bin. Dafür, dass ihr alles dafür getan habt, mir die besten Mütter der Welt zu sein. Und dafür, dass ihr mich zu Selbstständigkeit und freiem Denken erzogen habt und mich darin unterstützt, meinen eigenen Weg zu gehen. Und dafür, dass ihr mir wieder aufhelft, wenn ich falle.
Florentins und mein Urlaub hier auf Fuerteventura ist wunderschön. Flo geht im Surfen auf und ist kaum vom Board zu kriegen. Manchmal setzt mein Herz aus, wenn er in einem Affenzahn über die Wasseroberfläche jagt oder nach einem Ritt auf der Welle plötzlich unter ihr versinkt. Aber er taucht immer wieder auf. Auch ich mache Fortschritte, aber so gut wie Flo werde ich wohl nie. Ich schwimme lieber, lese und habe sogar mein Häkelzeug dabei und arbeite weiter an meinen Einkaufsnetzen und Amigurumi-Puppen und Tieren.
Vorhin habe ich wieder einige davon zu Christian in den Laden gebracht. Er sagt, sie gehen gut weg, was mich natürlich sehr freut.
Ansonsten haben wir nicht allzu viel mit ihm und seiner Familie zu tun. Sofia möchte weiterhin, dass in ihrer Familie alles so bleibt, wie es war, bevor Gero und ich in Christians Leben getreten sind. Dies akzeptiere ich und spüre, dass ich mich gut auf das freundschaftliche und dennoch etwas oberflächliche Verhältnis einlassen kann, das sich zwischen Christian und mir entwickelt hat und hoffentlich auch noch weiterentwickeln wird. Ich weiß endlich, wer er ist, erkenne mich in ihm wieder. Aber ihr

beide seid es, die mich für mein ganzes Leben geprägt haben. Ihr seid meine Mütter, seid mein warmes, vertrautes Nest. Mir ist klar, dass meine Vatersuche auch mit euch etwas gemacht hat. Sie verändert uns alle. Was für eine Familie! Ich bin stolz darauf.
Für Paola und Pepe hoffe ich, dass sie eines Tages genauso neugierig auf mich sein werden, wie ich es auf sie und ihren Papa war, und dass sie aus freien Stücken den Kontakt zu mir suchen, wenn sie größer sind. Das wäre wirklich schön.
In ein paar Tagen wollen Flo und ich weiter nach Lanzarote reisen und dort noch ein paar Tage bleiben, um in Puerto del Carmen Party zu machen, bevor wir zurückkommen. Ein paar Tage auf eigene Faust, ohne uns gedanklich immer wieder mit Christian zu beschäftigen. Nur wir beide. Jetzt in unserem ersten gemeinsamen Urlaub merke ich mehr und mehr, dass nicht nur mein Vater, sondern auch Flo derjenige ist, den ich gesucht und gefunden habe. Er ist so anders als Rouven. Ihm habe ich von Anfang an vertraut. Wenn wir abends am Strand sitzen und zusammen den Sonnenuntergang betrachten, die Haare vom Salzwasser verklebt und noch immer in unseren Badeklamotten, eng aneinandergelehnt und die Surfbretter neben uns im Sand, kann ich mir keinen perfekteren Moment vorstellen. Zwischen uns passt es einfach. Alles. Jaaaa, liebe Mamis, auch DAS ;-)
Ich denke an euch und hab euch sehr, sehr, sehr lieb. Ihr seid die Besten. Bald schicke ich wieder Fotos per WhatsApp. Und ich freue mich, bald wieder bei euch zu sein.

Bei euch, bei Gero, bei Fabienne, die mir geschrieben hat, sie habe jemanden kennengelernt. Bei euch allen und euch beiden am meisten. Ihr seid mein Zuhause und werdet es immer sein. Nie ist mir das so klar gewesen wie jetzt in der Ferne.
Seid 1 000 000mal und mehr lieb umarmt und geküsst von eurer Elena

• •

Danksagung

Sehr herzlich danke ich Anne Meier-Credner vom Verein spenderkinder.de für die fachliche Beratung und die wertvollen Hinweise darauf, was in Kindern ganz gleich welchen Alters, die mittels einer Samenspende gezeugt wurden, wirklich vorgeht und mit welchen diesbezüglichen Klischees es aufzuräumen gilt.

Nicht zuletzt danke ich auch allen meinen Lieben, die wieder einmal viel Verständnis dafür zeigten, dass es nun mal verflixt lange dauert, ein Buch zu schreiben. Danke auch allen.

Christine Fehér

Foto: © Verlag Sauerländer

Autorin

CHRISTINE FEHÉR wurde 1965 in Berlin geboren. Neben ihrer Arbeit als Lehrerin schreibt sie seit Jahren erfolgreich Kinder- und Jugendbücher und hat sich einen Namen als Autorin besonders authentischer Themenbücher gemacht.
Ihr Jugendbuch »Dann mach ich eben Schluss« wurde mit dem Buxtehuder Bullen ausgezeichnet.

Von der Autorin sind außerdem bei cbt erschienen:
Dann mach ich eben Schluss (30951)
Elfte Woche (30390)
Dann bin ich eben weg (30170)

Als e-pub erschienen:
Schwarze Stunde (04527)
Dornenliebe (05003)